옮긴이 | 고향옥

1965년 군산에서 태어나 동덕여대와 대학원에서 일본 문학을 공부하고, 일본 나고야대학에서 일본어와 일본 문화를 공부했다. 지금은 한일 아동문학 연구회에서 어린이 문학을 공부하며 번역가로 활동 중이다. 옮긴 책으로 《그림책의 심리학》《우주의 고아》《처음 자전거를 훔친 날》《리듬》《골드피시》《졸업》《하모니 브라더스》《추억을 파는 편의점》《반칙 선생님》《마이 스위트 대디》《우리집은 발도로프 유치원》《에이, 바보》 들이 있다.

## 도무라 반점의 형제들

1판 1쇄 | 2011년 4월 4일   1판 8쇄 | 2020년 7월 24일

지은이 | 세오 마이코   옮긴이 | 고향옥
펴낸이 | 조재은   편집부 | 김명옥 육수정
영업관리부 | 조희정 정영주

펴낸곳 | (주)양철북출판사
등록 | 2001년 11월 21일 제25100-2002-380호
주소 | 서울시 마포구 양화로8길 17-9
전화 | 02-335-6407   팩스 | 0505-335-6408
전자우편 | tindrum@tindrum.co.kr
ISBN | 978-89-6372-038-8 03830   값 | 12,000원

편집 | 김지훈   표지 디자인 | 여수정

TOMURA HANTEN SEISHUN 100-RENPATSU
written by Maiko Seo
Copyright © Maiko Seo 2008. All rights reserved.
Original Japanese edition published by Rironsha Corporation, Tokyo.
This Korean edition published by arrangement with Rironsha Corporation, Tokyo
in care of Tuttle-Mori Agency, Inc., Tokyo through Tony International, Seoul.
이 책의 한국어판 저작권은 토니 인터내셔널을 통해 Tuttle-Mori Agency, Inc.와 독점 계약한
(주)양철북출판사에 있습니다. 저작권법에 따라 한국 내에서 보호를 받는 저작물이므로
무단 전재와 복제를 금합니다.

잘못된 책은 바꾸어 드립니다.

# 도무라 반점의 형제들

세오 마이코 지음 | 고향옥 옮김

양철북

1장

# I

연애편지를 대신 쓴다는 이야기는 흔히 듣는다. 고등학교 1학년 때 영어 교과서에서 연애편지를 대신 쓴 집배원이 편지를 받은 여자의 마음을 사로잡았다는 이야기를 읽은 적이 있다. 꽤 평범한 일인지도 모르겠다. 그런데 가족에게 쓰는 건 어떨까. 더구나 그 형에게.

"대신 쓴다고 할 정도는 아니지. 이렇게 쓰면 돼, 하고 조언해 주는 정도면 된다니까 그래."

역에서부터 시작된 완만하고 길게 이어진 언덕길. 이제 곧 봄맞이할 하늘에서 따사로운 햇살이 사르르 쏟아진다. 학교는 학년 말 시험도 끝나고, 졸업식과 종업식만 남겨 두고 있다. 동아리 활동을 마치고 오전 중에 하교한다. 보드라운 봄바람처럼 우리 고등학생들도 맥 빠진 듯 평온한 나날을 보내고 있다.
"그딴 거 귀찮다니까."
"왜? 적당히 선배 마음에 와 닿을 만한 말만 가르쳐 주면 되는데."
오카노는 집요하게 물고 늘어졌다. 여자들은 왜 까다로운 일을 아주 쉬운 일인 듯이 다른 사람에게 떠맡기는 것일까.
"정 편지를 쓰고 싶으면 네가 내키는 대로 쓰면 되잖아."
나는 너무 지겨운 나머지 그렇게 쏘아붙였다.
평일 오전인 때문인지 길에는 나와 오카노뿐이다. 지금 우리 반에서 스미노에 역으로 다니는 아이들은 우리뿐이다. 그래서 우리는 등하교 때 같이 다니는 일이 많다.
"고스케, 너 진짜 짠돌이다."
오카노가 투덜거리는 소리를 들으며 나는 맙소사, 하며 언덕길 끝을 바라보았다. 언덕을 올라가면 길이 조금 널찍해진다. 그 길가에 우리 집, 도무라 반점이 있다.
도무라 반점은 아버지의 아버지, 다시 말해 나의 할아버지 대부터 시작한 중국집이다. 라면과 볶음밥이 주 메뉴인 완전 서민적이고 허름한 가게지만 싸고 음식 맛이 좋아 손님은 그럭저럭 있는 편이다. 평일에는 주로 단골손님이 들락거리고 주말에는 가족 동반 손님으로 북적거린다.
"그까짓 편지, 네가 적당히 쓰면 되잖아. 너 정도면 충분히 잘 쓸 수 있어."

나는 오카노의 기분을 풀어 주려고 가볍게 말해 봤다.
"평범하게 써 봐야 아무 소용없으니까 그렇지."
"왜?"
"왜냐니, 도무라 선배, 졸업식 때 편지 엄청 받을 거 아냐? 그중에서 선배 눈을 확 끌려면 웬만큼 세련되게 쓰지 않으면 안 된다고."
"그런가?"
"그렇다니까."

분명 오카노 말이 맞다. 약 오르게 형은 인기가 많다. 남자 보는 눈이 없는 여자들이 세상에는 어지간히 많은 거다. 생일, 크리스마스, 밸런타인데이. 초등학생 때부터 형은 여자애들에게 선물을 한가득 받곤 했다. 이번 졸업식 때도 여느 때처럼 연애편지며 선물이며 고백이 몰려들 거라는 것은 쉽게 예측할 수 있다.

"다른 여자애들이랑 똑같은 편지를 건네면 대충 보고 흘려버릴 거 아니냐고. 아마 내 이름도 기억 못할걸."
"하긴."

형은 뭐든 대충 넘기는 사람이라, 편지를 많이 받든 적게 받든 어차피 누가 보냈는지 기억도 못할 테지만.

"그렇게 많은 편지 중에서 마음을 확 끄는 말이 있으면 깜짝 놀라지 않겠냐 이거야. 고스케, 넌 만날 보니까 도무라 선배가 무슨 말을 듣고 싶어 하는지 잘 알 거 아냐. 바로 그런 말을 쓰면 얘가 뭘 좀 아는데, 하고 좋은 인상을 주지 않겠냐고. 그럼 오카노, 얘 좀 괜찮은데, 그렇게 생각할 거고, 그렇게 되면……."

오카노는 자기 멋대로 망상을 부풀이며 흐흐흐 웃었다.

"그렇게 되면이라니, 형 졸업하면 도쿄로 가잖아? 앞으론 어차피 못 만날 텐데, 좋은 인상 줘 봐야 말짱 꽝이다."

"상관없어. 못 만나도 내 마음만 전해진다면. 나를 눈곱만큼만이라도 기억해 준다면 그걸로 족해."

"참 기특하기도 하지. 그런 갸륵한 마음으로 직접 우리 형을 꼼꼼히 관찰해서 쓰면 될 텐데."

"고스케, 너도 참 멍청하다. 관찰하고 싶어도 시간이 없잖아? 졸업식은 앞으로 일주일밖에 안 남았는데. 거기다, 나랑 선배가 학년이 같아 동아리가 같아. 그러니 엄청 불리할 수밖에. 그렇다고 선배에 대해서 아는 게 있나."

별로 잘 알지도 못하는 사람을 그렇게 열심히 좋아하는 쪽이 더 이상한 거 아닌가. 아니, 형에 대해서 잘 모르기 때문에 좋아하는 건지도 모르지.

"고스케, 넌 도무라 선배를 만날 보니까 잘 알잖아?"

"그야 뭐, 걔 동생이니까 한방을 쓰긴 하지만, 썩 사이가 좋은 것도 아니고 걔에 대해서는 너만큼이나 아는 게 없다."

나는 어깨를 으쓱해 보였다. 농담이 아니라 나와 형은 사이가 좋지 않다. 형에게 할 말 따윈 하나도 떠오르지 않는다.

"사이가 안 좋아도 함께 생활하고 있잖아. 어떤 말을 써야 선배가 좋아한다는 것 정도는 알 거 아니냐고? 선배 마음을 확 끌 수 있는 말 좀 알려 주라."

"꿈 깨라. 혹시 형에 대해서 잘 안다고 해도, 우선 난 국어 실력이 없어서 도통 좋은 말이 떠오르질 않거든."

나는 얼굴 앞에서 손사래를 쳤다. 내가 가장 싫어하는 과목은 국어다. 설령 형을 좋아하고 형에게 관심이 있다 해도 그것을 표현할 만한 문장이 도무지 떠오르지 않을 것이다.

"말은 잘해 진짜. 넌 작문 대회에서 가작으로 입선했잖아."

"뭐?"

"뭐가, 뭐야! 독서 감상문 대회에서 너 상 받았잖아, 가작. 또 일학년 때는 인권 작문 대회에서 장려상도 받고. 선배만큼은 아니지만 너도 작문 실력이 좋다는 거 다 알아."

오카노는 나를 째려보았다. 그랬다. 거짓말을 한 게 아니라 진짜 잊고 있었다.

학교에는 내가 작문을 잘하는 것으로 알려져 있다. 중학교 때부터 글쓰기를 하면 선생님에게 칭찬 받았고, 작은 상을 여러 개 받기도 했다. 하지만 국어 성적은 5점 만점에 2점이다. 중간, 기말고사 성적은 언제나 평균점을 한참 밑돈다. 남이 쓴 글을 분석해서 읽어 내는 능력도 없고, 내 머릿속에 있는 것을 글로 변환하는 것도 젬병이다.

몇몇 작문 대회에서 상을 받고, 선생님에게 칭찬을 받은 것은 형 덕분이다. 인권 작문도 독서 감상문도, 내가 쓴 글이 아니다. 형이 쓴 거다.

옛날부터 형은 꼼수를 부려 요령 좋게 그럴듯한 작문을 잘 썼다. 독서 감상문 같은 건 책도 안 읽고 뒤표지에 있는 줄거리만 대충 훑어보고도 써낸다. 형의 말에 따르면, 작문 같은 건 선생님이 좋아할 만한 말과 눈곱만큼의 개성이 담긴 말만 늘어놓으면 완벽하단다.

 올여름, 내가 가작을 받은 독서 감상문은 형이 고작 10분만에 완성한 거다. 형이 선택한 책은 추천 도서이기도 한 다자이 오사무의 〈인간 실격〉. '이렇게 유명한 문학 작품의 줄거리는 솔직히 쓸 필요가 없다'는 교묘한 문장으로 시작하면서 작품의 내용은 언급하지 않고, 자신은 인간 실격인가 합격인가 하는 정신론만 잔뜩 늘어놓고 감상문을 마무리했다. 그런데 이 글이 자신을 깊이 성찰한 감상문이라고 선생님들에게 극찬을 받았다.

 형이 독서 감상문을 대신 써 준 것은 결코 동생을 생각해서가 아니다. 돈 때문이었다. 형은 초등학생 때부터 자신에게 글재주가 있다는 것을 잘 알고 있었다. 그리고 중학생이 되자 유령 작가가 되었다. 친구들의 작문을 대신 써 주기 시작한 것이다. 원고지 한 장당 백 엔. 게다가 선생님에게 칭찬 받으면 성공 수당으로 백 엔을 더 얹어 받았다. 무슨 상이라도 받으면 오백 엔을 더 가로채 갔다. 고등학교에 들어가자 원고료는 더 뛰었다. 교활한 거래였지만 글쓰기를 싫어하는 애들이 많았기 때문에 형의 벌이는 쏠쏠했다. 특히 여름방학 독서 감상문은 주문이 몰려들어 열 명 넘게 대신 써 주곤 했다. 약아빠진 형은 열 종류가 넘는 문체와 필체를 자유자재로 구사할 수 있기 때문에 그 정도는 식은 죽 먹기였다. 마치 다른 사람이나 된 듯 척척 써냈다. 그리고 그중의 몇 개가 상을 받으면 더불어 형의 주머니도 두둑해졌다. 내가 고등학생이 되었어도 가족 할인으로 한 장당 백 엔에

써 주었지만, 늘 상을 받는 통에 나중에 꼭 더 얹어 줘야 했다. 들킬 가능성이 높기 때문에 대충 써 달라고도 해봤지만 형은 돈 받을 욕심에 항상 의욕적으로 썼다.

"고스케, 그러니까 좀 도와주라. 선배에 대한 나의 순수한 마음과 선배에 대한 정보와 너의 문장력이 합해지면 굉장한 연애편지가 완성될 거야."

순수한 마음을 갖고 있다면 연애편지를 쓰면서 다른 사람에게 도와달라고 하지는 않을 것이다.

"네가 아무리 사정해도 난 못해."

"할 수 있어, 할 수 있다고."

"그래도……."

"부탁이야. 제발."

오카노는 두 손을 짝 소리 나게 모으고 내 눈을 들여다보았다.

이 눈이 참 예쁘단 말이야. 한심하게도 나는 오카노가 부탁하면 거절하지 못한다. 오카노가 그 얼간이 같은 형을 좋아해도 상관없다. 어쨌든 오카노는 예쁘다. 오카노가 좋아하는 일이라면 뭐든지 할 수 있을 것 같다.

"뭐, 알았어."

"진짜? 고마워! 고스케, 역시 넌 좋은 애야. 그럼 다음 주 목요일에 우리 집으로 와. 함께 쓰자. 알았지?"

오카노는 멋대로 혼자서 약속을 정하고, "그럼." 하고 손을 흔들고 등을 획 돌렸다.

# 2

집에 돌아와 보니 형이 짐을 정리하고 있었다. 형은 졸업식 다음날부로 집을 떠나 도쿄로 간다. 4월부터 도쿄에 있는 전문학교에 다니게 된 것이다.

우리 집은 오래된데다 좁다. 1층은 가게이고 가게 안쪽에 방이 하나 딸려 있다. 2층에 엄마 아버지가 함께 쓰는 방과 나와 형이 함께 쓰는 방이 있다. 형과 나는 한방을 쓴다. 세 평도 안 되는 비좁은 방에서 함께 생활한다. 요즘에는 형이 이사 준비로 부산을 떨어 공연히 나까지 마음이 둥 떴다.

"고스케, 너 이제 이거 필요 없지?"

"어?"

나는 뒹굴며 만화 잡지 점프를 읽다가 고개를 들었다.

"너 요즘 잘 안 치는 것 같으니까 내가 가져간다."

형은 벽장에서 내 기타를 꺼냈다.

"왜 형 맘대로야?"

"뭐 어때서 그러냐? 여기에 둬 봐야 치지도 않을걸 뭐."

기타는 열세 살 생일 때 아버지가 사 준 것이다. 처음에는 아버지도 기타 치는 나를 흐뭇하게 바라보았다. 하지만 채 한 달도 지나지 않아 정작 사 준 아버지가 기타 소리가 시끄럽다고 화를 냈다. 아버지는 워낙 록 음악이나 포크송을 싫어했다. 자르릉자르릉 소리가 시끄러운 소음으로 들린 것이다. 일본 사람이라면 엔카(우리나라의 트로

트와 비슷한 일본의 대중가요 : 옮긴이)를 들으랴나. 아버지는 고리타분한 사람이다.

"가져가든가."

나는 뱉어 버리듯이 말하고 다시 만화책에 눈을 돌렸다.

"땡큐. 뭐, 이 정도 이별 선물이야 동생이라면 당연하지."

형은 얄밉게 말하고는 꾸려 놓은 짐 위에 내 기타를 올려놓았다.

"어, 이것도 필요 없지?"

형은 아직도 벽장 속을 뒤지며 찾는 중이다. 이러쿵저러쿵 이유를 붙여 내 것들을 모조리 가져갈 작정인 거다. 주는 것 없이 싫은 자식. 어째서 오카노는 이런 자식을 좋아하는 것일까. 형은 잘생긴 축에 든다. 우락부락하게 생긴 나와 아버지와는 달리 어릴 때부터 예쁘장하게 생겼다는 말을 주위 사람들에게 들어 왔다. 요령이 좋아 공부도 운동도 나름 잘하고, 말주변이 좋아 선생님의 비위도 잘 맞추고, 여자애도 잘 꼬드긴다. 하지만 진짜 왕싸가지다. 같은 집에 사는 나는 그것을 잘 알고 있다. 나쓰메 소세키의 〈도련님〉에도 영악하고 연약한 형이 나오지만 형도 그에 못지않다.

"어, 이 오리털 잠바 멋진데. 이것도 가져간다."

"왜 가져가?"

"왜 가져가다니, 너한테는 잘 안 어울리니까 그러지. 그 대신 내 옷은 거의 놓고 갈 테니까 맘대로 입어도 돼."

진짜 제멋대로다. 좋은 거 다 갖고 도쿄든 미국이든 썩 꺼져 버려.

나는 대꾸도 않고 방을 나와 버렸다.

"아, 고스케. 때맞춰 잘 나왔구먼. 배달 좀 갔다 와. 가시와기 댁이여."

가게로 내려가자 엄마가 철가방을 테이블 위에 올려놓으면서 말했다. 저녁때가 되자 아버지도 비좁은 주방 안에서 바삐 움직이고 있다. 가게에는 낯익은 손님 두 분이 있었다. 나는 "안녕하세요." 하고 고개를 꾸벅 숙이고는 철가방을 들고 가게를 나섰다.

밖으로 나오자 서쪽 하늘에 간당간당 걸려 있는 큼직한 태양이 집 앞길을 오렌지 빛으로 불그스름하게 비추고 있었다. 바로 며칠 전까지 살풍경했던 하늘도 서서히 엷은 빛으로 바뀌어 간다. 이제 겨울은 완전히 물러갔다. 좋은 계절이구나, 하고 감성 따윈 없는 나도 그만 그렇게 생각해 버렸다.

"이여차."

나는 묵직한 철가방을 싣고 자전거에 올라탔다.

아무리 바빠도 도무라 반점의 일을 거드는 건 나뿐이다. 형은 큰아들인데도 가게에는 코빼기도 내밀지 않는다. 자기 집 가게 일인데도 철저히 외면하고 있다. 고등학교를 졸업하면 집을 떠날 거다. 도쿄에 가서 전문학교를 다니고 소설가가 될 거란다. 꽤 오래 전부터 형은 그렇게 선언했다. 그 때문에 고등학교 1학년 때부터 역 앞 편의점에서 바지런히 아르바이트를 하며 돈을 모으고 있다. 작문을 대신 써 주며 용돈 벌이를 하는 것도 집을 나가기 위한 자금 마련의 한 방편인 게 틀림없다. 겨울방학 동안 도쿄에 살 집과 전문학교를 멋대로 정하고, 혼자서 이사 준비도 하고 있다.

소설을 쓴다면 굳이 도쿄에 갈 필요도, 전문학교에 갈 필요도 없을 것이다. 하지만 최첨단 도시에 가지 않으면 전문적인 기능을 익힐 수 없고 새로운 것도 쓸 수 없다고 바보 같은 형은 말했다. 물론 그런 말들은 핑계에 불과하다. 가까이 있으면 아버지 뒤를 이어 도무라 반점을 떠맡을 수밖에 없다고 생각했을 거다. 난 처음부터 형이 소설가를 지망하는 것 자체가 의심스러웠다. 돈벌이를 위해서 부지런히 글을 쓰긴 했지만 그 자식이 책을 읽는 건 본 적도 없다. 국어책에 실린 유명 작가들의 사진에도 비참한 낙서만 휘갈겨져 있을 뿐이다. 약아빠진 형은 쉽게 이해하지 못할 직업을 들먹이면 아버지와 엄마가 껌뻑 넘어갈 거라고 생각한 것이다. 자신의 재능을 시험해 보고 싶다고 말하면 아버지와 엄마가 반대하기 어려울 거라 계산한 것이다.

"실례합니다—. 도무라 반점에서 왔습니다."

현관 앞에서 큰소리로 말하자, 가시와기 아주머니가 나왔다.

"아이고, 고스케 고맙구먼."

"뜨거우니까 조심하세요."

나는 철가방에서 라면 두 그릇과 만두와 팔보채를 꺼내 놓았다.

"어이쿠, 이 맛난 냄새!"

"아줌마, 무슨 좋은 일 있으세요?"

"왜?"

"오늘은 라면 말고 다른 것도 시켜서요."

"과연 고스케여. 오늘 아침에 미와가 둘째 애를 낳았지 뭐여. 멀어서 보러 갈 순 없고, 그냥 여기서 남편이랑 둘이서 축하허려고."

가시와기 아주머니는 얼굴에 주름을 한가득 지으며 웃었다. 웃는 얼굴이 좋다. 라면으로 축하하는 건 좀 촌스럽지만 우리 집에서 만든 음식이 축하하는 자리에 올려지는 것은 기쁘다.

"그렇구나. 아줌마, 축하해요."

"고맙구먼. 고스케도 얼른 장가가서 이 아줌마한티 색시 보여 줘."

"무슨 말이에요. 저, 아직 고등학생이라구요."

나는 얼굴을 찡그리고 웃었다.

"저런, 그렇지. 아니, 니가 너무 커 버려서 아줌마가 착각했잖여."

가시와기 댁에는 한 달에 두 번 정도 배달을 간다. 그때마다 아주머니는 내가 컸다고 감탄한다. 내 몸집이 큰 것은 분명하지만 나에게는 눈에 띌 정도로 다달이 쑥쑥 크는 재주는 없다.

"아줌마한테는 진짜 못 당해."

나는 이영차 하면서 철가방을 들었다. 얼른 돌아가지 않으면 "어디서 딴짓하고 오는 거여." 하는 아버지의 불호령이 떨어진다.

"아 참, 잠깐 기다려 봐."

아주머니는 돌아가려는 나를 잡아 두고 안쪽 방으로 들어가더니 손에 사탕을 한 움큼 들고 나왔다. 옛날부터 배달을 가면 아주머니는 "아빠한테는 비밀이구먼."이라면서 사탕이며 초콜릿을 손에 쥐어 주곤 했다. 가시와기 아주머니만이 아니다. 이 부근 사람들은 여러 모로 마음을 써 주는 사람이 많았다.

"아휴, 저도 이제 고등학교 2학년이라구요."

"괜히 폼 잡지 말어. 어때서 그려."

"알았어요. 고마워요, 아줌마."
나는 사탕 하나를 입에 던져 넣었다.

## 3

학교는 졸업식까지 동아리 활동뿐이라 점심때부터는 할 일이 없었다. 나는 일찌감치 집에 돌아와 점심시간이 되기 전부터 가게 일을 거들러 나갔다. 아버지와 엄마가 일을 시키는 것은 아니지만 시간이 있을 때는 되도록 가게 일을 거든다. 오래 전부터 그래야 한다고 생각해 왔다. 어릴 때는 설거지며 음식을 나르는 일 정도밖에 못 했지만 지금은 간단한 요리도 할 수 있다.

"고스케, 채소도 좀 썰어."

아버지의 말에 칼을 든다. 팔보채나 덮밥에 넣을 채소를 다지는 것이다.

썩썩썩썩 배추가 경쾌한 소리를 낸다. 아버지는 도구를 소중히 여긴다. 칼도 자주 갈고 냄비도 정성껏 닦는다. 때문에 오래된 가게지만 주방의 물건은 하나같이 깔끔하고 쓰기 편하다.

내가 채소를 자른 덕분에 아버지가 수월하게 일할 수 있다. 호흡이 척척 맞는다. 그것이 느껴져 뿌듯하다.

12시가 지나자 근처 건설 회사 아저씨들이 우르르 몰려왔다. 늘 오는 단골들이다. 특별하게 다른 주문은 없었지만 다들 A정식을 먹는다. 밥과 반찬과 국으로 이루어진 세트. 오늘은 볶음밥과 탕수육과 계란국.

"안녕하세요."

나는 아저씨들에게 고개를 까딱 숙였다.

"어, 고스케 아녀. 벌써 봄방학 헌 거여?"

히로세 아저씨가 내 얼굴을 보고 큰소리로 말했다.

바로 근처에 살고 있는 히로세 아저씨는 어렸을 때부터 나를 각별하게 대해 주었다. 나를 아들처럼 귀여워해 주고, 오락실이며 경마장에 데려가서 돌아올 때에는 장난감을 사 주곤 했다.

"뭐, 방학이나 마찬가지예요."

"어이구, 좋겠구먼. 고등학교는 봄 여름 가을 겨울, 방학이 있어서 말여."

"가을 방학은 없는데."

나는 말참견을 하면서도 손은 쉬지 않고 놀린다.

"참, 그 뭐다냐. 도령은 도쿄에 간다지 않았나?"

히로세 아저씨가 아버지를 향해 말했다.

이웃 사람들은 형을 '도령'이라고 부른다. 언제부터 그렇게 불렀는지, 누가 처음 불렀는지는 모르지만 가게 일도 거들지 않고 태평하게 빈둥거리기 때문일 것이다.

"뭐, 속을 알 수 없는 녀석이잖여."

아버지는 냄비를 이리저리 돌리면서 씁쓸하게 웃었다.

"도령은 어려서부터 좀 별난 구석이 있었어, 그건 확실혀."

다케시타 형도 한마디 거들었다.

옛날에 다케시타 형은 근방에서 알아주는 양아치였다. 싸울 때는 빠지 않고 화끈하게 했고, 술과 담배도 이미 중학교 때부터 둘째가라면 서러울 정도였다. 그런데 지금은 싸움도 하지 않고 술, 담배도 입에 대지 않는다. 일찍 결혼해서 지금은 두 딸의 자상한 아빠다.

"그래도 아저씨는 고스케가 있어서 좋구먼. 우리 자식 놈도 고스케 마냥 일 좀 하면 좋겠고만, 입만 살아가지고 통 일을 하려고 들질 않어."

히로세 아저씨의 말에 아버지는 멋쩍은 듯이 대꾸했다.

"고스케도 아직은 아무짝에도 쓸모없구먼."

"아이고, 배부른 소리 허고 있네. 허허, 욕심이 끝이 없구먼. 그래도 고스케 솜씨 많이 좋아졌구먼."

나도 아저씨 말에 동감이다.

모두들 형은 손재주가 없어서 요리 같은 건 못하는 걸로 알고 있지만 그건 새빨간 거짓말이다. 원래 그 자식은 손재주가 좋다. 기술 시간에 책장을 만들었을 때도 기가 막히게 잘 만든 탓에 선생님이 도서실에 강제로 기증하게 했고, 여름방학 탐구 학습 과제도 섬세하게 잘 만들었다. 가게 일을 거들고 싶지 않으니까 손재주가 없는 척하는 것뿐이다.

아버지는 어렸을 때부터 나와 형에게 식칼을 쥐어 주고, 양파와 감자 자르는 연습을 시켰다. 단순한 나는 아버지에게 칭찬 받는 것이

기뻐서 열심히 칼질 연습을 했다. 특별히 솜씨가 좋은 건 아니었지만 연습을 하면 그만큼 칼질은 숙달되었다. 하지만 형은 도무지 칼 쓰는 솜씨가 숙달되지 않았다. 칼질을 하다가 손가락을 베기도 했다. 틀림없이 일부러 그랬을 거다. 어릴 때부터 형은 이미 미래를 계산하고 있었던 것이다. 그런 형을 지켜본 아버지도 형에게는 칼을 들려 주려고 하지 않았다.

"자, 다 됐어요."

나는 카운터 너머 아저씨들에게 볶음밥을 건넸다.

"잘 먹겠구먼."

아저씨들은 아버지가 만든 음식을 덥석 입에 넣었다. 지금은 '맛있다' 따위의 감상을 이야기하는 사람이 이 가게에는 없다. 아버지와 아저씨들 사이에는 맛 이상의 당연한 어떤 것이 있다. 이렇게 주저 없이 요리를 드시는 모습을 보면 정말 기분이 좋아진다.

아저씨들의 식사가 거의 끝나갈 무렵 아침부터 아르바이트 갔던 형이 돌아왔다.

가게에 들어선 형은 아저씨들을 보자 금세 난처한 얼굴로 바뀌었다. 형은 단골들이 있을 때 가게를 지나는 것을 좋아하지 않는다. 하지만 불행히도 우리 집은 가게를 통하지 않으면 드나들 수 없는 구조다.

"도령 아녀? 이야 오랜만이구먼."

살그머니 방으로 올라가려던 형은 그만 다케시타 형에게 발각되고 말았다.

"어어, 형이네. 왔어? 오랜만이야."

있는 거라곤 애교밖에 없는 형은 붙임성 있는 얼굴로 웃었다.

"도령, 지금 다들 니 얘기하고 있었구먼."

히로세 아저씨가 말했다.

"진짜요? 아저씨들, 쓸데없는 얘기만 하니까 싫어."

형은 어깨를 으쓱했다.

"잔말 말고 여기 좀 앉아 봐. 도령!"

히로세 아저씨는 자기 옆자리를 형에게 권했다. 얼른 방으로 들어가고 싶으면서도 잘 보이고 싶은 형은 싱글벙글 웃으며 아저씨 옆에 앉았다.

"못 본 새 도령도 많이 컸구먼."

"이래봬도 저 고등학교 졸업해요."

"아, 그렇지. 허지만, 도령이 고스케처럼 가게에 얼굴을 내밀지 않으니께 나이도 잊어버렸잖여."

"도령, 가게 일도 안 거들고, 지지배들허고 놀러 다니기만 허는 거 아녀?"

다케시타 형이 놀렸다.

"그려그려, 나도 도령이 진짜 이쁜 지지배랑 걸어가는 거 봤어."

"인기 많은 사내는 괴로운 법이지."

형은 아저씨들의 이야기를 "그런 거 아니라니까."라고 가볍게 부정하면서 들었다.

"그건 그렇고, 그 뭐냐, 도령은 도쿄에 간다고?"

히로세 아저씨가 물었다. 곤란한 일이 까발려지기라도 한 듯이 형의 얼굴이 살짝 굳어졌다.

"뭐, 그래요."

"그래요라니, 너 말이여, 도쿄 같은 데 가서 뭐허게?"

"마땅히 뭘 할 생각은 없어요."

"뭐, 할 것도 없는데 부러 여길 떠나 그런 데까지 가는 건 또 뭐여?"

"그냥 뭐."

"그건 말이 안 되어, 헤이스케. 할 일도 없는디 집은 왜 떠나."

분위기가 심상치 않다. 히로세 아저씨는 사람은 좋지만 술기운을 빌지 않고도 시비를 걸어오는 사람이다. 아저씨가 형을 도령이 아닌 헤이스케라고 부를 때는 좋은 일이 일어난 적이 없다.

"그래도 일단 가 보려고요."

"뭐가 일단이여. 그래서 너를 도령이라고 부르는 거잖여!"

"알고 있어요."

형은 일을 복잡하게 만들지 않으려고 순순히 수긍한다.

"너는 참말로 속편한 도령이구먼. 집안일은 죄다 동생한테 떠넘기고. 내참, 형 이름값이나 좀 허지 그려."

"알았어요."

"가게 내팽개치고, 할 일도 없는데 도쿄에 가? 대체 무슨 생각으로 그러는 거냐?"

아저씨의 목소리가 거칠어지자 엄마의 얼굴에 걱정스런 빛이 스친다. 다케시타 형도 안절부절못하는 표정이다. 난감하네. 형이 혼나는 거야 상관없지만 이런 분위기는 딱 질색이다. 나는 짝 하고 큰소리로 손뼉을 쳤다.

"자자, 아저씨! 그런 얘기는 재미없어요. 그보다 봄방학에 또 고시엔 데려가 줘요. 올해는 가쿠엔 고등학교(PL학원. 일본 오사카의 야구 명문 고교 : 옮긴이)가 되게 센 것 같던데."

"그려?"

슬슬 화가 치밀어 오르던 아저씨는 내 쪽으로 얼굴을 돌렸다.

"그렇다니까요. 투수가 엄청 센가 봐요. 올해는 오랜만에 전국 우승도 노려볼 만할 것 같던데요."

"아 그려, 그럼 보러 가야지."

단순한 아저씨 머릿속은 형에 대한 일은 지워지고 온통 야구로 가득해졌다.

"고맙구먼, 고스케."

엄마가 일단락된 가게 안을 정리하면서 말했다.

"뭐가?"

나는 부루퉁하게 물었다.

"뭐가라니, 그 왜."

"별거 아닌 일로 일일이 고맙다는 말 안 해도 돼."

"저런, 그런 얼굴 하지 말어. 너도 앞으로 헤이스케랑 함께 있을 날도 별로 없잖여."

"그래서, 뭐가 어쨌다구."

"꼭 그래서 그런 건 아니고."

그러니까 형이랑 좀 사이좋게 지내라고 말하고 싶겠지. 엄마는 형에게 약하다. 자기 좋아서 집을 나가는 형에게 왜 마음을 써야 하는지 모르겠다. 나는 얼굴을 찡그린 채 묵묵히 탁자를 훔쳤다.

## 4

형과는 언제까지 사이좋게 지냈던 걸까. 도대체 형과 사이가 좋았던 적이 있기나 한 걸까. 나는 자신의 책상을 정리하는 형을 멍하니 바라보았다. 폐품으로 버리려는 것일까. 교과서와 참고서를 계속 끈으로 묶고 있다. 형은 물건을 아무렇지도 않게 휙휙 버린다. 닥치는 대로 모조리 치워 버린다. 앞으로 이틀 후면 졸업, 사흘 후면 형은 떠난다. 하지만 형이 떠난다 해서 섭섭한 마음은 눈곱만큼도 없다.

아무튼 내일은 오카노의 집에 가서 형의 마음을 흔들어 놓을 만한 말을 제공하지 않으면 안 된다. 나는 형의 움직임을 눈으로 좇으면서 약간은 진지하게 형에 대해서 생각해 봤다. 그러나 형이 어떤 사람이며, 무엇을 좋아하고, 무엇에 흥미가 있는지 한심할 정도로 떠오르지 않았다. 남에게 붙임성 있게 잘 다가가고 싫어도 속마음과 달리 겉으로는 좋은 척한다. 솜씨 없는 척하고 소설가를 지망하는 척하면서 이 가게에서 나가려고 한다. 거기까지는 안다. 하지만 진짜 형이 어떤 사람인지는 알 수가 없다. 한 살 터울인데도 나는 형을 이해할 수가 없다. 이런 비좁은 방에서 함께 살고 있지만 대화다운 대화는 거의 한 적이 없다. 크게 싸운 적도 없는데 언제부터인지 꼭 필요한 최소한의 말밖에 하지 않게 되었다.

"넌 왜 도쿄에 가는 거냐?"

"뭐?"

뜬금없는 질문에 형은 의아하다는 듯이 내 쪽으로 얼굴을 돌렸다.

"너, 도쿄에 왜 가냐고?"

"새삼스럽게 무슨 소리야? 소설가가 되고 싶다고 했잖아."

"거짓말."

"진짜야."

"소설 따윈 써서 뭐할 건데? 의미 있어?"

"의미야 많지. 펜은 칼보다 강해."

형은 익살스럽게 대꾸했다. 나는 사람을 깔보듯이 농담을 지껄이는 형의 이런 모습이 옛날부터 싫었다.

"바보 아냐? 펜 따위로 할 수 있는 게 뭐가 있다고."

"너 무식이 통통 튀는구나. 사람을 행복하게도 하고 죽일 수도 있는 게 바로 말이라고. …… 하긴 그렇게 생각하면 볼펜 만든 사람은 노벨상감이긴 하네."

바보 같다. 형은 늘 입에서 나오는 대로 지껄인다.

"볼펜이 칼을 어떻게 이겨? 글로 누군가를 서서히 상처 줄 수 있을지는 몰라도 죽일 수는 없어. 하지만 칼은 단칼에 해치울 수 있다고. 소중한 것을 지키는데 펜으로 할 수 있는 건 아무것도 없어. 너는 만날 비현실적인 얘기만 해."

"뭐야, 고스케. 넌 소중한 것을 지키기 위해서 칼을 들겠다고? 이 이십일 세기에? 부추를 썰 것도 아닌데. 이거 또 불안해지네."

형이 실실 웃으며 말했다.

"요리를 우습게 보지 마. 펜으로는 배부를 수 없지만, 칼로 부추를 자르면 일단 배는 빵빵해질 수 있어. 배부른 데 보탬이 되지 않는 글을 쓰기보다 만두나 볶음밥을 만드는 게 훨씬 낫다고."

내 말에 형은 "과연."이라며 크게 고개를 끄덕이고는 말했다.

"아버지도 똑같은 말을 했지. 역시 도무라 반점은 네가 이어받아야해. 생각까지도 같으니까 말이야."

나는 울컥 화가 치밀었다.

이렇게 된 이상 내가 가게를 잇는 건 어쩔 수 없다고 생각하고 있다. 아니, 오래전부터 가게를 이을 사람은 형이 아닌 나일 거라고 느끼고 있었다. 하지만 자기 좋을 대로 집을 나가는 형에게 그런 결정을 내리게 내버려 두고 싶지는 않았다.

"솔직히 먼저 태어난 사람이 책임져야 하는 거 아냐?"

"먼저 태어난 사람?"

"분명히 너잖아. 넌 왜 아무것도 안 하려고 들어?"

내 말투가 강경해졌다. 지금까지 내내 응어리져 있던 것이 처음으로 말로 튀어나왔다.

나와 형은 누가 가업을 이을 것인가에 대해서는 이야기를 나눈 적이 없다. 우리 가게에 대해서 한 번도 이야기를 한 적이 없다. 그런데 어느새 내가 가게를 잇는 쪽으로 흘러가고 있었다. 가게를 잇는 것이 나쁜 것은 아니다. 나는 내가 이어도 좋다고 각오는 하고 있다. 하지만 완전히 수긍한 것은 아니다. 어딘지 찜찜한 구석이 있다.

"뭐 아무것도 안 하는 건 아니지. 네가 모를 뿐이지, 나도 보이지 않는 곳에서 여러 모로 책임지는 부분이 있거든."

"뭐어? 바보 같은 소리 마. 책임진다는 자식이 어떻게 집을 나가?"

"먼저 나갈 수 있는 게 맏아들의 특권이지. 특권이 한 가지쯤은 있어야지 안 그러면 맏아들 같은 거 못 해 먹어."

뭐 하나 맏아들 노릇을 한 적이 없는 형이 그렇게 말했다.

"그럼, 둘째 아들 특권은 뭐가 있는데?"

생활용품은 고스란히 형이 쓰던 것을 쓴다, 고작 한 살 터울인데 늘 어린애 취급을 당한다, 게다가 귀찮은 일까지 억지로 떠맡아야 하고 늘 손해만 본다.

"뭐냐고? 큰 특권이 있지. 보고 배울 수 있잖아? 그게 바로 둘째의 특권 아니겠냐?"

"널 보고 배울 건 단 한 가지도 없어."

"내가 성공하면 그대로 흉내 내면 되고, 내가 실패하면 다른 방법으로 하면 되지. 뭐든 편하잖아. 진짜 난 고스케 네가 부럽다. 아, 나도 형이 있으면 좋겠다."

"멍청한 자식!"

나는 옆에 있던 점프를 있는 힘껏 형 머리에 던졌다. 아주 가까운 거리에서 던졌기 때문에 점프는 형의 머리 한가운데를 명중하고 퍽

하는 둔한 소리를 냈다.

형은 "아얏!" 하고 소리쳤을 뿐 반격도 없이 입을 다물어 버렸다. 어지간히 아팠던지 고개를 숙인 채 움직이지 않았다. 걱정은 됐지만 나는 모른 척하고 내 책상에 앉았다. 자업자득이다. 따끔한 맛을 좀 봐야 돼. 내가 하릴없이 책상 위를 정리하자 마침내 형이 얼굴을 들었다.

"난 역시 이기적인가."

형은 그렇게 중얼거리고는 비틀비틀 일어나 점프를 집어 내 책상 위에 놓았다.

"뭐가?"

"맏아들인데 성가신 일은 너한테 떠넘기고 여기를 떠나니까."

형답지 않은 말.

"그럼, 안 가면 되지."

나는 코웃음을 치며 그렇게 쏘아붙였다.

"너의 진심은 뭐야?"

형은 내 말에는 대꾸하지 않고 그렇게 물었다.

"뭐가?"

"이 가게 잇는 거 어떻게 생각하냐고."

"뭐, 아무 생각도 없어."

"아무 생각도 없는 거 아니잖아? 이대로 집에 있으면서 아버지 뒤를 잇는 게 싫다거나 가게를 맡아서 하고 싶다거나, 무슨 생각이 있을 거 아냐?"

"글쎄."

"글쎄라니, 무슨 뜻이야?"

"그야, 형처럼 제멋대로 굴 수 있으면 좋지만 정상적인 생각을 가진 사람이라면 아버지 가게를 망하게 할 순 없지 않겠어?"

"그렇구나, 그래."

형의 얼굴이 침울해졌다. 이렇게 얌전한 형을 본 적은 거의 없는데. 머리를 잘못 얻어맞은 건가. 내가 이상한 듯이 얼굴을 들여다보자 형은,

"뭐, 나는 정상적인 생각을 갖고 있지 않으니까 소설가가 될 수 있는 거겠지."라며 히죽 웃었다.

## 5

"걔, 소설가가 되고 싶은 모양이니까 거기에 대해서 대단하다거나, 뭐 그렇게 쓰면 될 거야."

"응응, 그리고?"

오카노는 눈을 반짝이며 내가 하는 말을 하나도 놓치지 않고 메모한다.

"또 기타를 가져가니까 기타는 참 좋아요. 뭐 그런 말을 짜 맞추면 좋을 거고."

"바로 그거야, 앗싸! 그리고?"

"그리고 말이야……."

오카노가 구운 쿠키를 오물거리면서 나는 형에게 보낼 말을 열심히 생각했다. 쿠키는 밀가루를 너무 많이 넣었는지, 너무 바싹 구웠는지 딱딱하고 쉽게 부스러졌다. 솔직히 오카노가 만들지만 않았다면 한입도 먹지 못했을 거다.

"다른 거 또 없어?"

"다른 거……."

커피 우유에 쿠키를 찍어 먹으면서 형에 대해 머리가 터지도록 생각했다. 결점은 끊임없이 떠오르는데 근사한 말은 하나도 떠오르지 않았다.

"많이 생각해 놓으라고 했잖아."

오카노는 부루퉁해서 자신이 만든 쿠키는 제쳐 두고 내가 가져온 고구마 맛탕을 입에 넣었다. 미안하게도 오카노 표 쿠키보다 내가 만든 도무라 반점의 고구마 맛탕이 훨씬 맛있다.

"미안. 나 진짜 형에 대해서 아는 게 없어. 아무리 생각해도 떠오르지 않는 걸 어떡하냐. 여기까지가 한계야."

"정말이야?"

"응, 진짜로 정말이야."

내가 항복하고 두 손을 들자 오카노는 동정하듯이 어깨를 움츠렸다.

"그렇다면 좀 안 됐다."

"그런가?"

나는 두 손을 든 채로 고개를 갸웃거렸다. 형에 대해 모르는 자신을 딱하다고 생각한 적은 한 번도 없다.

"그래. 나도 동생이랑 썩 사이좋은 건 아니지만 동생에 대해서라면 얼마든지 생각할 수 있는데."

"그래?"

"물론이지. 함께 살고 있잖아. 일부러 머리 터지게 생각하지 않아도 대강은 알아."

세상의 다른 형제들은 다 그런가? 그럼 나는 왜 형에 대해서 아무 것도 모르고 있는 건가? 이런저런 생각을 하는데 문득 형이 쓴 작문이 떠올랐다. 올여름 나 대신 쓴 〈인간 실격〉 독서 감상문.

'나도 주인공과 같다. 나도 태어나서 미안하다고 생각하고 있다. 인간 실격이라고 할 정도는 아니지만 이 집, 이 동네 사람으로서는 실격인지도 모른다.'

형은 내 감상문에서 그렇게 말했다.

여름방학에 읽었을 때는 별 뜻도 없이 멋만 부린 글이라고 생각했다. 어느 모로 보나 선생님이 좋아할 만한, 형이 쓸 만한 감상문이라고 느꼈을 뿐이다. 그런데 꼭 그렇지만도 않았다.

언제부터일까. 왜일까. 같은 마을에 태어나서, 같은 가족 안에서 자랐는데 형을 둘러싸고 있는 것과 나를 둘러싸고 있는 것은 달랐다.

아버지는, 나에게는 진심으로 화를 내고 때리기도 하지만, 형에게는 소리치거나 화내지 않는다. 엄마는 형을 귀한 자식으로 떠받들지만 어려운 일이 생기면 형이 아닌 나에게 의지한다. 전구를 갈아 끼울 때나 바퀴벌레가 나올 때도 형의 이름이 아닌 내 이름을 부른다. 물론 나나 형이나 틀림없는 아버지와 엄마의 자식이고, 나도 형과 마찬가지로 애정을 받으며 자라고 있다. 하지만 맞고 안 맞는 부분은 있다. 한 핏줄이라고 취미와 생각까지 일치한다고 할 수는 없다.

내가 아버지와 캐치볼을 할 때 형은 축구를 했다. 나와 아버지가 텔레비전에 앞에서 한신 타이거스(일본의 프로 야구 팀으로 연고지는 효고 현 니시노미야 시이지만 원래는 오사카 타이거즈였다. : 옮긴이)를 응원할 때 형은 관심 없는지 만화를 읽었다. 나와 엄마가 요시모토 신희극(일본의 코미디언 사관학교인 요시모토 흥업 소속 배우들이 만든 코미디 무대 : 옮긴이)을 보고 낄낄 웃는 것을 형은 어리둥절한 얼굴로 쳐다보았다. 나와 엄마는 간식 대신 오코노미야키를 먹지만 형은 가루음식은 싫어한다. 우리는 히로세 아저씨와 단골손님들이 가게에 오면 반가워하지만, 형은 아저씨들의 거친 말투에 언제나 당혹스러워했다.

부모 자식이라고 형제라고 취향이 같을 수는 없다. 뜻이 맞지 않을 수도 파장이 다를 수도 있다. 자신이 태어난 장소와 자신이 존재하는 장소에 위화감을 갖는다는 건 어떤 느낌일까. 형은 초등학교 때부터 묵묵히 용돈을 모았다. 무엇 때문에, 어떤 생각으로 그랬을까.

"야, 생각하는 거야?"

오카노는 내 얼굴을 들여다보았다.

"어?"

"선배에 대해서 생각하는 거냐고?"

"그럼, 생각하고 있지. 엄청 생각하고 있다구."

나는 오카노의 손에서 펜을 낚아챘다. 형에게 하고 싶은 말이 없는 건 아니다.

## 6

떠나는 날 아침. 형 친구가 조그만 1톤 트럭을 몰고 왔다. 우리 가족의 힘을 빌지 않고 형은 그 트럭을 타고 도쿄까지 가 버리는 거다. 어제 졸업식 때는 부연 가랑비가 살포시 내렸는데 오늘은 하늘이 쨍하니 맑다. 어제 비가 내린 덕분에 오늘은 물빛 하늘이 한층 더 투명해 보인다.

"하나에서 열까지 죄다 지멋대로 결정해 버리지."

엄마는 구시렁거리면서도 앞장서서 형의 짐을 트럭에 실었다. 엄마가 이것도 필요하다, 저것도 가져가면 편리하다면서 이런저런 물건들을 잔뜩 실은 탓에 조그만 짐칸은 금세 꽉 차 버렸다.

가고 싶으면 가라지, 라면서 무관심한척 했던 아버지는 엄마를 통해 두툼한 봉투를 형에게 건넸다. 틀림없이 돈이 들어 있을 거다. 우리 집 형편에서 보면 꽤 큰 금액일 거다.

형은 여느 때와 다름없는 기분으로 "날이 개서 다행이야."라는 둥, "도쿄에 도착하면 도쿄바나나(도쿄의 특산품인 바나나 모양의 전통 과자 :

옮긴이) 보낼게."라는 둥 해도 그만 안 해도 그만인 말을 실없이 주절대면서 짐을 실었다.

원래부터 짐이랄 정도의 물건도 없었고, 형이 오래 전부터 정리했기 때문에 출발 준비는 싱겁게 끝났다.

"그럼, 그만 갈게요."

마지막으로 나한테 뺏은 기타를 트럭에 싣고, 형은 근처 슈퍼에라도 가는 투로 말했다. 쿨했다. 예상대로 엄마는 눈자위가 붉어졌고 아버지는 굳은 표정이 더욱 굳어졌다.

"아이고, 왜 그렇게 어두운 얼굴을 하고 그래요. 우주로 떠나는 것도 아닌데. 가서 연락할게요."

형은 가볍게 웃으면서 트럭 문을 열었다. 집을 떠나는데 격식 차려 인사를 할 생각은 없는 모양이다. 나는 아무 말도 하지 않고 형과 엄마와 아버지를 바라보았다.

조금은 아쉬움과 불안을 느끼고 있는 걸까. 아니면 홀가분한 기분일까. 혹시 후회하는 건 아닐까. 형의 표정은 한결같아서 무슨 생각을 하는지 도통 읽을 수가 없었다.

"그리고 편지 쓰게 되면 컴퓨터로 쓸게."

형이 우두커니 서 있는 나를 향해 말했다.

"무슨 말이야?"

"영문을 알 수 없는 편지 끝에 연필이든 식칼이든 든다는 것 자체는 뭐든 같다고 생각해. 힘내. 그런 말 썼잖아?"

오카노가 건넨 편지 얘기다.

어제 예상대로 형은 여자애들에게서 엄청 많은 편지며 선물을 받았다. 그 많은 편지 중에 오카노의 편지를 벌써 훑어봤다는 건가.
"요즘은 연필로 안 써. 혹 소설을 쓰더라도 컴퓨터로 쓰지."
나는 시치미를 뚝 떼고 모른 척 형의 이야기를 듣고 있었다.
"너도 말이야, 진심으로 식칼보다 더 들고 싶은 것이 생기면 말해. 맏아들의 책임감이란 거 털끝만큼은 있으니까."
"무슨 소린지 모르겠네."
"그럴 테지. 넌 국어 실력 제로니까."
형은 그렇게 이죽거리고는 트럭에 올라탔다.
역시 주는 것 없이 싫은 놈이다. 무슨 생각을 하는지 도통 알 길이 없다. 다만 트럭이 배기가스를 폴폴 내뿜으며 달리기 시작했을 때 분명하게 느껴지는 기분이 있었다. 허전하다.

# 2장

## I

붙잡아라, 꿈 그리고 사랑.
나아가라, 미래 그리고 성공.
꿈과 희망의 하나조노.
그래, 무대는 언제나 여기에서, 하나조노 창작학교.

매일 아침 8시 50분부터 10분간 무슨 구호 같은 대중가요가 흘러나온다. 하나조노 창작학교의 교가다. 교가지만 고등학교나 중학교 같은 경직된 분위기가 아닌, 어느 슈퍼에서 끝도 없이 흘러나오는 듯한 노래. 현재 인기 상승 중인 졸업생이 작사 작곡을 담당하고, 현재 가요계에서 활약 중이라는 졸업생이 부른다. 그런데 나는 그 졸업생의 이름을 한 번도 들어본 적이 없다. 저속하기 짝이 없는 노래지만 아침마다 듣다 보니 통째로 외워져서, 지금은 집에서 청소할 때에 나도 모르게 흥얼흥얼거린다.

하나조노 창작학교. 도쿄로 떠나오기 전까지는 전문학교라는 것을 본 적도 없지만 상상했던 것과는 완전히 다르다. 번쩍번쩍한 빌딩의 3층과 4층에 있고 아주 멋스럽다. 학교라기보다 영어 학원 같은 분위기다.

하나조노 창작학교에는 세 개의 학과가 있다. 만화학과, 성우학과, 그리고 내가 다니는 소설학과. 만화학과와 소설학과가 같은 전문학교 안에 있는 것은 80보 양보해서 이해하겠는데, 성우학과가 같이 있는 것은 이해 불가다. 이야기를 만드는 것과 애니메이션의 목소리를 내는 것의 공통점을 잘 모르겠다.

소설가 지망생이 몰리는 소설학과의 학생 수는 21명이다. 팸플릿에는 모집 인원 50명이라고 나와 있었지만, 강의실 크기는 30명이면 꽉 찰 것 같다. 그러니 웬만큼 모인 거 아닐까. 소설학과와 만화학과는 3층을 쓰고, 의외로 가장 인기 있는 성우학과는 4층을 통째로 쓰고 있다. 성우 지망생들은 애니메이션 오타쿠(특정 분야나 취미에 열중해 있는 사람 : 옮긴이)들이 모였을 거라고 생각했지만 예상과 달랐다. 예쁜 학생들도 멋스런 학생들도 소설학과보다 훨씬 많다. 이럴 줄 알았으면 성우 쪽으로 지원할 걸 그랬다. 가족들은 소설가보다 더 이해 못하겠지만.

과연 소설가를 지망하는 만큼 소설학과에는 별난 녀석들이 많았다. 고등학교 때 반 친구들 중에도 문예부에 들어가 소설을 쓴 녀석이 있긴 했지만 그보다 몇 배는 더 독특했다. 일부러 이런 학교를 찾아올 정도이기 때문에 취미로 끼적거리는 사람들보다 첫인상이 훨씬 강렬했다. 철저하게 논리적인 녀석, 별세계에 사는 녀석, 어떻게 말을 걸어야 할까 망설여지는 오타쿠, 필요 이상으로 쭈뼛거리는 녀석. 평범한 학생들도 절반에 좀 못 미치게 있기는 하지만, '특이한 것이 멋스럽다'는 공기가 공공연하게 강의실 안에 흐르기 때문인지 고등학교 교실과는 분위기도 들려오는 대화의 내용도 사뭇 달랐다.

아무래도 여기서도 제대로 할 수 없을 것 같다. 학교에 다닌 지 사흘. 나는 완전히 자포자기 상태로 움츠러들었다.

초·중·고. 내 성적표의 소견란에는 '적응력이 있어서 누구와도 잘 협력하며 사이좋게 지냅니다'라거나, '친구들이 잘 따르고 누구와도 마음이 잘 맞습니다'라는 상투적인 말이 적혀 있었다. 선생님들은 정말이지 겉으로 드러나는 모습밖에 보지 못한다. 그야 TPO(시간Time, 장소Place, 상황Occasion : 옮긴이)에 맞게 행동할 줄 알기 때문에 학교에서는 대충 잘하려고 노력하기는 했다. 하지만 스스로가 '어, 나 잘 적응하네'라고 느낀 적은 한 번도 없었고, 나와 딱 맞는 장소에 있었던 경험 따위는 세상에 나온 이후로 해본 적이 없는 것 같다.

하지만 결정적으로 하나조노 창작학교가 도무라 반점과 다른 점은 나와 마찬가지로 마음이 편치 않거나, 불안을 품고 있는 사람이 있다는 것이다. "내가 이상한 곳에 와 버렸군."이라고 투덜거릴 것 같은 사람들 말이다.

　모든 사람이 끔찍이 한신 타이거즈를 사랑하고, 요시모토 신희극을 보고 배꼽 빠지게 웃으며, 썰렁한 이야기라도 하면 "그게 뭐 어땠다고."라며 당황하게 만드는 동네. 자이언츠를 응원할라 치면 "네가 그러고도 간사이(오사카, 교토를 중심으로 한 지방 : 옮긴이) 사람이야?"라고 혼내고, 얌전하게 있으면 "새침하게 그게 뭐냐, 얼굴 좀 펴."라는 말을 듣는 동네. 비밀이 없고, 모두가 가족처럼 지내는 인정 많은 동네. 거기에 견주면 하나조노 창작학교 소설학과는 그저 평범한 곳일지도 모른다.

## 2

"안녕? 오늘 1교시는 뭐지?"
　강의실을 향해 걸어가는데 후루바토가 말을 걸어왔다.
"온 세상을 감동시킬 이야기를 만들겠어."라며 기회만 있으면 자신의 꿈을 이야기하는 것은 난감하지만, 평소에도 여학생들의 눈을 의식하는 지극히 평범한 녀석이다.
"으응, 어쩌고 구성 어쩌고 하는 강의 아니었던가?"
　내가 대답하자 옆에 있던 이에사란 여자애가 쿡쿡 웃었다.
"어쩌고 구성 어쩌고 강의란 결국 전혀 뭔지 모르는 거잖아."

"그게 바로 간사이 사람의 개그란 거구나."

후루바토도 웃었다.

"워째서야! 그건 간사이 사람의 개그가 아니라니까 그러네. 암튼, 알고 있는 범위에서 대답해 주려는 내 노력과 친절인 거지."

내 대답에 또 모두가 웃음을 터뜨렸다. 후루바토는 도쿄 출신이고, 이에사도 간토(일본의 중앙부인 도쿄를 중심으로 한 지방 : 옮긴이) 사람이다. 그런 이유에 간사이 사투리 억양만 비슷하게 써도 웃음을 터뜨린다. 이 정도에 놀란다면 도무라 반점에 오면 웃음이 빵빵 터져 버릴 거다. 그곳은 '워째서야!'도 설익은 개그도 넘쳐나니까.

이에사에게 '워째서야!'를 직접 들었다는 말을 들은 이와미가, "뭐? 난 못 들었단 말이야. 도무라 군, 한 번 더 해봐."라고 부탁해 왔다.

"좋아 좋아. 워째서야, 워째서야!"

이에사와 이와미는 소설학과의 몇 안 되는 세련된 여자애들이다. 나는 서비스로 '워째서야!'를 연발했다.

전문학교에서의 생활은 고등학교보다 좀 더 자유로워 대충 때울 수도 있을 줄 알았는데, 토요일과 일요일 이외에는 매일 수업이 있어 빡빡했다. 또 〈소설 기초 강좌〉, 〈현대 문예 기초1〉, 〈캐릭터 구성 기초 강좌〉, 〈스토리 구성 응용 강좌〉 등 이름만 들어도 복잡한 강좌가 수두룩했다. 이렇게 많은 강좌 명을 생각해 낸 경영자에게는 고개가 숙여지지만 어느 강좌도 결국은 비슷비슷한 내용이다. 마음만 먹으면 한 달 안에 충분히 끝낼 수 있는 내용을 길게 늘여 2년에 걸쳐서 하는 것이다. 전문학교에서의 하루하루가 이렇다는 것은 팸플릿을 읽었을 때 이미 예상했다. 그럼에도 내가 이 학교를 선택한 이유는 한 달이 지난 뒤에 자신과 맞지 않으면 입학금을 돌려받고 그만둘 수 있기 때문이다.

 고등학교 3학년 여름, 하나조노 창작학교 외에도 전문학교 팸플릿을 몇 개 요청해서 받았다. 어쨌든 학비가 싼 학교를 찾고 싶었다. 그런데 걱정스럽게도 어느 팸플릿이나 '폐강, 기타 학교의 사정에 의한 수강 불능의 경우 이외에는 어떤 경우에도 입학금을 환급할 수 없습니다.'라는 문구가 눈에 잘 띄지 않게, 하지만 분명하게 쓰여 있었다. 어떤 경우라니, 대체 어떤 경우가 평화로운 전문학교에서 발생할 수 있을지 의문이지만 어쩐지 대부분 수상쩍은 통신 판매 같았고 불친절했다. 그런 가운데 하나조노 창작학교의 팸플릿에는 '우선, 한 달 동안 열심히 공부해 보세요. 한 달간 진지하게 자신의 꿈에 다가가 보세요. 만약 한 달 동안 해보는 데까지 해보고도 본 학원이 맞지 않는다고 생각한다면 입학금 전액을 돌려 드리겠습니다'라고, 매우 양심적인 글귀가 쓰여 있었다. 당장 그만두려고 생각했던 나에게는 이 선전 문구가 눈물 나게 고마웠다.

 나는 소설가가 되기를 바란 적은 없다. 원래부터 장래에 되고 싶은 것 따윈 아무것도 없었다. 경찰관이나 비행기 조종사를 동경한 적도 없고, 공무원도 청년 실업가도 되고 싶지 않았다. 단지 빨리 어른이 되어 집을 떠나 다른 세계로 가고 싶을 뿐이었다. 어렸을 때부터 내 머릿속에는 온통 그 생각뿐이었다.

"헤이스케는 공부도 어느 정도 하니까 대학 가서 하고 싶은 걸 찾으면 돼."

고등학교 때 진로 상담을 하면서 담임인 야마다 선생님은 그렇게 말했다.

선생님의 말대로다. 나는 뭐든 어느 정도 한다. 그러나 특출하게 잘하는 것은 하나도 없었다. 특기도 없고 신념도 없었다.

엄마도 말했다.

"집 걱정 말고 대학 가면 좋을 텐데."

대학이란 데가 자유롭고 의사소통이 잘 되는 매력적인 곳이라는 것은 알고 있었다. 하지만 아무 목적도 없이 대학생이 되려는 것은 너무 안이한 태도라고 생각했다. 나는 집을 떠나고 싶었던 거다. 오사카를 탈출했다 해도 대학에 가서 부모님께 응석을 부린다면 집을 떠난 것이 아니다.

나는 무엇이든 그저 그런 수준이었지만 옛날부터 글재주는 뛰어났다. 말하고 싶은 내용을 잘 요약해서 쓰고, 논리에 치우치지 않도록 주의하면서 사춘기 아이가 쓸 수 있는 지극히 솔직한 말들을 적절하게 집어넣곤 했다. 그런 식으로 글을 써서 선생님에게 칭찬 받았다. 요령을 피운 것뿐이지만 여러 글쓰기 대회에서 늘 무슨 상이든 받곤 했다. 그래서 아버지도 엄마도 나의 글재주만큼은 인정했다.

대학에도 가지 않고 하고 싶은 것도 없는 주제에 집을 나온 가당치 않은 짓이 허락된 데에는 이 특기가 아주 유용했다. 집을 나올 수만 있다면 뭐든 써먹어야 했으니까.

1교시는 〈캐릭터 구성 발상 강좌〉였다. 개성 있는 인물의 성격을 만들기 위한 발상의 힘을 기르는 강좌.

"으음, 오늘은 캐릭터 이력서를 만들어 볼까요."

강사인 기시카와 선생님은 그렇게 말하고, 문방구에서 파는 아주 평범한 이력서를 나누어 주었다.

강사 소개에는 '수많은 잡지사에서 서로 끌어가려는 인기 작가'라고 실려 있었지만, 기시카와 선생님에게서 그런 분위기는 느껴지지 않는다. 갈색으로 염색한 머리칼은 목덜미 부분에 굽실굽실 파마 기가 있고, 키가 훤칠하게 크다. 몸에 꼭 맞는 정장을 입어서인지 평범한 직장 여성으로 보인다. 육상이라도 했는지 종아리부터 발목의 근육이 군살 하나 없이 미끈하다. 다른 강사들처럼 정장이 아닌 독특한 옷차림을 하면 그나마 예술가 분위기가 날 텐데.

그런 생각을 하면서 나는 이력서를 받아 들었다.

"자신이 만든 캐릭터로 이력서를 채우세요."

기시카와 선생님은 그 말만 하고 교탁 의자에 앉았다. 조언을 할 생각도 무엇을 가르칠 생각도 없나 보다. 그리고 뭔지 모를 자료를 읽기 시작했다.

빌딩 안에 있는 강의실은 형광등 불빛이 필요 이상으로 밝다. 조그만 창문으로 들어오는 햇살을 완전히 무시해 버릴 만큼 밝은 불빛은 병원 같아서 숨이 막힌다. 이제 막 4월이 시작된 도쿄는 아직 완연한 봄은 아니다. 얼른 한 달이 지나갔으면. 조용한 강의실 안에 글씨 쓰는 소리만 울린다. 주위를 둘러보니 후루바토도 이에사도 모두 열심히 이력서를 채워 넣고 있다. 한 달. 그래, 딱 한 달이다. 그 정도 허송세월한다고 어떻게 되지는 않겠지. 도무라 반점에서 보낸 18년에 견주면 눈 깜짝할 순간이다.

일단, 나도 이력서를 보았다.

우선은 이름. 알고 있는 사람의 이름을 허락없이 마음대로 사용하는 것은 내키지 않았다. 하지만 18년 동안이나 살았으니 수많은 이름이 머릿속에 입력되어 있다. 내가 다닌 고등학교는 거대 학교라서 학생 수도 많았다. 모르는 이름을 쓰는 것도 쉽지 않아 골똘히 생각하자 단순한 이름이 떠올랐다. 다나카 다로. 어쨌든 주변에는 없다. 연령은 나와 같은 18세. 사진을 붙이는 칸에는 적당히 얼굴을 그려 넣고, 지금 사는 곳 주소는 아직 외우지 못했기 때문에 주소란에는 도무라 반점으로 해 두었다. 학력란에는 내가 다녔던 학교. 노카와 유치원부터 시작하여 노카와 고등학교까지. 직장 경력은 18세니까 편의점 아르바이트 정도로 해 둘까. 실제로 나도 편의점 로손에서 일한 적이 있다. 취미는 야구. 남자는 대개 야구를 좋아한다. 특기는, 옛날부터 나는 테루테루보즈(맑은 날씨를 불러온다는 일본 인형 : 옮긴이)를 잘 만들었지만 그런 것을 특기라고 할 수는 없을 거고, 그럼 기타 연주라고 하자. 장점은 쾌활하고 명랑함. 단점은 급한 성미. 지망 동기? 무엇에 대한 동기지? 무슨 뜻인지 몰라서 일단, 좋은 경험이 될 거라고 생각했기 때문입니다, 열심히 하겠습니다, 라고 써 두었다.

야구가 취미이고, 쾌활하고 명랑하며 급한 성미. 완성하고 보니, 고스케다. 단순하고 쉽게 알 수 있는 녀석.

주위를 둘러보니 아직도 모두들 사각사각 쓰고 있다. 쓰는 칸이 어디 또 있는지 뒷면을 뒤집어 보았지만 아무것도 없다. 할 일이 없어진 나는 심심하면서도 타고난 적응력을 발휘하여 잠시 조용히 기다려 봤다. 하지만 모두들 전혀 끝날 기미가 없다. 아무리 그래도 더는 시간을 낭비할 수 없어서 하는 수 없이 말했다.

"다 했습니다."

"어?"

뭔가를 훑어보던 기시카와 선생님이 얼굴을 들었다.

"완성했습니다."

나는 이력서를 팔락팔락 흔들었다.

"으음. 그럼, 잠시 기다려요. 35분이 되면 전체 작품 발표를 할 테니까."

35분? 나는 시계를 올려다보고 깜짝 놀랐다. 앞으로 20분이나 남았다. 이력서 쓰기는 도입 부분이고 그 뒤에 또 뭔가를 하는 줄 알았다. 설마 여기에 한 시간을 다 쓰는 거야. 아이고, 맙소사.

"미리 뭘 해 두면 좋을까요?"

"글쎄. 하고 싶은 거 하면 돼요."

이력서 이외의 과제를 전혀 준비하지 않은 것이다. 하고 싶은 거 하라니, 뭐예요? 하고 따지고 싶었지만 선생님을 난처하게 만든다고 뾰족한 수가 있을 리도 없다. 나는 역에서 집어 온 아르바이트 정보지를 펼쳤다.

작문 대필과 편의점 아르바이트로 모은 돈은 입학금과 이사 비용으로 거의 날려 버렸다. 아버지가 집을 나올 때 찔러 준 봉투에는 돈이 들어 있을 테지만 그걸 쓸 생각은 없다. 입학금은 학교를 그만두면 돌려받을 수 있다 해도 이제부터 도쿄에서 살려면 생활비가 든다. 집세고 식대고 광열비고, 아무래도 도쿄는 뭐든지 비싸다. 빠른 시일 안에 아르바이트를 구해야 한다. 뭐가 좋을까. 정보지에는 많은 정보가 실려 있었다. 편의점 아르바이트는 이제 지긋지긋하고, 이삿짐센터는 체력이 있어야 할 것 같아 포기. 공장은 깡다구가 있어야 할 것 같고, 오락실은 시끄럽겠지. 이것도 안 되고, 저것도 안 되고…… 너무 어렵다. 가깝고 시급만 좋으면 아무거나 해야겠다고 생각하며 페이지를 넘기는데 마침내,

"자, 그만. 뒤에서 걸어 주세요."
하는 기시카와 선생님의 목소리가 들렸다.

"그럼, 몇 장만 소개하겠어요."
선생님은 그렇게 말하고 이력서를 한 장씩 앞에 붙였다.

"먼저, 하야시 군 이력서."
하야시 군. 맨 앞에 앉은 안경 낀 남자애다. 고등학교를 졸업하고 곧바로 여기에 왔다니까 나와 같은 또래일 테지만 어려 보인다.

"으음, 이름은 프랜들 가오리. 나이는 미상. 주소는 나폴레옹 주."
야야, 프랜들 가오리가 대체 누구야. 나폴레옹 주 따위가 어디에 있다고. 내가 깜짝 놀라는 앞에서 선생님은 한껏 들뜬 이력서를 담담하게 읽어 내려갔다. 꽤 우스울 텐데도 웃는 사람이 아무도 없다. "우와!" 하는 감탄의 목소리마저 들린다.

"상상력이 풍부하군요. 그럼, 다음은 야마시타 군의 이력서를 소개할까요. 이름은 터보 사이토."

나는 이 부분에서 나도 모르게 웃음이 터지고 말았다. 왜 모두들 절반은 외국 이름일까.

야마시타의 작품 터보 사이토는 우주 형사인지, 어렸을 때 고르고 13의 제자가 된 모양이었다. 그 뒤로도 몇몇 이력서가 소개되었지만 모두 어느 어느 별에 사는 사람이거나 연령 미상이거나 특수한 능력을 갖고 있었다. 그렇구나. 이런 캐릭터를 만들면 되는 거구나, 하고 깨달았을 때 내 순서가 되었다.

"그럼, 도무라 군 이력서."

기시카와 선생님은 그렇게 말하고 내가 제출한 이력서를 손에 들었다. 이키, 큰일이다. 내 것은 아무 재미도 없다. 너무 진지하게 써 버렸다. 이 수업의 의도를 전혀 이해하지 못했던 거다. 당황한 나는,

"저어, 전 평범하게 써 버렸어요."

하고 엉겁결에 변명을 하고 말았다.

"이름은 다나카 다로."

기시카와 선생님이 읽어 내려가자 거기서 몇 명이 반응을 보였다.

"나이는 18세, 노카와 유치원 졸업, 노카와 초등학교 졸업, 노카와 중학교."

선생님이 그렇게 읽어 나가는데 키득키득 웃는 소리가 들렸다. 장점과 단점과 지망 동기를 읽었을 때는 박수를 치며 자지러지게 웃는 사람마저 있었다.

"과연 도무라는 간사이 사람이야."
"완전 웃겨. 저게 말이 돼?"
"도무라 군, 너무 재미있어."
"이런 데서 저런 평범한 이력서를 쓰다니, 죽여주는데."
"허무 개그로 나오는데."
모두가 웃는 웃음의 지점을 도무지 파악할 수가 없다. 뭐 딱히 허무 개그를 하려던 것도 아니었는데.
"이거 참, 난처하네."
나는 머리를 긁적거려 보였다.

"진짜 괜찮은 가게야. 틀림없이 도무라 군도 마음에 들 거야."
이에사가 그렇게 말했다.
점심시간. 오늘은 편의점 도시락 말고 좀 호사스럽게 밖에 나가서 먹자, 금요일이잖아, 라며 잡아끄는 여자애들을 뿌리치지 못해서 엉겁결에 따라와 버렸다. 요일에 상관없이 나는 돈이 없지만.
이에사에게 이끌려 온 곳은 따뜻한 분위기가 감도는 아담한 목조 건물 가게였다.
"우와. 분위기 좋은 레스토랑이네."
내가 칭찬하자 이와미가 정정해 주었다.
"카페야, 카페."
어느 쪽이면 어때. 그보다 레스토랑과 카페가 어떻게 다른데? 라고 의문을 품었지만 이와미는 예쁘니까,

"그렇구나, 카페구나."라면서 감탄하는 척했다.

"그럼, 오늘의 런치 4인분이면 되지?"

메뉴를 볼 새도 없이 이에사가 냉큼 주문해 버렸다. 아무튼 오늘의 런치가 엄청 좋다고 하니까, 틀림없겠지.

잠시 뒤에 양념구이치킨과 톳 조림, 참깨가 뿌려진 밥과 양상추와 오이 샐러드가 담긴 쟁반이 나왔다. 거기에 양파 몇 조각이 떠 있는 콘소메 스프와 음료까지 해서 천 엔.

"엄청 싸지 않아?"

이에사가 말하자 이와미는 고개를 끄덕였다. 나는 놀라 접시를 다시 한 번 바라봤다. 이 정도를 싸다고 하는 걸 보면, 이 둘은 어쩌면 요즘 한창 말 많은 된장녀?

"메인은 생선조림이 나올 때도 있고 날마다 다른 걸로 바뀌지만, 곁들여 나온 반찬이 좋아. 무말랭이나 계란말이 같은 게 나오거든. 가정식이고 웰빙 음식이잖아."

이에사의 말에 나는 억지로 "정말." 하고 맞장구를 쳤지만, 이 정도는 기껏해야 700엔이면 뒤집어쓴다.

도무라 반점의 A정식은 680엔이지만 더 좋은 식재료를 쓰고, 양도 푸짐하고, 정성도 담겨 있다. 이런 음식은 전부 미리 만들어 놓을 수 있는 메뉴이다. 이것을 한 접시에 담아 파는 것이니 인건비도 들지 않을 거다.

"먹어 먹어. 어차피 도무라 군은 혼자 사니까 이런 건 못 먹잖아?"

"그래. 잘 먹을게."

가격은 수긍할 수 없지만, 확실히 양념구이치킨과 조림은 오랜만에 먹어 본다. 나는 곧바로 입에 넣었다.

"어때? 맛있지?"

이와미가 내 얼굴을 들여다보았다.

"정말이네."

양념구이치킨은 입에 넣은 순간 냄새가 확 퍼졌다. 굽기 직전에 맛술과 간장으로 간을 맞췄을 뿐 미리 양념에 재워 두지 않아서 전혀 밑간이 되지 않았다. 콘소메 스프는 그냥 시중에서 판매하는 냉동 스프를 녹인 맛밖에 나지 않았다. 이 정도 양의 양파로는 단맛이 우러날 리 없다. 톳 조림은 너무 불렸는지 씹히는 맛이 없다. 양상추는 조리하기 전에 한꺼번에 씻어 놓은 탓에 쓴 맛이 난다. 채소는 직전에 조리해야 한다. 다만 드레싱만은 좋은 것을 쓰는지 맛있다.

분위기만 그럴싸하게 꾸며 놓으면 통하는구나. 나는 그럭저럭 손님이 있는 가게 안을 둘러보며 생각했다.

"맛있지?"

이와미가 또 물었다.

"응. 그저 그래."

"그저 그렇다니. 과연 간사이 사람은 입맛이 까다롭다니까."

후루바토가 나를 비웃었다. 후루바토는 뭐든 간사이 사람 탓으로 돌려 버린다.

"하긴, 오사카는 천하의 부엌(에도 막부 시대, 쌀 시장 등 유통의 거점으로서 '천하의 부엌'이라고 불렸다. : 옮긴이)이거덩."

성가시다고 생각하면서도 나는 속임수 같은 간사이 사투리로 말하고는 낄낄 웃어넘겼다.
　어느새 화제는 자연스럽게 요즘 소설가들 이야기로 옮아갔다. 나는 이야기에 오르내리는 소설가의 이름조차 들어본 적이 없었기 때문에 적당히 맞장구를 치면서 닭고기를 입으로 가져갔다. 맛이라곤 손톱만큼도 없었지만 남기지 않고 먹었다.
　"음식을 남기는 놈들은 결국은 세상에서 뒤처지게 돼 있어."
라는 뜻 모를 아버지의 가르침을 받았기 때문이다. 그런 꽉 막힌 아버지의 말을 곧이곧대로 받아들이는 것은 아니지만 어렸을 때부터 주야장천 들어온 탓에 세뇌되어 버린 것이다.
　이런 메뉴에 이런 맛이어도 손님은 끊이지 않고 들어온다. 도무라 반점도 가게를 좀 더 깔끔하게 단장하면 좋을 텐데. 음식점은 맛있는 음식만 내놓는 것이 아니라 분위기 또한 중요하다. 가게에 앉아 이야기하는 것도 외식의 역할 중 하나니까. 그런 생각을 하며 가게 안을 둘러보다가 문득 아르바이트 모집 포스터를 발견했다. '급 모집! 아르바이트! 시급 천 엔~'이라고 쓰여 있었다.
　여기라면 전문학교에서 가까워서 강의 마치고 곧장 들러 일할 수 있다. 레스토랑이니까 식사도 해결할 수 있겠지. 지배인으로 보이는 사람 한 명과 학생 아르바이트생인 듯한 여자 종업원이 두 명. 세 명만으로도 돌아갈 수 있는 일. 그다지 넓지 않은 가게. 메뉴 가짓수도 적고 힘들지 않을 것 같다. 그리고 시급 천 엔이면 괜찮은 일자리다.
　마음이 내키면 곧바로 실행하라. 나는 계산대에서 밥값을 치를 때,

"아르바이트를 하고 싶은데요."

하고 즉시 점원에게 말했다.

"너무 갑작스럽잖아."

"과연 간사이 사람이야. 속전속결이군."

후루바토와 여자애들은 놀랐지만 나에게는 다급한 일이라 어쩔 수 없다.

여자 종업원은 안쪽에 대고 "점장님!"하고 불러 주었다. 그 소리를 듣고 아직 쉰 안쪽인 듯한 온화해 보이는 아저씨가 나왔다.

"음, 아르바이트를 하겠다고요?"

"죄송합니다, 불쑥. 바쁜 시간대에."

"아니, 상관없어요. 으음, 나는 점장 시나무라예요. 이력서 가져왔어요?"

그렇구나. 그런 게 필요했어.

"죄송합니다. 못 가져왔는데요. 내일 가져오겠습니다."라고 말하려다 아까 강의 시간에 이력서를 작성한 것이 떠올랐다.

"아, 있습니다. 이력서 있어요!"

나는 가방 안에서 이력서를 꺼내 건넸다.

"그럼, 좀 보죠."

시나무라 씨는 이력서를 들고 빤히 보았다.

"다나카 다로 씨로군요."

"앗, 죄송합니다. 그게 좀, 이름을 잘못 썼습니다. 이력서에는 다나카 다로라고 썼지만 저는 도무라 헤이스케라고 합니다."

아니나 다를까 시나무라 씨는 알 수 없다는 표정이었다. 그야 당연하다. 다나카 다로와 도무라 헤이스케. 잘못 쓸 까닭도 없거니와, 도대체 자신의 이름조차 잘못 쓸 정도로 얼빠진 인간이 메뉴나 제대로 외울 수 있을까 생각할 것이다.

"그게 그러니까 수십 장을 쓰다 보니까 뒤죽박죽이 돼 버렸습니다. 또 주소도 달라요. 그건 시골집 주소고, 이사 온 지 얼마 안 돼서 아직 주소를 외우지 못했습니다. 그래서 우선 써 둔 겁니다."

"아아, 그래요."

시나무라 씨는 이력서를 뚫어지게 보면서 태평하게 대답했다. 무슨 일에나 웃어 버리는 후루바토는 내 뒤에서 낄낄거리며 웃고 있다.

"상관없잖아요, 점장님. 빨리 아르바이트생 좀 구해 주세요."

여자 아르바이트생이 나를 적극 밀어주었다.

"주소와 이름 말고는 대충 맞습니다. 학력과 경력은 사칭하지 않았어요. 썩 명랑 쾌활하거나 성질이 급한 건 아니구요."

내가 그렇게 덧붙이자 시나무라 씨는 살짝 웃었다. 빨리 결정되면 좋겠다. 나는 마지막 수단을 썼다.

"아, 저희 시골집, 중화요리점을 하고 있습니다."

가게 일을 거들어 본 적도 없는 주제에 나는 자랑스럽게 말했다.

"그럼, 조리 보조도 할 수 있을까요? 주방 보조라지만 뭐 다 손쉽게 할 수 있는 일들이지요."

아니나 다를까 시나무라 씨는 내 말에 넘어왔다.

"네, 아마 할 수 있을 겁니다. 간단한 것 정도는요."

요리 따윈 해본 적도 없는 나는 할 수 있다고 했다. 썰고 볶는 정도라면 누구나 할 수 있을 거다.

"그럼, 오라고 할까?"

"정말입니까?"

"응. 다나카 군, 인상도 좋고."

"고맙습니다. 아, 그런데 다나카가 아니고 도무라입니다."

"그래, 그럼 도무라 군. 잘 부탁하네."

## 3

카페 레스토랑 라쿠의 아르바이트 생활은 쾌적했다. 5시에 전문학교 강의가 끝나고 곧장 가게로 오면 저녁 영업이 시작된다.

직장 생활을 접고 이 가게를 시작한 시나무라 씨는 아직 48세로 요리사라지만 아버지와는 전혀 다르게 온화한 사람이다. 요리뿐 아니라 다른 분야도 잘 알고 있었다. 남에게 고개를 숙인 적도 누군가의 밑에서 일한 적도 있었다. 그런 경험은 사람을 모나지 않게 했다. 고용주인데도 위세 부리지 않고 여자 아르바이트생에게나 나에게나 나름의 예의를 갖춰 대해 주었다.

"과연 요릿집 아들이군. 솜씨가 좋아."

시나무라 씨는 일주일 만에 일하는 요령을 완전히 터득한 나를 그렇게 칭찬해 주었다.

"집에서 많이 거들었나 보군."

"아니에요. 많이 거들지는 못했습니다."

"정말?"

"네. 정말입니다."

민망하게도 나는 도무라 반점의 주방에 들어간 적이 거의 없었다. 여기에서 하는 조리 보조는 채소를 썰거나, 간단한 볶음 요리를 하거나, 설거지를 하는 정도의 일이라 바보가 아닌 이상 누구나 할 수 있는 일이다.

라쿠의 저녁 메뉴는 세트 네 종류가 전부다. 그것이 오히려 전문적으로 보여서 좋은 인상을 주었다. 양념구이치킨, 햄버그, 생선조림, 돼지고기 생강구이. 그 메인 요리에 그날그날 달라지는 조림, 샐러드와 밥과 국. 거기에 음료수까지 곁들여 천 엔. 왠지 싸게 느껴진다. 아르바이트를 시작한 지 나흘 만에 나는 모든 메뉴를 다 먹어 보았다. 어느 요리나 맛은 그저 그랬다. 쉽게 찾아올 수 있고, 분위기가 멋스럽고, 가정식 음식을 먹을 수 있는 데다 영양에 균형이 잡힌 것처럼 보이기 때문에 일단 손님은 들어온다. 하지만 계속 먹고 싶을 만큼 맛있는 건 아니다.

"도무라 군, 여자 친구 있어?"

폐점 직전, 그릇을 정리하는데 마키 짱이 다가왔다.

"아니, 없는데."

"뭐어, 거짓말!"

"거짓말 아냐. 있을 리 없잖아."

"뜻밖이네. 도무라 군, 잘생겼는데."

"고마워."

나는 싱긋 웃었다.

어렸을 때부터 잘생겼다는 소리를 많이 들어 왔다. 투박하게 생긴 도무라 가에서 유일하게 곱상하게 생긴 것뿐이지만. 처음에는 그 소리를 들을 때마다 무안했지만 "안 그래요."라고 겸손하게 대꾸하면 오히려 이야기가 귀찮아진다. 깨끗이 인정하고 고맙다고 말하는 편이 낫다는 것을 터득한 것이다.

"고맙다는 거 보니까 역시 많이 듣나 보네."

"아냐. 칭찬해 줘서 답례를 한 것뿐이라구."

"호호호. 역시 도무라 군은 잘생긴데다 전혀 거만한 구석이 없어서 좋다니까."

"뭐?"

잘생겼다는 말은 시원스레 흘러 넘겼지만 그 뒷말이 가슴에 꽂혔다.

"잘생겼는데 거만한 구석이 없어서 좋아, 그렇게 말했는데?"

"우와, 그 말 되게 듣기 좋은데."

"그 말이라니?"

"거만하지 않다는 말."

"그 말이 그렇게 듣기 좋아?"

마키 짱은 나의 반응에 어리둥절했다.

"응. 아주 좋아."

그럼, 엄청 좋은 말이지. 잘생겼다는 말에는 별 느낌이 없지만, 거만하지 않다는 말은 녹음해서 도무라 반점에 도쿄바나나와 함께 보내고 싶을 정도로 듣기 좋다. 도무라 반점에서 나는 언제나 '거만하다', '새침하다', '똥폼 잡고 다닌다'라는 따위의 말을 들었다. 학교에서 또래 친구들에게 들은 적은 없었지만 히로세 아저씨와 다케시타 형은 늘 나를 '똥폼 잡는다'면서 타박했다. 하지만 여기서는 간사이 사투리로 말하는 것만으로 소탈한 사람이라는 인상을 준다.

"그게 그러니까, 도무라 군, 머리에도 옷에도 힘주지 않고 무난하게 하고 다니잖아."

"그야 그렇지만."

그건 옛날부터 그랬다. 아무 옷이나 입고 다녀도, 머리가 이리저리 눌리고 헝클어진 채 다녀도, 집이 떠나갈 듯이 웃으며 한신 타이거스를 마음속 깊이 사랑하지 않으면 도무라 반점에서는 똥폼을 잡는 것이다.

"역시 도쿄는 달라."

"그래?"

마키 짱은 이상한 듯이 고개를 갸웃거렸다. 마키 짱은 아이치에서 올라왔나 본데 막상 살아 보니 도쿄나 아이치나 크게 다르지 않다고 느끼는 것 같았다.

"응. 역시 오사카하고는 다른 거 같거든. 내가 살던 복닥거리는 구닥다리 서민 동네하고는 달라."

"그야 물론 그렇겠지."

오사카에 있을 때는 텔레비전과 잡지에서 오사카와 도쿄의 차이를 이야기하는 것을, 저런 말도 안 되는 소리, 라고 투덜대면서 보았다. '도쿄는 차갑다'라든가 '도쿄 사람은 악착스럽다'라고 말하는 도쿄 사람들을 보면서 진저리를 치곤 했다. 신칸센으로 두 시간 반. 양쪽 다 비슷비슷한 수준의 도회지다. 다양한 물건들이 실시간으로 유통되는 요즘은 그렇게 큰 차이가 날 리 없다고 생각했다.

그러나 도쿄와 오사카는 많이 달랐다.

입학식 당일. 하나조노 창작학교가 어디에 있는지 몰라 몇 사람에게 길을 물었다. 한 손에 지도를 들고 물었지만, "글쎄요."라며 고개를 갸웃거리거나, 가볍게 손사래를 치며 대답을 거부하는 사람도 있었다. 바쁜 아침 시간이었던 탓도 있었겠지만, 너무 거침없는 태도로 길을 묻는 내 태도가 무례했나 싶어 불안했다. 간사이 사투리 때문에 무시당하는 것인가 싶어 우울해지기도 했다.

오사카. 적어도 내가 살았던 동네에서는 길 한 번 묻는데도 커다란 소동이 일어난다. "아, 들은 적 있구먼. 기다려 봐. 금방 생각날 거여." 라면서 알지도 못하는 주제에 골똘히 생각하거나, 함께 팸플릿을 들여다보고 "이 학원은 모르지만 여기 있는 공원은 알어, 가르쳐 줄게." 하고 엄한 장소를 가르쳐 줄 것이다. 결국에는 "뭐여 총각, 이 전문학교에 갈려고? 그러니까 그 말은 소설가라도 되겠다는 거여? 그런 세상, 이제 없구먼."하고 설교를 듣기도 할 거다. 나는 그런 분위기가 싫었다. 지긋지긋했다.

지금 내가 살고 있는 2층짜리 낡은 다세대주택에는 여섯 가구가 살고 있다. 하지만 어느 집과도 거의 말을 않고 지낸다. 겨우 이름 정도밖에 모른다. 이사 오던 날, 인사하러 가서 잠깐 이야기한 게 전부다. 이사 온 지 이제 겨우 한 달이 조금 넘었으니 단정 지을 수는 없지만 1년을 살아도 3년을 살아도 변함없을 것 같다. 그것이 어쩐지 불편하기도 하지만 모든 일에 비밀이 없는 그 동네보다는 좋은 것 같기도 하다.

## 4

2주일이 지나자 수업에 충실히 나오는 학생이 부쩍 줄어들었다. 아침 첫 강의는 자리가 절반 정도밖에 차지 않았다. 후루바토도 결석이 잦았다. 바로 얼마 전까지 대학생이었던 후루바토는 친구가 많아 날마다 놀러 다니기 바쁘다. 여전히 대학 동아리 활동을 하고 있고, 아르바이트하는 곳 동료와도 어울리기 때문에 늘 바빴다. 후루바토 같은 건전한 청년은 틀림없이 소설가는 되지 않을 것이다.

〈문장 구성 강좌2〉

오늘 1교시. 이 강의도 기시카와 선생님이 담당하고 있다. 하나조노 창작학교에는 강좌가 스무 개가 넘는데 강사는 여덟 명 정도밖에 안 된다. 한 선생님이 두세 강좌를 맡고 있는 것이다. 어차피 강의 내용도 별 차이 없는데, 복잡한 강좌 명을 붙이지 말고 강좌를 통일하면 좋을 텐데.

"모두가 일상적으로 쓰는 편지. 그 편지에는 구성력이 필요하죠?"

기시카와 선생님의 목소리는 굉장히 차분하다. 낮고 들떠 있지 않다. 그런 탓인지 전혀 창조적인 느낌이 묻어나지 않는다. 사무적인 내용을 전달받는 느낌이다.

"일상적으로 쓰는 그 편지에서 구성력을 키워 봅시다. 일인당 두 장씩 가져가세요."

오늘은 편지지를 나누어 주었다. 이력서 다음은 편지지. 약간 시간 때우기 용이라는 느낌도 들었다. 지난번 이력서는 아주 잘 써먹었지만.

"그럼, 쓰세요."

하지만 어렵다. 내가 편지를 쓴 적이 있던가. 얼마 전, 시골집에 도쿄바나나를 보낼 때 '저는 잘 있어요. 드세요.'라고 쪽지를 적어 넣은 적이 있긴 하지만 그건 편지가 아니다. 중학교 때와 고등학교 2학년 때는 일단 사귀는 여자애가 있어서 억지로 편지 교환 같은 걸 한 적은 있다. 편지를 쓰지 않으면 화를 내고 토라지는 통에 귀찮아서 쓴 것이지만.

'수학 공부, 지겹다. 국어 숙제 했어? 동아리 활동 열심히 해.'

무지 시시한 내용이었다.

편지 편지. 연필심 굴러가는 소리가 서걱서걱 교실에 울려 퍼진다. 이력서 때와는 달리 이번에는 남들보다 크게 뒤처져 버렸다.

"앞으로 20분 남았습니다."

기시카와 선생님의 목소리가 울렸다. 큰일 났네! 먼저 상대를 정하자. 목표가 정해지면 길은 절로 열린다.

아버지나 엄마? 절대 불가능. 아버지에게 편지를 쓰는 상상만으로도 신경이 곤두선다. 고스케. 이쪽은 더 썰렁해진다. 우선, 그 녀석은 편지를 읽어 내는 독해력이 없다. 그렇게 생각하자 졸업식 날에 받은 편지가 머리에 떠올랐다. 먼저 쓰려니까 어려운 것이다. 답장이라면 금방 쓸 수 있다. 졸업식 날, 동급생이며 후배들에게서 편지를 몇 통 받았다. 실은 잘생겼으면서도 똥폼 잡지 않는 나는 학교에서는 인기 깨나 끌었다. 그 가운데 무슨 까닭인지 오카노 편지만 가져왔다. 오카노. 학년도 동아리도 달랐기 때문에 얼굴도 이름도 잘 모르는 여자애. 다만 그 편지는 마치 고스케가 쓴 것 같아서 머릿속에서 지워지지 않았다.

> 오카노에게
>
> 졸업식 때 편지 고마워. 기뻤어.
> 나는 지금 도쿄에서 하나조노 창작학교라는 이상한 전문학교에 다니면서 별로 맛도 없는 카페 라쿠라는 곳에서 아르바이트를 하면서 잘 지내고 있어.
> 고등학교 생활은 어때? 3학년이니까, 오카노도 이제 수험생이구나.
> 내 동생도 공부 잘하고 있니? 열심히 하길.

독서 감상문이나 인권 작문과 달리 편지는 상대가 있기 때문에 내 마음대로 꾸며 낼 수가 없다. 어떻게 써야 잘 쓰는 편지인지 도무지 모르겠다. 장황하게 핵심도 없는 말만 나열하고 말았다. 아무튼 오카노에 대해서 모르니까 할 말도 없다. 초등학생 수준이군, 이라며 완성된 편지를 보고 있는데 뒤에서 제꺼덕 걷어가 버렸다. 예상 외로 시간이 많이 걸렸다.

"그래요. 편지는 기니까 오늘은 다섯 명 정도만 소개하겠어요."

기시카와 선생님은 지난번 이력서 때와 똑같은 말을 하고, 편지를 적당히 섞어서 한 장을 뽑아 읽기 시작했다.

처음에 소개된 기타지리 씨라는 서른 넘은 아저씨의 편지는 부시 대통령 앞으로 쓴 것이었다. '부시여, 빨리 지구를 평화롭게 해 주오'라고 목소리 높여 말한 편지. 흐음, 부시에게 거기까지 권한이 있을까.

이어서 소개된 것은 이에사의 편지였는데 죽은 연인에게 보내는 러브레터였다. 분위기가 애절하고 숙연해지자 이에사는,

"지어낸 이야기야."

라며 웃었다.

그래, 그랬다. 오늘도 픽션이었다. 또 진지하게 써 버린 나. 정말로 적응력도 학습 능력도 없는 나 자신에게 넌덜머리가 난다. 제발 뽑히지 않기를 기도하고 있는데 목소리가 들렸다.

"으음, 그럼 다음은…… 도무라 군 편지."

이거 봐요, 잠깐만요. 나 오늘도 또 진짜 편지를 써 버렸다구요, 라고 변명하려는데,

"나왔다, 간사이 사람!"

"웃겨 줘~."

라고 왁자지껄 떠드는 소리가 들렸다.

"아녀 아녀, 진짜로 재미없당께 그려."

나는 엉겁결에 일어나 변명했다.

"지난번처럼 또~, 웃겨 줘."

"그래요, 선생님, 빨리 읽어 주세요."

모두들 깩깩 소리쳤고 분위기가 고조되기 시작했다.

대체 왜 그러는 거야. 내가 왜 웃겨야 하는 거냐고. 간사이 사투리로 말하는 것이 재미있다는 이미지는 참을 수 없다. 솔직히 나는 전혀 재미있는 사람이 아니다. 중학교와 고등학교 때는 우스갯소리도 곧잘 했기 때문에 오두방정 캐릭터이긴 했지만 여기서 이렇게 웃음거리가 되는 건 싫다.

내가 초등학생 때는 토요일에도 오전 수업이 있었다. 학교에서 허기가 진 채 집에 오면 엄마는 볶음밥이나 볶음 우동을 해 놓고 기다렸다. 가게 구석에서 고스케와 그것을 먹었다. 그것이 토요일의 패턴. 그리고 빼놓지 않고 보는 텔레비전 프로는 〈요시모토 신희극〉이었다. 도무라 반점은 오사카의 서민 동네 한 복판에 있기 때문에 토요일 오후가 되면 모두들 신희극을 보았고, 가게에서도 학교에서도 인기가 하늘을 찔렀다.

나는 신희극 따위 눈곱만큼도 재미없었다. 무대가 우동집이나 병

원으로 바뀔 뿐 내용은 항상 거의 비슷했다. 어째서 매주 비슷비슷한 것이 방영되는지 이해할 수 없었다. 바보 같은 고스케는 신희극을 유난히 좋아했기 때문에 언제나 신희극의 개그를 흉내 내서 모두를 배꼽 빠지게 웃겼다.

엄마는,

"바보 같은 짓 그만 허구, 싸게 먹기나 혀."

하고 나무라면서도 웃었고 가게 손님들도 즐거워했다. 토요일 낮 손님이 많은 데는 어쩌면 고스케의 익살이 한몫했는지도 모른다. 그런 고스케와 달리 혼자 묵묵히 밥을 먹는 나에게 야마다 할아버지는 말하곤 했다.

"헤이스케는 진짜로 새침떼기여."

"새각시처럼 볶음밥만 먹지 말고, 헤이스케도 뭐라도 좀 혀봐."

히로세 아저씨도 그렇게 거들었다. 그래도 아무것도 하지 않는 나는 모두에게 "아무 쓰잘데기 없는 녀석."이라는 소리를 들었다.

신희극을 좋아하지 않았을 뿐더러 웃기고 싶은 마음도 없었다. 왜 음식점 아들이라고 익살을 떨어야 하는지 불만이었다. 그러나 쓰잘데기 없는 녀석이라는 말을 듣기는 싫었다. 아버지는 화가 나면 곧잘 "쓰잘데기 없는 놈."이라고 말하곤 한다. 물론 정말로 쓸모없다는 뜻은 아니고 "새침 좀 그만 떨어라."라는 뜻이지만, 나는 '쓸모없다'라는 말에 엄청 반감을 품고 있었다. 존재 의의가 완전히 부정당하는 것 같았다. 고스케가 귀염을 독차지하고 있는 동안 구석에서 혼자 볶음밥을 먹는 것도 조금은 외로웠다.

초등학교 4학년 때였던가. 나도 개그 하나쯤은 익혀 두자고 남몰래 결심했다. 도무라 반점 아들로서 그 정도도 못하면 안 될 것 같았다.

"사과 먹고 빨리 사과해!"

"이 망고가 얼망고?"

"메론 먹고 메롱~."

스에나리 미에나 간페이의 이런 개그는 호들갑스러워서 시선을 집중시킬 수 있지만 나는 도저히 할 자신이 없었다. 냉랭한 상태에서 갑자기 그렇게까지 분위기를 끌어올릴 자신이 없었던 거다.

"네가 똑똑혀? 나도 똑똑혀. 그래서 불안하구먼."

"우헤헤헤, 여그가 뭐 화장실인감?"

찰리 하마와 이케노의 개그는 장단을 맞춰 줄 사람이 필요하다. 상대가 없으면 성립하지 않는다. 처음에는 혼자 할 수 있는 것이 좋다.

'지금 몇 시지? 오사카 시 여러분 꽁초'

어렵지 않고 실패할 가능성도 낮은 개그지만 이것은 이미 고스케가 흉내 내서 한바탕 웃겼기 때문에 안 된다. 재탕은 먹히지 않을 뿐더러 동생 흉내를 내서 형의 이름에 먹칠을 하고 싶지도 않다.

나는 차분하게 신희극을 보았다. 좀체 와 닿지 않는 개그다. 도대체 어느 것 하나 재미있는 것이 없다. 분위기 맞추느라 웃기는 하지만 뭐가 우스운지 나는 도무지 알 수가 없었다. 그런 내 눈을 확 잡아끈 것이 바로 구와바라 가즈오의 개그였다.

"실례합니다. 누구신지요? 관리인 구와바라 가즈오입니다. 집세 받으러 왔습니다. 수고하십니다. 들어오세요. 고맙습니다."

아주머니 역할로 나온 구와바라 가즈오가 찾아간 집 현관 앞에서 혼자서 응답을 하고 멋대로 안으로 들어가 버리는 상투적인 개그. 매주 되풀이되는데도 지겹지 않다.

바로 이거다. 절묘한 시간차와 말투. 재미있다고 생각했다. 구와바라 가즈오가 여장한 모습은 전혀 천박하지 않다. 웃음에 멋이 있다. 이 정도는 나도 할 수 있다. 아마 웃길 수 있을 것이다. 그렇게 마음먹고 일단 해보기로 했다.

어느 토요일, 학교에서 돌아온 나는 가게 문을 드르륵 열자마자 주위를 둘러보고, "실례합니다. 누구신지요? 도무라 헤이스케입니다. 학교에서 돌아왔습니다. 어서 오세요. 고맙습니다."라고 말하고 가게 안으로 힘차게 들어갔다.

하지만 누구 하나 웃지 않았다. 가게 안에 사람이 없는 것처럼 쥐 죽은 듯이 조용했다. 아버지도 엄마도 어리둥절한 얼굴이었다. 다케시타 형과 히로세 아저씨. 가게에는 여느 때처럼 단골들이 있었는데도 처음 보는 사람처럼 나를 이상하게 쳐다보았다. 웃지도 않거니와 맞장구쳐 주지도 않는다. 한동안 이상하다는 듯이 쳐다보던 엄마가,

"쓰잘데기 없는 짓 말고 어여 들어와."

라고 말해서 그럭저럭 그 상황이 종료되었다. 잠잠한 공기. 여름인데 춥다. 그렇다, 결국 내 개그는 실패한 것이다. 대실패였다. 역시 숙련된 구와바라 가즈오의 개그를 하루 이틀 만에 흉내 낼 수는 없었다. 깨끗이 포기하고 나의 캐릭터에 맞지 않는 것은 하지 않았으면 좋았을 텐데 아직 어렸던 나는 용감하게도 다시 도전할 작정으로 연습을

했다.

그 뒤로 나는 몰래 고스케가 비디오에 녹화해 둔 신희극을 보았다. 구와바라 가즈오의 개그를 수없이 되돌려 보았다. 구와바라 가즈오는 첫 마디를 큰소리로 한다. 첫 마디에 정확히 악센트가 들어가 있다. 등줄기를 쭉 펴고 한곳을 응시하고 끝까지 막힘없이 말한다. 움찔움찔하면 안 되는 것이었다. 정확한 자신의 페이스로 끝까지 거침없이 말해 버리는 것이 중요하다. 나는 등교하면서, 그리고 잠자기 직전에 몰래 수도 없이 연습했다.

그리고 토요일, 나의 두 번째 무대가 찾아왔다. 가볍게 심호흡을 하고 현관문을 열기 전에 한 번 더 구와바라 스승님의 모습을 머릿속에 떠올렸다. 좋아, 할 수 있어!

나는 등을 꼿꼿이 세우고 가게 안을 똑바로 응시한 채,

"실례합니다. 누구신지요? 도무라 헤이스케입니다. 방금 돌아왔습니다. 어서 오세요. 고맙습니다."

라고 큰소리로 끝까지 말했다.

분명히 악센트도 넣었고 제대로 했다. 이번에는 모두들 배꼽을 잡고 웃을 것이다. 그러나 웃음을 참고 있는 것인지 아무 소리도 들리지 않았다. 이상하네, 하면서 주위를 둘러보니 반응은 지난번과 마찬가지. 찍소리 하나 없이 조용했다.

한참 뒤에 엄마가,

"그럼 그렇지, 요시모토 신희극 흉내 낸 거여? 아주 똑같네."라고 말했다.

히로세 아저씨도,
"과연, 헤이스케는 재주가 있어. 흉내도 잘 내고, 아이고 감탄했구먼." 이라고 말해 주었다.
하지만 아무도 웃어 주지는 않았다. 칭찬을 받아도 기쁘지 않았다. 개그는 칭찬 받기 위해 하는 것이 아니다. 웃어 주지 않으면 말짱 꽝이다.
고스케가 손뼉을 짝 치고 나서,
"우와, 형이 구와바라 가즈오 흉내 내고 있잖아. 그럼, 도무라 헤이코네! 헤이코 누나, 좀 실례합니당~, 갑자기 누나가 생길 줄은 몰랐엉, 난 누나의 남동생 고스케랑게요."
하고 떠들어 대자 모두 와르르 웃었다.
아무 생각 없이 떠드는 고스케는 쉽게 폭소를 자아내는데, 연구와 연습을 거듭한 나는 실패하고 만다. 웃기는 재능 제로라고 할 수밖에.

"이건 진짜 편지잖아!"
내 편지를 다 읽은 기시카와 선생님이 말했다.

5

점심시간. 밖으로 나가지 않고 나는 층계참에서 아침에 대충 뭉쳐

온 주먹밥을 먹고 있었다. 아르바이트를 한다지만 급료가 들어오려면 아직 멀었다. 게다가 점심시간마저 누군가와 함께 지내는 것도 숨이 막혔다. 가끔 이렇게 혼자서 쉬는 시간을 보내면 그나마 숨통이 트인다. 중학교와 고등학교 때는 언제나 친구들과 함께 보냈는데. 역시 어느 정도 같은 생각을 갖고 있는 사람이 모인 전문학교는 중학교와 고등학교와는 다를지도 모르겠다.

층계참에는 나 말고도 편의점 도시락이며 샌드위치를 먹는 사람들이 있었다. 빌딩 안에 있는 창작학교지만 3층 층계참은 넓고 햇살이 담뿍 들어와서 기분 좋다. 반짝반짝 윤기 나는 바닥, 새하얀 벽, 거침없이 빛을 뿜어내는 형광등. 알레르기 체질이 아니어도 새집 증후군에 걸릴 것 같은 빌딩이지만 이 층계참만은 기분 좋다. 창가 의자에 앉아 멍하니 밖을 바라보며 주먹밥을 먹고 있노라니 제대로 현실적인 감정에 사로잡힌다.

벌써 봄도 끝이구나. 조금 전까지 말랑하던 바깥 공기가 조금씩 딱딱해져 가는 모습을 보고 있는데 목소리가 들렸다.

"어? 도무라 군, 도시락 싸 왔어?"

얼굴을 들자 눈앞에 기시카와 선생님이 있었다.

"안에 뭐 들어 있어?"

"네?"

"주먹밥 안에."

기시카와 선생님은 그렇게 말하면서 양해도 구하지 않고 내 옆에 앉았다.

"양념구이치킨입니다."

"맛있겠다. 정성이네."

"아니, 정성은요. 레스토랑 겸 카페에서 아르바이트하니까 거기서 남은 음식을 안에 넣고 뭉쳤을 뿐이에요."

"도무라 군은 카페에서 아르바이트하고 있구나."

"네. 아직 시작한지 얼마 안 됐지만요."

"어디 있는 카페?"

참 끈질기게 물어보네. 수업은 대충 하면서 학생의 아르바이트에는 흥미가 있는 건가.

"이 근처에 있어요. 라쿠라는 가게요."

"아, 본 적 있는 것 같기도 하고."

"그러세요. 꼭 한 번 오십시오."

씽긋 웃고는 말을 끝냈다고 생각했는데 기시카와 선생님은 부스럭거리며 샌드위치의 포장을 펼쳤다. 아무래도 여기서 점심을 먹을 모양이다. 나는 혼자서 점심 먹기를 포기하고 먹던 주먹밥을 다시 한 입 베어 물었다.

"가게 주인은 꽉 막힌 사람이야?"

"네?"

"그러니까 라쿠의 점장은 꽉 막힌 사람이냐고?"

"전혀 그렇지 않습니다. 좋은 사람이에요."

아르바이트를 시작한지 얼마 되지 않기 때문에 시나무라 씨의 인품을 속속들이 알 수는 없지만 꽉 막힌 사람은 아니다. 언동이 부드러운 사람이다.

"그거 잘 됐네."

뭐가 잘 된 건지 모르지만 기시카와 선생님은 그렇게 말하고 샌드위치를 들었다. 기다랗고 예쁜 손가락. 손가락 끝이며 머리카락 끝. 기시카와 선생님은 끝부분이 예쁘다.

"오카노 씨하고는 사귀는 거야?"

"예?"

"편지 쓴 상대 말이야."

아르바이트 가게 이야기에서 느닷없이 오카노 이야기로 건너뛰어 얼른 알아듣지 못했다. 문장 구성 강좌를 가르친다는 사람의 이야기가 이렇게 널뛰기하듯 건너뛰다니.

"딱히 사귀는 건 아닌데요."

"좋아해?"

"아니요. 이름도 얼굴도 모르는데요 뭐."

"그렇구나, 그거 잘 됐네."

기시카와 선생님은 질문만 던져 놓고는 "그거 잘 됐네."로 마무리한다.

"내가 작가라는 거 알고 있었어?"

"네, 알고 있습니다. 팸플릿에도 강좌 리스트에도 그렇게 나와 있었으니까요."

"그만뒀으면 좋겠어. 그런 식으로 쓰면 안 되잖아."

"그렇습니까?"

"수많은 잡지에서 활약하는, 지금 가장 주목받는 작가란 거 새빨간 거짓말이야."

"새빨간 거짓말입니까?"

뭐, 팸플릿 같은 건 대개 그런 식일 것이다. 1.5배는 과장일 거다.

"나는 음식 특집 기사밖에 쓴 적이 없거든."

기시카와 선생님은 재미있는지 쿡쿡 웃었다.

"뭐, 상관없잖아요. 음식에 대한 글이든 영화에 대한 글이든."

"그렇지? 도무라 군은 능숙하게 먹네. 먹는 거에 애착이 있어?"

"네?"

"주먹밥 먹는 솜씨가 능숙해."

젓가락이나 포크 사용법에는 능숙하고 안 하고가 있지만, 주먹밥 따위 어떻게 먹어도 그게 그거 아닌가 하고 생각하며 말했다.

"고맙습니다."

"오사카 사람은 그래?"

"아니라고 생각합니다."

오사카 사람이 주먹밥을 먹는 게 능숙하다는 자료는 그 어디를 찾아봐도 없을 것이다.

"그렇구나. 간사이 사람 이미지는, 아무래도 입맛이 까다로울 것 같거든."

"그렇습니까?"

"그래. 도무라 군은 그렇지 않아?"

"맛보다는, 인색한 구석이 있긴 합니다. 그래서 이런 것에 얼마를 지불하는 것은 비싸구나 싶은 생각은 하죠."

"알아 알아. 분위기로 바가지 쓴다거나, 뭐 그런 게 싫은 거지?"

"맞아요. 음식점이란 자유롭게 값을 매기기 때문에 바가지 썼다는 생각이 들거든요."

"도무라 군, 이것저것 먹으러 다니지 않을래?"

"먹으러 다니지 않을래라뇨?"

"사귀자고."

"사귀어요?"

"오늘이 벌써 5월 7일이야. 그럼, 앞으로 일주일 남짓 남았잖아?"

"뭐가 말입니까?"

정말로 기시카와 선생님의 이야기는 종잡을 수가 없다. 문장 구성 강좌를 가르치기 전에 먼저 대화법부터 배워야 하지 않을까.

"뭐가라니, 치매 아냐? 어서 그만둘 채비를 해야지. 수속이란 게 의외로 까다로울 텐데."

"예?"

"그러니까, 그만둘 거잖아?"

"뭘요?"

"이 학교."

기시카와 선생님은 한 치의 망설임도 없이 딱 잘라 말했다. 정곡을 찔렀다. 수업을 몇 번밖에 듣지 않았는데 그걸 어떻게 눈치챘을까. 내가 너무 재능이 없어서일까. 학교생활을 충실하게 하고 있는 건 아니지만 나도 모르게 의욕 없는 모습이 드러난 건가.

"죄송하지만 그만둘 생각이긴 합니다."

나는 까딱 고개를 숙였다.

"뭐 사과하지 않아도 돼. 그보다 슬슬 준비하는 게 어때? 입학 때 쓴 서류 같은 거 잘 보관하고 있지?"

"서류……."

"입학증명서 같은 거 있잖아. 사무적인 것은 잘 모르지만 오늘 신청하면 오늘 바로 그만둘 순 없을 거야. 미리 사무실에 말해 둬야지."

참 내, 이 선생님은 왜 나를 그만두게 하는데 이렇게 적극적인 거야? 재능 없는 나를 더는 지켜볼 수 없다는 건가.

"저어, 이상하지 않습니까?"

"뭐가?"

기시카와 선생님은 어리둥절해 하며 고개를 갸웃했다.

"아니, 선생님이 학생에게 그만두라고 권하는 게 말입니다."

"그런가?"

"네. 뭐 아무리 본인이 그만둘 생각을 한다 해도 그렇게 권할 것까지는 없을 것 같습니다만."

"혹시, 기분 나빴어?"

"아니요, 원래 그만둘 생각이었으니까 괜찮습니다."

"그럼 됐잖아."

이 사람의 수업에도 페이스에도 나는 제대로 따라갈 수가 없다.

"예에, 뭐 그렇긴 하지만……."

"그게, 좀 난처하잖아?"

"뭐가요?"

"강사와 학생이 사귀는 거 말이야."

"강사와 학생?"

결코 둔감하지 않은 나이지만 그 당사자가 누구인지 당장 알아차리지 못했다.

"전문학교라곤 하지만 역시 외설스러운 느낌도 들고 말이야."

"외설스러운 느낌……?"

기시카와 선생님이 말하는 의도를 도통 이해할 수가 없었다. 기시카와 선생님은 그런 나를 내팽개쳐 두고 일어나더니,

"뭐, 도무라 군이 그만두면 라쿠에 갈 거니까 그다음 일은 그때 가서 결정하자고." 라는 말을 남기고 가 버렸다.

이해할 수 없는 일이 한 가지 생겼지만 앞으로 일주일쯤 뒤에 이 학원을 떠나는 것은 아주 분명해졌다.

## 6

돈을 돌려받는 일이라 좀 더 까다롭지 않을까 싶었지만 퇴학 처리는 의외로 간단하게 끝났다. 서류는 수도 없이 썼지만 접수계 여직원과 몇 번 서류를 주고받는 것만으로 하나조노 창작학교에서 해방되었다.

고등학교가 아니기 때문에 그만둔다는 사실을 학과에 발표할 필요도 없고, 인사를 할 필요도 없다. 이미 거의 얼굴을 볼 수 없는 학생도 몇몇 있다. 전문학교의 자유로움은 끝내준다. 나도 이대로 내일부터 나오지 않아도 된다. 하지만 늘 붙어 다니는 후루바토에게만은 말해 두는 게 좋을 것 같았다. 결석하는 줄 알고 걱정하면 그것도 미안한 일이니까.

"저기 말이야, 나 오늘부로 여기 그만둬."

돌아가는 길에 학교 현관에서 그렇게 말하자 후루바토는 눈을 휘둥그레 떴다.

"뭐?"

"오늘 자퇴 수속 마쳤어. 내일부터 안 나와. 그간 뭐, 고마웠다."

"뭐어~!?"

후루바토가 괴상한 목소리로 소리쳤다. 후루바토는 목소리도 몸집도 엄청 크다.

"자자자자, 잠깐만. 그만둔다는 건 학교를 그만둔다는 말이지?"

"뭐, 그런 거지."

"잠깐 기다려! 진정해. 천천히 얘기해 보자."

후루바토는 혼자서 허둥대면서 지극히 냉정한 나를 입구에 있는 로비 소파에 앉혔다.

"일이 어쩌다 이렇게 된 거냐?"

후루바토는 머리를 감쌌다. 원래부터 그만둘 생각이었던 나는 한층 차분한 얼굴로 대답했다.

"뭐, 그냥. 한참 전에 결정했거든."

"한참 전에 결정했다고?"

"응."

"그렇다면 더더욱 그래. 왜 상의도 안 한 거야?"

"상의라니, 뭘?"

"뭘이라니, 그만두기로 결정했잖아. 아니, 나한테는 상의해야 하는 거 아니냐? 다른 애들한테는 말 못해도 적어도 나한테는 말해도 되는 거 아니냐고?"

"그런가?"

"그런가라니, 적어도 그만두기 한 달 전에는 결심을 얘기해 줘야지. 딱 닥쳐서 들으면 내가 손을 쓸 수가 없잖아."

"진짜. 늦게 얘기해서 미안하다."

너랑 알게 된 게 한 달 전이다, 라고 마음속으로 중얼거리면서 나는 순순히 고개 숙여 사과했다.

"아니, 아냐."

"뭐?"

"아니라고. 너는 나쁘지 않아. 나쁜 건 나지."

후루바토는 내 머리를 억지로 들어올렸다.

"네가 고민에 빠졌는데도 전혀 눈치채지 못하고 있었어. 도움 되지 못해서 진짜 미안하다."

나는 아무것도 고민한 것이 없는데 후루바토는 풀이 푹 죽어 어깨가 축 처졌다. 괴상한 녀석. 혼자서 허둥대고 괴로워하는 후루바토를 보자 우습기도 하고 미안하기도 했다.
"아니, 뭐 괴롭지 않아. 처음부터 별 생각 없이 이 학교에 들어온 거니까."
"거짓말."
"진짜라니까."
"그만해. 그렇게 억지로 밝은 척 하지 말라고."
"억지로 이러는 거 아닌데……."
"그래도, 멀리 떨어져 있어도 우린 친구인 거지?"
후루바토는 얼굴을 들고 나를 똑바로 보았다.
학교만 그만둘 뿐 이사는 하지 않는다. 점점 이야기가 과장되게 흘러가는구나. 태평하게 그렇게 생각하면서도 나는 진지한 얼굴을 해 보였다.
"그럼."
"좋아, 친구가 된 이상 이제부터는 뭐든 말해 줘. 나, 널 위해서라면 뭐든지 해 줄 테니까 말이야."
후루바토는 이제 마음이 후련해졌는지 "자, 가자."라며 나를 일으켜 세우고 걷기 시작했다. 도로에 나가자 상큼한 햇살 아래 빌딩이 예쁜 그림자를 만들었다.
"너, 아직 도쿄에 적응 못해서 어려운 일도 생길 거야."
"그래, 그러겠지."
"혼자서 고민하면 대머리 되니까 어려워 말고 도움 청해."
"고마워."

"그렇지! 너, 오늘부터 나를 히로시 군이라고 불러."

후루바토는 갑자기 크게 손뼉을 쳤다.

"뭐?"

"너, 나를 후루바토 군이라고 부르잖아?"

"뭐, 그게 이름이잖아."

"거리감이 느껴지잖냐. 아, 그래서 나한테 의논하지 못했구나."

"그런 거 아닌데."

"내 말이 맞아. 멀리 떨어지면 점점 더 거리감이 느껴지겠지? 그러니까 적어도 친근하게 이름이라도 부르자. 안 그러면 내가 아무리 뭐든 말하라고 해도, 너는 아무 말도 안 할 거 아냐. 그럼, 계속 대머리가 돼 갈 거고. 이런 비극이! 어려워할 거 없어. 나도 너를 오늘부터 도무라 군이 아니라 게이스케라고 부를 거니까."

나는 마침내 참았던 웃음이 터지고 말았다. 어째서 자신은 '군'을 붙여 부르라면서 나한테는 달랑 이름만 부르겠대? 게다가 내 이름도 틀리고.

"그거 봐, 되게 기쁘지?"

후루바토는 내 웃음의 의미를 착각하고는 쑥스러운 듯이 웃었다.

"아냐 아냐, 난 게이스케가 아니라 헤이스케야."

"어?"

"그러니까, 내 이름은 도무라 헤이스케라구."

"그랬구나."

"그래. 미안하다."

후루바토는 그제야 웃었다.

도쿄는 쿨한 사람이 많다. 담백한 사람이 많다. 그렇게 생각했는데 그 동네 이상으로 괴상한 사람도 있다.

"히로시 군, 가게로 놀러 오면 되잖아."

"그래. 꼭 먹으러 갈게, 몇 번이고 갈게."

"으응, 히로시 군도 열심히 살아."

"응, 열심히 살게. 너도 열심히 살아. 내가 헤이스케 너 힘껏 응원할 테니까."

마지막도 아닌데 후루바토는 정말로 눈물을 찔끔거리면서 길 한복판에서 크게 손을 흔들며 나를 지켜봐 주었다.

3장

# 1

 형이 집을 떠난 지 두 달이 조금 지났다. 놀랄 정도로 변화는 없었다. 조금은 마음에 구멍이 뚫리지 않을까 싶기도 했지만 그건 순전히 기분 탓이었다. 초등학교 때 기르던 고양이 사부로가 실종됐을 때는 일주일 동안 기운이 빠져 있었다. 하지만 형의 부재에는 이틀 만에 적응해 버렸다. 사부로보다 더 집에 붙어 있지 않았던 사람이고, 지금은 오히려 없는 게 당연했다.
 내가 알기로 형은 집을 떠난 뒤 한 번도 전화를 한 적이 없다. 엄마와 아버지는 안절부절못하고 있는 모양이지만 그렇다고 형이 먼저 연락을 취하려는 눈치도 없다. 제멋대로 나간 거나 다름없는 형을 아버지는 용서하지 않는 것일까. 형의 휴대전화 번호는 엄마가 적어서 주방 냉장고에 붙여 뒀지만 누구도 거들떠보지 않는다. 다만 아버지 와 단골들은 이따금 책방에 가서 도무라 헤이스케의 이름을 찾아보기는 한다. 그 바보 같은 형이 소설 따위 정말로 쓸 리 만무한데. 잊을 만하면 도쿄바나나를 왕창 보내오는 걸 보면 어쨌거나 살아 있긴 한 모양이다.

"뭐, 도령은 원래 가게에 얼굴을 내밀지 않아서 크게 달라질 거 없을 줄 알았더만, 없으니까 없는 대로 허전하구먼."
히로세 아저씨가 말하고,
"그러게 말일세. 꼭 가케후(가케후 마사유키, 한신 타이거즈의 전설적인 장타자. 3루수 : 옮긴이) 없는 한신 같구먼."
야마다 할아버지도 맞장구쳤다.
폐점 시간인 열 시가 지났는데도 야마다 할아버지와 히로세 아저씨는 둘이서 계속 술을 마시면서 만두를 깨작거리고 있다. 도무라 반점은 폐점 시간이 지나도 단골이 한둘은 꼭 남아 있었다. 아버지는 냄비를 닦으면서 할아버지와 아저씨의 이야기에 이따금 맞장구를 쳤다. 분위기가 언제나 이렇기 때문에 자정 전에는 가게 정리가 끝나지 않는다.
"고스케도 도령이 없으니 기운이 빠지지?"
"하나도 안 그래요. 가게 일을 거든 적도 없는데 뭐. 가케후가 누군지는 잘 모르지만 걔가 유명한 야구 선수에 빗댈 만큼 뭐 그렇게 대단해요?"

나는 아저씨들 옆에 앉아 입안으로 볶음밥을 밀어 넣었다. 학창 시절 마지막 야구 시합인 여름 대회가 코앞이다. 연습 강도가 세진 탓인지 저녁을 먹어도 먹어도 배가 차지 않는다.

"고약한 녀석이로세. 고스케, 너 형한테 시샘하는 거여?"

히로세 아저씨가 느물느물 웃었다.

"무슨 말도 안 되는 소리에요?"

"헐 수 없지. 가케후를 모른다면. 그렇지, 구와바라 가즈오가 나오지 않을 때의 신희극허구 같은 느낌이여."

야마다 할아버지는 한신 다음에는 요시모토 신희극에 비유했다. 구와바라 가즈오는 잘 알지만 구와바라 가즈오가 없는 신희극이 어떤지는 잘 모르겠다.

"그건, 야마다 할배 말이 옳구먼. 주역은 아녀도 그 아저씨가 나오지 않으면 무대가 흥이 안 나거든."

히로세 아저씨가 고개를 끄덕인다.

"고스케는 간페이 타입이여. 있으면 재미나지만 뭐 없어도 없는 대로 견딜 만허지."

"그게 무슨 말이에요. 그리고 내가 왜 신희극 등장인물에 비유 당해야 되냐고요?"

"안 될 건 또 뭐 있어. 정말 고스케는 불만이 많구먼. 허면 다카라즈카 극단에 비유허랴?"

"정말 말은 잘해. 할아버지는 가극단이 뭔지도 모르면서."

"무시하덜 말어. 내가 왜 몰라. 그래, 네가 고시지 후부키다."

유달리 지기 싫어하는 야마다 할아버지는 일흔이 넘었는데도 기운이 넘친다. 밤늦게까지 자지 않는데 아침에는 여섯 시도 안 돼서 이 주변을 어슬렁거린다.

"후부키라니 그게 누구예요?"

"그것도 모르냐? 후부키가 후부키지 누구긴. 그리고 도령 쪽은 아리마 이네코. 그 녀석은 좀 품위가 있구먼."

나는 엄마가 가져다 준 된장국을 볶음밥에 확 부어 버렸다.

"이봐라, 고스케, 그렇게 먹지 말어. 볶음밥 맛도 된장국 맛도 뒤범벅이 돼 버리잖여."

히로세 아저씨가 얼굴을 찡그렸다.

설거지하던 엄마도 "보기 싫게 먹으면 못써."라고 한소리 했다.

"무슨 상관이야. 너무 배고파 죽겠는데."

솔직히 뭐든 뱃속에 넣고 싶었다.

"워낙이 성마른 녀석이었지만, 요새는 더 급하게 굴어."

"그런가?"

"그리 먹으면 빨리 죽는구먼."

"상관없어요."

히로세 아저씨의 충고를 무시하고 나는 국에 만 볶음밥을 후루룩 입안으로 흘려 넣었다.

# 2

여름방학이 코앞이다. 1학기도 이제 곧 끝이다. 고등학교 3학년의 1년은 정말 빠르다. 여러 가지 일들이 확실하게 휙휙 끝나 버린다. 그야말로 세월은 화살과 같고, 젊음은 덧없이 짧아서 금세 늙어 버린 느낌이다. 학생 신분으로 있을 수 있는 것도 앞으로 반년뿐이기 때문일까. 일이 하나씩 끝날 때마다 걷잡을 수 없는 허무함이 밀려들었다.

진학할 애들은 온통 입시에 정신을 쏟기 때문에 쿨하게 고등학교 생활을 보내고 있지만, 나는 대학에 가지 않는다. 그래서 있는 힘을 다해 남은 고등학교 생활을 만끽하려는 거다.

"엄청 활기차다."

"도무라, 이제 와서 여자애한테 인기 끌려고 수작 부리지 마라 잉."

"야구하다가 몸이 바스러졌을 텐데, 이제 그만 하시지."

1학기 마지막을 장식하는 행사 합창제. 지휘자로 나선 나에게 모두가 왁자지껄 떠들어 댔다.

"도무라, 야구 대회 때 화끈하게 실행 위원장 역할을 한 건 알고 있다만 지휘는 좀 아닌 것 같은데."

담임인 이와쿠라 선생님의 말씀에 모두가 웃음을 터뜨렸지만 나는 정말 진지하다.

지난주 있었던 고등학교 마지막 야구 시합. 어이없이 첫 게임에서 콜드 게임으로 패했다. 투수인 나는 계속 얻어맞았고, 내야는 실수 연발이었다. 게다가 무기력한 배팅까지. 모두들 몸에 너무 힘이 들어

갔는지 여간해선 보기 어려운 한심한 시합이었다. 그리고 그것이 내 야구부 인생의 끝이었다.

3년간 착실히 쌓아 왔던 것도 한순간에 휙 끝나 버렸다. 아무리 열정을 쏟아 열심히 해도 피할 수 없는 공허함. 끝날 때는 동정심이고 뭐고 없다. 그것이 현실이란 걸 고등학생인 나도 알고는 있지만 아직도 무엇인가에 계속 도전하고 싶었다.

"도무라 시간표는 원래 체육이랑 급식이랑 동아리로만 짜여 있잖아. 음악은 말도 안 돼."

모리타가 낄낄 웃으며 말한다.

"무슨 말이야. 나, 이래봬도 리듬감은 있다구. 나니와(오사카의 옛 이름 : 옮긴이)의 베토벤이 바로 나를 말한다는 거 모르냐?"

"베토벤이란 게 새로 나온 중국집 도시락인가 보네."

다카가키가 놀렸다.

"참 딱하다. 너희들, 왜케 무식하냐. 탕! 탕! 탕! 탕! 문 두드리는 소리가 들리는군. 이게 바로 운명이지. 바로 그 아저씨라고."

"그게 뭔데? 와, 그 아저씨, 신통한 능력이 있나 보네. 하지만 아무리 그래도 지휘는 예쁜 여자가 하는 게 좋아."

"맞아 맞아. 고스케 같은 우락부락한 애가 앞에 서 있으면, 지휘자한테서 눈을 돌려 버릴 거야."

"왜 지휘자가 예뻐야 하는데? 너희들은 음악이 뭔지 몰라."

모두 나를 실컷 비웃고 있지만 합창제 지휘를 하고 싶어 하는 사람은 그리 많지 않다. 남의 눈을 의식하는 사춘기 고등학생이 지휘자로 나선다는 건 솔직히 창피한 일이다. 진심으로 음악을 좋아하거나 어지간한 담력이 없으면 나설 수 없다. 2학년 합창제 때도 결국 가위바위보에서 진 스즈키로 결정됐었다. 그래서 모두 나에게 어울리지 않는다며 비웃고는 있지만 속으로는 가슴을 쓸어내리고 있을 것이다.

"어쩌겠냐. 앞을 보지 않고 노래하는 수밖에."

"그래그래. 곡을 다 외우고 있는 척하고 모두 눈을 감고 노래하면 되겠다."

"그럼, 도무라로 결정된 거지?"

이와쿠라 선생님이 말하자 모두 "우웩!" 하면서 박수를 쳤다.

"뭐, 나한테 맡겨. 내가 카라얀 스타일로 3학년 2반을 최우수상으로 이끌 테니까."

"카라얀이 누군데?"

"정말, 너희들 왜 그렇게 무식하냐? 카라얀은 음악 교과서 끝에 실린 지휘자 아저씨잖아."

"그 사람 지휘 잘 하냐?"

"교과서에 실릴 정도니까 대단하지 않겠냐?"

"그렇다면야 뭐, 틀림없겠네."

"그럼, 다음은 피아노 반주자를 정해야겠는데."

이와쿠라 선생님의 말에 나는 가슴이 벌렁벌렁했다. 내가 지휘자에 입후보한 것은 물론 고등학교 생활 만끽 작전의 일환이었지만 그것 말고도 목적이 한 가지 더 있다. 오카노는 어렸을 때부터 피아노를 배우고 있었다. 피아노 반주자와 지휘자. 이렇게 되면 어쩔 수 없이 함께 있을 기회가 늘어난다. 방과 후에 단 둘이서 연습할 기회도 있을 거다. 와, 그렇게 되면 어쩌지. 고스케, 넌 음악도 잘하는구나. 다시 봤어. 뭐 분위기가 그렇게 흘러가서 내가 오카노의 피아노 반주에 조언을 하기도 하고, 그러다 보면 사랑에 빠질 수밖에 없겠지. 와, 미치겠네. 참고 견디길 2년, 한결같이 오카노만 생각하길 잘했다. 역시 순수한 마음은 마지막에 가서야 보상 받는구나, 라며 내가 망상을 부풀려 가는 동안 반주자는 만장일치로 기타지마 군으로 결정되었다.

"잠깐, 반주자야말로 예쁜 여자애가 해야 되는 거 아냐?"

내가 그렇게 물어볼 틈도 없이

"내가 해도 된다면 할게."

라고 기타지마 군이 흔쾌히 받아들이자, 모두가 환호성을 지르며 나에게보다 다섯 배나 큰 박수를 보냈다. 2학년 때는 다른 반이었지만 기타지마 군은 작년에도 피아노 반주를 맡아 했다. 피아노만이 아니라 플루트도 연주할 줄 아는 거의 전문가 수준의 음악 소년이다. 그런데 그래도 되는 거야, 아직은 기회가 있어, 라고 생각하며 오카노 쪽을 보니, 오카노는 짝꿍인 마쓰모토와 수다 삼매경에 빠져 있었다.

"도무라, 우리 잘해 보자."

기타지마 군은 내 쪽을 보고 까딱 고개를 숙였다. 그 상쾌한 분위기에 "어, 그래 잘해 보자."라고 나도 그만 웃는 얼굴을 보내고 말았다.

뭐, 할 수 없다. 여러 가지 해프닝이 있어서 고등학교 생활이 더 재미있는 거겠지.

## 3

"고스케, 너 의욕이 펄펄 넘친다."
"당연하지. 고등학교 생활을 완전 즐기고 있거든."
"왠지 기세등등한데."

오카노와 함께 하교하는 길. 서서히 저물어 가는 저녁 해가 그저 반갑기만 하다. 해가 길어져 일곱 시가 넘었는데도 아직 밝은 하늘. 아직 시간적으로 넉넉한 느낌이 든다. 한여름을 향해 가고 있다. 내가 제일 좋아하는 계절.

"졸업하면 가게 일을 해야 하니까 지금 학교생활에 충실하려고."
"그렇구나. 힘들겠다."
"힘들 건 없어. 아, 이대로 평생 고등학생으로 살 수 있으면 좋겠다."
"그런 말 말고 힘내라, 둘째 아들."

오카노가 내 어깨를 두드렸다.

"둘째 아들이라……. 형이 이상한 소설 학교에 가 버린 탓에 내 인생이 괴로운 거지."
"어? 도무라 선배, 학교 그만뒀나 보던데."
"뭐?"
"그러니까, 선배, 그 소설 학교라는 데 그만둔 것 같더라고."
"그게 뭔 소리야?"

너무 놀란 나머지 내가 버럭 소리치자 오카노는 귀를 막았다.

"어휴, 뭐야. 너 왜 그렇게 놀라고 그러냐?"

"뭐야라니, 그게 너무 말이 안 되니까 그렇지."

"어, 고스케, 너 몰랐구나. 선배, 학교는 한 달 정도 다니고 그만뒀나 보던데. 혹시 말하면 안 되는 거였나?"

"그건 아니고."

"그건 아니고라니?"

그런 게 아니다. 그런 건 아무래도 좋다. 형이 학교를 그만뒀다는 사실에는 눈 하나 깜빡하지 않는다. 어차피 무책임한 사람이니까. 계속 다닐 리 없다고 생각하고 있었다. 내가 놀란 것은 오카노가 형의 소식을 알고 있는 것 때문이다.

"그게 아니라 오카노 네가 어떻게 알고 있는 거야?"

"알고 있다니?"

"형이 학교 그만둔 거 어떻게 아냐고?"

"아, 그런가? 그렇지. 편지가 한 번 왔어."

"편지라니? 누구한테서?"

"누구한테서라니? 당연히 도무라 선배한테서지."

"거짓말이지?"

잠깐. 형은 편지 같은 거 쓰는 사람이 아니다. 돈을 위해서 남의 작문은 쓰지만 이익이 안 되는 것은 전혀 하지 않는 인간이다.

"정말이야. 하긴 내가 보낸 편지에 답장한 거뿐이긴 해."

"마지막에 보낸 그 편지?"

"그래, 고스케 너한테 전해 달라고 했던 거."

답장이라도 있을 수 없는 일이다. 형은 붙임성은 있지만 무책임한 사람이다. 졸업식 때 형은 편지를 여러 통 받았다. 그중에서 오카노에게만 답장을 보냈다는 것도 도저히 이해할 수 없다.

"그래서?"

"내가 또 답장을 보냈어. 그래서 만났어, 도쿄에 가서."

"도쿄……?"

"그래. 도쿄 시내를 안내 받고, 선배가 아르바이트한다는 가게에서 저녁 먹고. 뭐, 그게 전부지만."

"그럼, 도쿄에 갔다는 거야?"

나는 눈앞이 흔들거렸다. 갑자기 오카노에게 5년 정도 뒤처진 기분이었다. 머릿속에 든 모든 것이 마구 헝클어졌다.

"그래, 그렇다고 하잖아."

"에잇. 무슨 말인지 모르겠네."

그 말은, 둘은 이미 연인 사이란 말인가? 간사이에서 뛰쳐나가 도쿄까지 가서 만났으니까 꽤 발전된 관계인가? 나는 왜 아무것도 몰랐던 거지?

"무슨 말인지 모르겠다니. 편지 주고받고 도쿄에서 만난 게 전부인 단순한 이야기야."

"어디가 단순하다는 거야? 진짜 뒤죽박죽이 돼 버렸다고."

"뒤죽박죽이 되다니. 딱히 선배랑 어떻게 할 건 아니야."

오카노가 내 마음을 눈치챘는지 부드러운 목소리로 말했다.

"어떻게 할 거라니, 무슨 말이야?"

"선배랑 앞으로 사귄다거나 하지 않을 거란 말이지."

"하지만 좋아했잖아? 형을."

나는 목도 머리도 칼칼했다.

"응. 좋아했지."

"그런데 사귀지 않겠다고?"

"그래그래."

오카노는 시원스럽게 부정했다. 오카노는 형을 좋아하고, 형은 그 오카노에게 편지를 보내고, 오카노는 도쿄까지 형을 찾아갔다. 하지만 연인 사이는 아니다. 사귀지 않겠다고 말한다. 도무지 이해가 안 된다.

"무슨 말이야? 진짜 하나도 못 알아듣겠다."

"어려운 말은 하나도 안 했는데."

"오카노, 너 도쿄에 갔잖아?"

"응."

"그런데 왜 안 사귀는데?"

"왜라니? 뭐 사귀기 위해 도쿄에 간 것도 아니고."

"아, 모르겠어. 나는 바보라서 진짜 이해 못 하겠다."

"고스케, 너 바보 아냐?"

오카노는 패닉 상태에 있는 나를 보고 깔깔대며 웃었다.

"좀 이해하기 쉽게 설명하면 선배랑 도쿄 역에서 만나기로 약속했는데 그게 너무 애매해서 개찰구 앞에서 만나기로 약속했어. 대단하지? 내가 도쿄를 아는 것도 아니고, 뭐 약속 장소를 정한다 해도 그런 방법밖에 없을지도 모르지만. 그런데 막상 도쿄에 도착해 보니까 토요일이라 사람들이 꽤 많더라고. 선배는 나를 잘 모를 거고, 그래서 만날 수 있을까 불안했는데 선배가 나를 바로 알아보더라. 못 찾으면 어쩌나 걱정했는데 딱 고스케 타입이라 금방 찾았다면서 웃더라고. 고스케는 옛날 아이돌 같은 여자애를 좋아한다면서. 실례되는 말이지?"

"그건 잘 모르겠고."

"선배가 도쿄 타워 같은 데 가면 되겠냐고 묻기에 나는 글쎄요, 라고 했어. 그래서 도쿄 타워에 갔고, 그다음으로 오다이바에 갔어. 그리고 아사쿠라 절에 가서는 꼭 수학여행 온 것 같다면서 배꼽 빠지게 웃었지. 선배는 멋진데 그렇게 약간 모자란 구석이 있어서 좋더라."

오카노는 그때가 생각났던지 쿡쿡 웃었다. 그 이야기의 어디가 재미있는지 모르겠고, 형의 그런 얼빠진 점이 왜 좋은지 나는 이해할 수 없었다.

"그래서 선배가 아르바이트 하는 가게에서 이른 저녁을 먹고, 역까지 데려다 줘서 집에 왔어. 아참, 고스케한테도 파이팅! 그런 비슷한 말 했는데."

"어어······."

나는 바보같이 대답했다.

"쉽게 말하면 실연 당한 거야. 고백한 건 아니지만."

오카노는 시원스럽게 말했다.

만나자마자 바로 실연이라니. 진짜 모르겠다. 나 혼자만 어린애인가. 이글거리는 태양이 정수리를 뜨끈뜨끈하게 달군다.

"하지만 일부러 도쿄까지 간 건 참 대단하다."

조금만 더 가면 도무라 반점이 기다리고 있는 길이다. 나는 보폭을 조금 좁혔다.

"우메다까지만 나가면 도쿄는 신칸센으로 두 시간 반이야."

"그래도 너 되게 과감하다."

"뭐가?"

오카노 눈이 휘둥그레졌다.

"혼자서 도쿄에 갔잖아?"

"그렇게 놀라는 게 더 웃긴 거야. 우린 벌써 열여덟 살이야. 지난번에 수학여행으로 규슈까지 갔다 왔잖아. 바다 건너서."

"그야 그렇지만."

수학여행으로 규슈에 가는 것과 누군가를 위해서 도쿄에 가는 것은 완전히 다르다. 나에게는 도쿄가 엄청 먼 곳처럼 느껴졌다.

우리 가족은 여행을 해본 적이 없다. 가게를 하기 때문에 긴 휴가를 얻을 수 없어서다. 설이나 오봉(우리나라의 추석과 비슷한 명절 : 옮긴이) 때 외가에 가긴 하지만 전철로 두 정거장 거리다. 내가 이 마을을 벗어날 일 자체가 좀처럼 없는 거다. 우물 안의 나는 일본의 수도가 어디에 붙어 있는지도 모른다.

큰일 났다. 오카노가 나보다 먼저 어른이 되고 있다. 한시라도 빨리 정말로 좋은 남자가 돼야 한다. 좋은 방법은 떠오르지 않지만 우선은 무슨 일이 있어도 합창제에서 최우수상을 받아야 한다. 그렇게 결심한 나는 매일 학생 자치 활동 후의 합창 연습에 지금까지 해 왔던 것보다 훨씬 더 열정적으로 임했다.

"너희들, 목소리 좀 내. 목소리 좀!"

책상을 전부 뒤로 밀어 놓고 줄 맞춰 서서 시디에서 흘러나오는 음악에 맞춰 노래를 부른다. 우리 2반이 부를 곡은 〈대지 찬송〉. 정말 좋은 노래다. 감동적이다. 하지만 아직은 시디의 노랫소리가 더 크다.

"좀 더 뱃속 깊은 곳에서 교실 전체에 울려 퍼지도록 목소리를 내란 말이야."

"네가 아무리 그렇게 말해도 고스케, 너 지휘하는 게 코미디라서 어쩔 수 없어. 웃겨서 부를 수가 없잖아."

"진짜. 팔만 돌리고 있어. 그게 교통 정리하는 거지, 지휘냐?"

"지휘자가 너무 큰소리로 부르잖아. 집중이 안 돼."

모두 마구 불평을 쏟아 냈다.

"시끄러워! 아무튼 불러!"

나는 모두의 목소리를 떨치려는 듯이 다시 손을 빙글빙글 저었다. 이런 식으로 하면 절대로 최우수상을 받을 수 없다. 더 많이 연습해야 한다.

"간다! 자, 하나 둘!"

"못 해 못 해. 우리 노래보다 고스케, 네 지휘 좀 어떻게 해봐라."

"그래. 지휘도 심사 대상인데."

모두 노래는 할 생각도 않고 진지하게 그렇게 호소하기 시작했다.

"그래! 도무라, 기타지마 군한테 배워."

학급 임원인 하라가 그렇게 권했다.

"배우라고?"

"피아노 반주랑 좀 더 맞춰 보는 게 어때?"

"그렇구나."

나는 기타지마 군 쪽을 보았다.

기타지마 군은 아직도 모두가 '군'을 붙여서 부른다. 별명도 없거니와 이름을 부르지도 않고 '기타지마 군'이라고 부른다. 물론 아이들이 기타지마 군을 싫어하는 것은 아니다. 어느 모로 보나 '기타지마 군'이라는 분위기이기 때문에 할 수 없다. 주제넘게 나서는 일도 없지만 뭐든 부탁하면 선뜻 떠맡아 한다. 불쾌하지 않은 고상함을 지니고 있기 때문에 듣지 않는 데서는 '진정한 셀러브리티 기타지마'라는 묘한 애칭으로 불린다.

"그래. 오늘은 노래 연습은 그만 하고 음악실에서 둘이 만날까?"

기타지마 군이 다시 시원스럽게 말하자 나는 순순히 "그러자."라고 대답하고 말았다.

음악실에 들어가자, 기타지마 군은 자기 방처럼 익숙한 손놀림으로 창문을 열고는 피아노 뚜껑을 열었다. 음악 수업 시간 외에는 올 일이 없는 나는 단 둘이 있는 널따란 음악실에 약간 위축되었다.

"목소리 크게 내서 점수를 딸 수 있는 건 1학년뿐이야. 3학년은 모두 마지막이라는 생각이 있어서 일단 목소리는 낼 거야. 얼마나 잘 부르느냐가 문제지."

기타지마 군은 피아노 앞에 앉으며 말했다.

"응, 그렇겠지?"

"지휘도 중요해. 합창은 하모니와 표현력과 지휘가 일체되는 것을 보여 주는 거니까."

"그래, 심사 규정에도 나와 있었어."

"처음부터 끝까지 똑같은 모습으로 팔을 휘두르면 보는 사람도 재미 없잖아? 지휘도 매력 있게 해야 돼. 크게 저었다 작게 저었다, 억누르듯이 고조시키듯이. 그걸 적당히 섞어서 해봐."

"그렇구나."

기타지마 군의 말이 얼마나 진지하게 들렸던지 나는 확실하게 고개를 끄덕여 보았다.

"그럼, 우선 한 번 저어 봐."

"어, 뭐, 이런 식으로 하는 건가?"

합창제 연습이 시작되기 전에 음악 선생님에게 강습을 받았다. 나는 그때를 떠올리면서 교실에서 연습할 때보다 주의 깊게 지휘해 보였다.

"나쁘지 않은데."

"그래?"

기타지마 군에게 칭찬 받자 좀 쑥스러웠다.

"아주 좋은데 박자만 정확히 맞추려고 해서는 안 돼."

"그래?"

"그래. 노래라는 게 박자로만 되어 있는 게 아니잖아?"

"아, 그런가?"

"오히려 박자는 아무래도 좋아. 반주가 있으니까. 지휘 박자에 맞춰 노래 부르는 사람은 없어. 속도만 주의하면 박자는 그 정도면 됐어."

기타지마 군은 〈대지 찬송〉을 한 손으로 땡동땡동 치면서 나에게 말했다.

"중요한 건 노래를 어디까지 늘일 것인가, 어디에 힘을 넣을 것인가, 그런 걸 지휘자가 알아서 처리해야 되는 거야."

"그렇구나."

"아무튼 도무라, 너 스스로가 우선 이 곡에 몸을 좀 더 실어 봐. 늘여야 할 부분이나 억눌러야 할 부분을 좀 더 정확히 몸으로 노래할 수 있도록 말이야."

기타지마 군은 그렇게 말하고 피아노로 〈대지 찬송〉을 쳐 주었다. 연습은 계속 시디로 했기 때문에 기타지마 군이 피아노 치는 것을 옆에서 듣는 것은 처음이었지만 아주 잘 쳤다. 음악에 대해 문외한인 나도 "우아!" 하고 감탄하고 말았다. 나는 우선 노래를 흥얼흥얼 불러 봤다.

"좀 더, 좀 더 곡을 느껴 봐."

"이렇게?"

"그래. 여기는 그렇게 강하지 않아. 억누르듯이 조용하게, 그리고 다음에서 확 커지는 거지."

기타지마 군은 그렇게 말하면서 몇 번이나 〈대지 찬송〉을 쳐 주었다. 내 안에 〈대지 찬송〉이 서서히 들어왔다.

"다음은 좀 과장되게 강약을 넣어 칠 테니까 반주에 맞춰 몸의 움직임을 바꿔 가면서 노래해 봐."

"어, 엉."

"어머니인 대지를, 평화로운 대지를~, 이 부분은 확장되는 느낌으로 웅장한 대지의 이미지를 살려서."

"좀 알 거 같다."

"자아, 클라이맥스 돌입이야."

기타지마 군은 이따금 코멘트를 하면서 함께 노래해 주었다. 나도 우쭐해져 진짜 지휘자가 된 듯이 팔을 휘젓고 몸을 흔들며 노래를 불렀다.

"어렵긴 한데, 재미있다."

"진짜?"

"나, 대지에 감사할 것 같다."

"그거 잘 됐네. 그럼 우렁찬 〈대지 찬송〉으로 마무리하자."

마지막으로 둘이서 노래 부르고, 우리는 스스로에게 짝짝 박수를 보냈다.

"지휘도 많이 좋아졌으니까 내일부터는 확실하게 연습하는 거야."

기타지마 군은 피아노 뚜껑을 살짝 닫았다. 그 손놀림이 얼마나 노련하던지 일상생활 속에 피아노 같은 물건이 아예 없는 나는 그저 감탄스러울 뿐이었다.

"기타지마 군, 진짜 천재다. 피아니스트도 될 수 있겠는데."

"말도 안 돼."

기타지마 군이 웃었다.

"그래도 고등학생이 이 정도 피아노 칠 수 있는 사람, 아마 없을걸?"

"설마. 우리나라에 나만큼 치는 사람, 오만 명 정도는 될걸."

"이렇게 대단한 사람이 오만 명이나 있다고?!"

우리나라가 그렇게 음악 대국이었다는 것은 몰랐다. 기타지마 군 같은 고등학생이 오만 명이나 있다면 이 나라의 미래는 대단히 밝다.

"정확하게 숫자를 세 본 적은 없지만 말이야. 아무튼 내 피아노 실력은 이 정도가 한계야. 더 향상되지는 않아. 그래서 프로가 될 수 없는 거고."

"왜 그렇게 멋대로 한계를 정하냐? 연습하면 더 잘 칠 수 있을지 누가 알아?"

"그럼, 알지. 연습해도 지금 수준에서 눈곱만큼 향상되는 게 고작이야. 가능성을 믿고 노력할 나이도 아니고."

열여덟 살인 기타지마 군은 별로 아쉽지도 속상하지도 않은 듯 그렇게 말했다.

"뭐가 그렇게 복잡하냐? 나는 예술가가 아니라서 그딴 거 잘 모르겠다."

"도무라, 너도 좋아서 요리하는 거랑 손님을 위해서 중화요리를 하는 거랑은 다르다고 생각하잖아."

"그런가?"

나는 그 차이를 잘 모른다. 내가 먹기 위해 저녁밥을 할 때도 있지만 손님을 위해 만드는 것과의 차이는 못 느낀다.

## 4

"무슨 일인데 그리 기운이 펄펄 넘쳐?"
〈대지 찬송〉을 흥얼거리며 라면을 가져다주자 야마다 할아버지가 물었다.
"글쎄, 누가 아니래요. 할아버지가 야단 좀 치셔요. 아침부터 밤까지 저러네요. 아이고 눈뜨자마자 시작해서 잠자리에 들 때까지 저렇게 흥얼거리는 통에 제가 다 노이로제에 걸릴 지경이구먼요."
엄마는 할아버지에게 그렇게 푸념을 했다.
"엄마는 뭘 몰라. 음악이란 건 생활 그 자체라구. 에잇, 우리 집은 노뮤직, 노라이프라니까."
"말은 잘 혀. 너 언제부터 음악가가 된 거여."
"언제부터라니, 당근 태어날 때부터지. 할아버지, 이번에 학교에서 합창제 하잖아요? 제가 거기서 지휘하걸랑요. 제가 요즘, 여기에 목숨 걸고 한다는 거 아닙니까."
"허어, 목숨 걸고 지휘를 한다고? 대단허다 고스케. 과연, 나니와의 맥아더구먼."
할아버지는 그렇게 감탄했다.

"맥아더? 아 뭐, 세상에는 수많은 지휘자가 있으니까. 아무튼 어머니인 대지의 품에 우리 인간의 아이~, 그런 노래예요."

"아주 멋진 노래구먼. 그게 록 음악이란 거여?"

"아니에요, 아니에요. 그런 멋진 게 아니구요. 되게 좋은 노래니까 할아버지도 보러 와요."

"암, 고스케가 지휘한다면 꼭 보러 가야지."

야마다 할아버지는 기쁜 듯이 말했다.

"허면, 다 같이 플래카드를 만들어야겠구먼. 내가 우리 며느리한테서 비디오 빌려 가마."

히로세 아저씨도 분위기를 띄우기 시작했다.

"안 돼요, 아저씨. 플래카드 같은 거 가져오지 마세요. 체육대회도 아닌데. 그리고 비디오 찍어 봐야 나는 지휘하니까 객석에서는 엉덩이밖에 안 보인단 말이에요."

"무슨 말이여? 텔레비전에서 하는 노래자랑도 못 본 거여? 객석이 죄다 플래카드 투성이잖여. 응원이 실력을 세 배로 올려 준다는 말도 못 들어 봤어? 한신이 우승하는 것도, 그게 다 팬들이 응원한 덕분이구먼."

"고맙지만요, 진짜로 정말로 하지 마요. 합창제는 문화적 행사니까 플래카드 같은 건 너무 오버란 말이에요. 이번에는 다른 때의 저랑 다르걸랑요. 제발 부탁이에요."

이 사람들한테는 당해 낼 재간이 없다. 운동회뿐 아니라 초등학교 졸업식 때도, 중학교 졸업식 때도 플래카드를 내걸었을 정도다. 나는 진지하게 못 박아 두었다.

"고스케, 뭐다냐, 콘서트에서 지휘한다지?"

배달을 가자 오자키 아주머니도 그렇게 물었다. 이 동네 정보망은 빠르기도 하거니와 한편으로는 늘 약간의 과장이 섞인다.

"콘서트가 아니고 학교 합창제예요."

"그래도 그렇지. 고스케는 지난번 야구 대회 때도 펄펄 뛰더니, 이번에는 음악 쪽에서 날리는 거 보니까 꼭 자니즈(자니즈 사무소에 소속된 연예인. 자니즈 사무소는 일본에서 최고의 인지도와 힘을 가진 소속사이다. : 옮긴이) 같구먼."

"그렇지도 않은데……."

이 근방 아주머니들은 툭하면 요시모토에 들어가라, 자니즈에 들어가라, 다카라즈카에 들어가라고 한다. 오해도 이만저만 오해가 아니다.

"아주머니네 겐 짱도 3학년이라 합창제 연습 열심히 하잖아요? 겐 짱은 4반이라 제 경쟁자예요."

"겐이치는 통 신경 안 써. 입시생이랍시고 진짜로 암것도 안 허는구먼."

"그런가? 그럴 지도 모르겠네요."

도무라 반점 안에 있으면 쉽게 잊어버리지만 다들 입시생이다.

함께 어울려 다니던 모리타나 사사키도 요즘에는 학원이니 뭐니 해서 어울려 놀 새가 없다. 바로 얼마 전까지만 해도 가게 일 때문에 함께 놀지 못하는 내가 늘 눈총을 샀는데, 지금은 내가 가장 한가한 것 같다.

 혹시 나는 지금 오카노뿐 아니라 다른 친구들에게도 따돌림 당하고 있는 건 아닐까. 아니, 그렇지는 않다. 나는 내 길을 가고 있으니까 만족한다.

 "좋아."

 나는 혼잣말을 하고 전속력으로 자전거 페달을 밟았다.

## 5

 "늦었는데? 도무라 군, 저녁 먹어라."

 기타지마 군 엄마가 말했다.

 합창제 전날. 음악실을 사용할 차례가 돌아오지 않아서 피아노와 음악을 맞춰 볼 수가 없었다. 그래서 기타지마 군 집에서 지휘 연습을 하고 있었다.

 "그래, 잘 됐다. 저녁 먹고 자고 가면 되겠다."

 기타지마 군도 그렇게 청했다.

 "자고 가라고……."

 "갈아입을 옷이랑 칫솔이랑, 필요한 거 다 있으니까 신경 쓰지 마."

 "그래그래, 쉬엄쉬엄 해. 저녁밥도 많이 해 놨으니까."

 "그럴까?"

기타지마 군의 집은 깔끔하고 멋스런 단독주택이었지만 텔레비전도 구닥다리이고, 호빵맨 그림 달력을 매달아 놓기도 해서 주눅 들지 않고 마음이 편안했다. 좀 더 지휘 연습을 하고 싶기도 했고 어쩐지 여기에 좀 더 있고 싶었다.

"그럼, 자고 가는 거지?"

엄마는 빙그레 웃었다. 우리 엄마와 비슷한 나이일 텐데 엄마보다 젊어 보인다.

"고맙습니다."

"그럼, 집에서 걱정하시면 죄송하니까 집에 전화해 둬."

기타지마 군 엄마의 말에 그리움이 왈칵 일었다.

친구들과 맥도날드며 패밀리 레스토랑에 가서 밥을 먹는 일은 흔히 있고, 밤늦게까지 노는 일도 가끔 있다. 하지만 친구 집에 가서 가족을 만나고, 함께 저녁을 먹고, 잠을 자는 행위가 무지 그리웠다. 초등학생 때 이후로 처음이다.

가게 일이 좀 걱정도 됐지만 집에 전화를 걸었다.

"귀찮게 굴면 못써. 예의 바르게 굴어야 혀."

몇 번이나 그렇게 다짐을 두면서도 엄마는 왠지 뿌듯해 하는 것 같았다.

일 때문에 늦어진다는 아버지를 기다리지 않고 기타지마 군과 누나와 엄마와 나는 식탁에 앉았다. 식탁에 제대로 앉아 식사하는 모습은 우리 집에서는 쉽게 볼 수 없는 광경이다. 우리 집은 일하는 중간에 짬을 내어 가게에서 먹으니까. 나는 보통 그렇게 끼니를 때우기 때문에 느긋한 식사 공간이 조금은 당혹스러웠다.

기타지마 군과 붕어빵처럼 닮은 예쁜 누나는

"준이치랑 분위기가 완전히 다른데?"라고 나를 평가했다.

"그래요?"

"응. 호걸 분위기가 나."

"호걸요?"

"뭐랄까, 뭐든지 게걸스럽게 먹어 버릴 것 같은 느낌."

칭찬인지 욕인지 분간이 안 갔지만 아무튼 저녁밥은 남기지 않고 먹어야 한다.

저녁 메뉴는 버섯이 들어간 희끄무레한 카레였다.

"음식점 집 아들인 도무라 군 앞에 내 요리를 내놓는 게 부끄러운데."

기타지마 군의 엄마는 그렇게 말하면서 샐러드와 하얀 카레를 식탁에 놓았다. 세트로 된 그릇에 유리잔. 은 스푼에 포크. 아주 당연한 일일 테지만 그것만으로 눈이 휘둥그레지는 도무라 반점 둘째 아들인 나.

"아니아니, 아니에요. 날마다 볶음밥 같은 것만 먹으니까, 이거 양식인가요? 눈물 나게 고맙습니다."

나는 그렇게 말하고는 잘 먹겠습니다, 하고 손을 모았다.

"어때, 도무라 군?"

엄마는 내 입을 쳐다보았다.

"맛있어요. 어, 근데, 이 카레는 별로 안 맵네요."

한입 먹고는 깜짝 놀랐다. 아무리 품위 있는 기타지마 집안이라지만 카레가 전혀 맵지 않다. 어린이 카레로 만들어도 조금은 매운 맛이 날 텐데.

"이거 카레가 아니거든. 비프 스트로가노프야."

누나가 웃었다.

"뭐예요, 그게?"

"뭐예요 그게라니, 바로 이거야. 과연 호걸이네."

누나는 아직도 웃고 있다.

"생크림하고 요구르트로 졸인 거야. 혹시 입에 안 맞니?"

엄마가 말했다.

"아, 아, 아니에요. 제가 아는 거라곤 라면이랑 볶음밥 정도여서 잘 몰랐을 뿐이에요. 음, 맛있어요."

"억지로 먹지 마. 먹기 싫으면 남겨도 돼. 내가 야채 볶음 해 줄게."

착한 기타지마 군이 그렇게 말했다.

"아냐, 싫긴. 먹다 보니까 맛있는걸."

"정말로?"

"응, 진짜."

처음에는 자극이 없는 카레라고 생각했는데 먹다 보니 정말로 점점 맛있어졌다. 비프 스트로가노프란 말조차 들어본 적이 없었는데 어쩐지 그 맛에 그리움이 일었다. 엄마가 이런 요리를 할 리가 없고 앞으로도 먹을 기회는 없을 것 같아서, 결국 나는 두 그릇이나 더 먹었다.

"어떡하지? 잠이 안 와."

"그러게 말이야. 내일이 합창젠데."

저녁밥을 듬뿍 먹고, 지휘 연습은 조금밖에 하지 않고, 오래오래 목욕을 한 뒤에 우리는 이불속에 들어가 뒹굴었다. 기타지마 군의 방은 에어컨이 빵빵하게 나오고 조용해서 내 방보다 몇 배나 편히 잘 수 있을 것 같은데, 오히려 정신이 말똥말똥했다.

"기타지마 군도 긴장해?"

"글쎄. 나는 그냥 피아노만 치니까 그렇지도 않아."

"그냥 피아노라니, 피아노 치는 게 얼마나 힘든데. 손가락이 떨리면 못 치잖아."

"손가락은 지휘자 지시대로 움직이는 것뿐이니까 멋대로 떨리지는 않아."

"대단하다. 난 되게 두근두근거리는데. 벌써부터 심장 소리가 들려."

"과연 지휘자답네. 몇 분의 몇 박자로?"

기타지마 군이 웃었다.

"마하 백분의 백 박자야. 이대로 아침까지 못 자면 난 지휘대 위에서 쓰러져 버릴걸."

"여태 합창제에서 쓰러진 사람은 못 봤지만, 만약 그렇다면 최우수상을 받을 수도 있겠다. 도무라, 너 쓰러지면 내가 감동적인 배경음악을 쳐 주지."

"그거 좋겠는데. 어떤 곡?"

"글쎄. 눈물을 자아내는 것이어야 하니까. 으응, 〈눈물이 줄줄〉 아니면 〈영광의 가교〉 같은 곡. 참, 〈타이타닉〉 주제가도 좋겠다."
"바보 같지만, 재미있겠다."
"정말. 이렇게 뒹굴뒹굴하면서 얘기하니까 재미있다."
그렇다. 형과는 날마다 이렇게 잤다. 물론 전혀 이야기는 하지 않았지만. 형은 학교도 그만두고 어떻게 지내고 있을까. 아주 조금 형 생각을 했다.
"다음에 너네 집에 초대해 줘."
기타무라 군이 내 쪽으로 돌아누웠다.
"뭐 초대하는 건 어렵지 않지만 근데 기타무라 군 우리 집에 오면 도망가고 싶을걸."
"왜?"
"집안에는 중국 음식 냄새가 진동하고, 식구들은 하나같이 이상한 말이나 지껄이고, 점잖지 못한 사람들이 죽치고 있으니까. 스트로가노프나 고르바초프 같은 건 평생 식탁에 올라올 만한 집이 아니거든."
"재미있을 것 같은데."
"뭐, 활기 하나는 철철 넘치지."
"그럼, 초대해."
"그래. 서로 집에 왔다 갔다 하는 것도 재밌겠다."
"정말."
기타지마 군이 말하는 "정말"은 참 듣기 좋다. 아주 아주 정말이라는 느낌이 든다. 그런 생각을 하면서 나는 스르르 잠이 들었다.

무대에 나가기 직전 나는 세 번이나 화장실을 들락거렸다.
"어쩌지? 너무 긴장해서 배가 아파."
"뭐야? 깡다구도 없이."
"이건 깡다구의 문제가 아니라고. 배가 제멋대로 우르르 쾅쾅 난리를 피우잖아."
"바보 아냐? 배에 그런 주체성이 있을 리 없잖아. 정신 차려."
왁자지껄 떠들고 있는데 오카노가 등짝을 탁 때렸다.
"그래. 좀 진정해라 고스케, 꼭 최우수상 받자!"
"최우수상 받으면……! 으흐흐흐."
모리타와 다케이도 들떠 있었다. 그렇다, 몇 남지 않은 나의 소중한 고등학교 행사. 꼭 성공하고 싶다. 게다가 내심 최우수상에 기대도 걸고 있다.
"도무라, 네가 지휘하는 대로 칠게."
기타지마 군이 내 옆에 와서 말했다.
"아, 그래."
"좋아! 모두 목소리 크게 내는 거야!"
우리는 그렇게 한 목소리로 소리치고 무대로 향했다.
아이들이 내 눈앞에서 나란히 줄을 섰다. 내가 지휘대에 올라가자 우리 반 38명이 일제히 내 쪽으로 얼굴을 돌렸다. 흐트러짐이 없다. 짜릿한 광경. 지휘대는 투수석보다 여덟 배나 더 긴장감이 감돌았다. 야구에서는 팡팡 얻어맞았지만 오늘은 그러지 않을 거다. 나는 피아노 쪽으로 얼굴을 돌렸다.

기타지마 군은 의자 높이를 조절하고 천천히 앉았다. 그리고 확인하듯이 손가락을 가볍게 건반 위에 올려놓고 나에게 까딱 고개를 끄덕여 보였다.

시작되고 있다. 이제 할 수밖에 없다. 진정해라, 도무라 심장. 나는 작게 심호흡을 하고 손을 들었다.

모두가 합창 자세를 취한다. 내가 손을 내리자 기타지마 군의 피아노가 울린다. 숨을 들이마시는 소리까지 귀에 들어온다. 시작되었다.

~어머니인 대지의 품에, 우리 사람의 아들 기뻐하네. 대지를 사랑하라, 대지에 살아간다~

첫 부분은 느리고 조용하게. 그리고 조용하지만 웅장하게. 손끝의 떨림이 느껴진다. 마음은 앞서 가지만 손까지 달려가면 안 된다. 이 부분은 가사를 하나하나 줍듯이 아주 정성스럽게 불러야 한다.

~사람의 아들들, 사람의 아들, 서 있는 그 땅에 감사해라~

베이스, 테너, 알토, 소프라노. 각 파트로 이어진다. 나는 파트가 나올 때마다 그쪽으로 몸을 돌렸다. 응답하듯이 목소리가 돌아온다. 모두 진지하게 나를 보고 있다. 반 친구들의 목소리가 점차 하나가 되어 퍼져 나간다.

그리고 간주. 기타지마 군의 피아노 솔로는 완벽했다. 기타지마 군은 내 손끝을 뚫어져라 바라보며 건반을 두드렸다. 피아노에 잇따라 생명을 불어넣듯이 두드렸다. 내 손가락 끝에서 피아노 소리가 흘러나오는 듯했다. 역시 기타지마 군은 피아노를 정말 잘 친다. 스스로 내 피아노는 여기까지가 한계야, 라고 말했지만 전보다 훨씬 더 좋아졌다. 나는 다시 한 번 기타지마 군이 치는 피아노 소리가 정말 좋다고 생각했다.

간주를 마친 기타지마 군이 나에게 신호를 보냈다. "자, 시작해."라고. 여기서부터 서서히 고조되어간다.

~평화로운 대지를, 고요한 대지를, 대지를 칭송하라, 찬송하라 흙을~

온화한 정숙. 마지막 질주가 시작된다. 여자 파트와 남자 파트의 목소리가 합해진다. 그것을 하나로 모아야 한다. 모두의 목소리가 점점 커져 간다. 하지만 아직 서두르지 마. 아직 달리지 마. 마지막을 위해 지금은 힘을 남겨 둬. 기타지마 군의 피아노가 조급해진 나의 지휘를 안정시킨다.

~칭송하라 찬송하라 흙을, 어머니인 대지를 칭송하라 찬송하라 대지를~

소리가 커지고, 목소리가 웅장하게 울려 퍼지며 절정을 향해 간다. 내 몸은 음악이 흘러넘치는 듯이 충만하다. 마지막 부분에 다다르자 손가락 끝에 모아 두었던 힘이 단숨에 확 풀려나간다. 이제 몸은 멋대로 움직인다. 온전히 기타지마 군의 피아노에 모두의 노랫소리에 실려 있다. 지휘대에서 떨어질 것 같았지만 내 손은 마지막 목소리를 붙잡고 합창을 끝냈다.

폭풍 같은 피로감이었다. 지휘대에서 내려와 관객석에 고개를 숙였을 때에는, 야구에 비유하면 푹푹 찌는 무더위 속에서 두 게임을 끝낸 것 같았다.

완벽한 합창이었다. 성공이었다. 온몸에 돋은 소름이 한동안 가라앉지 않았다. 합창을 마친 아이들 얼굴도 상기되어 있었다.

그러나 아쉽게도 최우수상은 놓치고 말았다. 우리가 합창 연습에 전념해 왔듯이 다른 반들도 죽기 살기로 연습했던 것이다. 최우수상은 복잡한 영어 노래를 아카펠라로 부른 3반에게 돌아갔다. 우리 2반은 2등. 모두들 만족하는 것 같았고 여자애들의 절반은 울고 있었다. 아주 충실한 합창제였다.

폐회식을 마치고 교실로 돌아가는데 기타지마 군이 내 앞에 오더니 대뜸 손을 내밀었다

"뭐? 설마 악수? 뭐야, 쑥스럽게시리."

"즐거웠어."

내가 만화 캐릭터처럼 머리를 긁적이자 기타지마 군이 재빨리 내 손을 잡았다. 주저 없이 이런 행동을 할 수 있는 점이 역시 '기타지마 군'이라고 불리는 까닭일 것이다.

가느다랗지만 단단한 손가락. 그 소리를 연주한 손가락이다. 그렇게 생각하자 나도 엉겁결에 잡은 손에 힘을 꽉 주었다.

"고맙다. 나, 기타지마 군한테 배워서 그럭저럭 지휘한 거야."

"나도 도무라가 지휘자라 재미있었어."

"우리 이런 식으로 또 뭔가 하자."

"정말로 하자."

기타지마 군은 미소 지었다.

# 6

2등을 했든 몇 등을 했든, 나는 우리 2반의 합창에 대만족이었다. 집에서 히로세 아저씨가 찍어 준 비디오를 몇 번이고 되돌려 보았다. 모두의 노랫소리와 기타지마 군의 피아노 소리는 아무리 들어도 정말 대단했다. 엄마도 "내 참, 지 궁뎅짝만 나오는데 질리지도 않나 보구먼." 하고 구시렁대면서도 함께 보았고, 엔카 밖에 듣지 않는 아버지도 가끔씩 무심코 "대지여, 대지"라고 흥얼거리곤 했다. 내 입으로 말하긴 좀 낯간지럽지만 보석 같은 합창제였다.

그러나 딱 한 가지, 최우수상을 놓치는 바람에 김이 팍 샌 일이 있다. 2등으로는 어떻게 해볼 수 없는 일. 그렇다, 오카노에 관한 일이다. 우승하면 고백하려고 마음먹었는데.

"어쩐 일이냐? 기운이 쑥 빠져 가지고. 고스케, 너도 고민을 다 하냐?"

시무룩한 얼굴로 탕수육을 나르는데 다케시타 형이 정곡을 찔렀다.

"그냥 좀."

"그냥 좀이라니, 어이쿠 진짜 고민 있고만."

히로세 아저씨가 두 잔째 맥주를 따르면서 흥미롭다는 듯이 얼굴을 돌렸다.

"뭐 특별히 고민하는 건 아니에요."

"대답이 신통치 않네. 그렇다면 이건 틀림없는 사랑의 고민일세."

"이봐, 자네 아들이 사랑을 시작하는구먼."

아저씨의 말에 아버지는 "사랑도 한 번쯤 해봐야지. 안 그럼 곤란허지."라고 대꾸했다.

"좋아 좋아, 고스케. 자, 앉아 봐라."

"도령은 인기가 많았지만 넌 첫 로맨스잖여."

형과 아저씨는 신바람이 나서 나를 자신들 사이에 앉혔다. 도무라 반점 안에서는 비밀이란 있을 수 없다.

"상대가 누구여?"

"누구라고 말해도 아저씨랑 형은 모르잖아요."

"그야 그렇지만. 알려 줘라. 몇 살이야? 괴로워하는 걸로 봐선 유부녀냐?"

다케시타 형이 몸을 쑥 내밀었다.

"바보같이. 무슨 유부녀야? 같은 반 애야."

엄청난 대답을 한 것도 아닌데 가게 안에 휘휘 휘파람이 울린다. 엄마가 "너무 놀리지 마슈. 밤마다 또 그놈의 노랫소리 들을까 겁나는구먼유."라고 구원의 손길을 내밀어 주었지만 그 말에는 아무도 신경 쓰지 않았다.

"상대가 너를 알고는 있고?"

"같은 반이니까."

"오오, 얘기해 본 적도 있어?"

"그러니까, 같은 반이라고."

"뭐야, 꽤 진행되고 있는 거잖어. 고스케도 보통내기가 아니구먼."

히로세 아저씨가 내 어깨를 쿡쿡 찔렀다.

"얼굴은 어때? 예쁘냐?"

"내참, 다케 짱은 얼굴만 본다니까. 얼굴은 아무렇게나 생겨도 괜찮아. 중요한 건 성격이니까. 마음씨는 곱고?"

"아니지, 그보다 좋아한다고 분명히 말은 한 거여?"

나는 질문을 받고 단숨에 모든 걸 대답해 버렸다.

"뭐, 내 눈에는 예뻐 보여요. 성격은 글쎄? 막무가내지만 솔직하고 명랑하고 좋아요. 좋아한단 말은 아직 못했어요. 고백할 기회를 못 잡아서."

"고스케는 좋겠다. 참 순정파구나. 이 아저씨도 젊을 때는 그런 풋풋한 사랑을 품었더랬어. 내가 이래봬도 고등학교 때는 키가 훤칠해서 그 뭐냐, 도령 같은 분위기에 인기 깨나 끌었구면."

40년도 넘은 이야기라 사실을 확인할 수는 없지만, 지금 모습 어디에도 그런 흔적이 남아 있지 않은 히로세 아저씨는 그렇게 빵빵 큰소리를 쳤다.

"아, 그래요?"

"하지만 고스케. 너답지 않다. 좋아하면 기회가 어쩌고 하지 말고 제꺽 고백해 버리지 그러냐?"

다케시타 형 말이 옳다. 평소의 나였다면 진즉에 고백했을 거다. 고민 따위 하는 거 귀찮다. 그런데 오카노에게만은 2년 넘게 빙빙 주위를 맴돌고 있을 뿐이다. 형 때문인지 아니면 본래 내가 숙맥인지 좀처럼 진척이 되지 않는다.

"그게 쉽게 안 돼."

나는 시무룩하게 대꾸했다.

"고스케, 막상 해보면 걱정했던 것보다 쉬워."

"그래그래, 연애란 푸시지. 암, 푸시부시 대통령이지."

다케시타 형도 히로세 아저씨도 거나하게 취했다.

"그렇게 심각할 거 뭐 있냐? 고스케, 차이면 이 아줌마가 옆에 있는데 무슨 걱정이여."

시마다 아주머니가 머리를 쓰다듬어 주었다. 정말이지, 도무라 반점에서는 아무리 심각한 고민도 개그밖에 안 된다.

"이제 그만들 해요. 내 스스로 해결할 거라구."

나는 자리에서 일어났다. 언제까지 아저씨들의 안주거리가 될 수는 없다.

"허허, 고스케가 잘 할 수 있을랑가?"

"할 수 있어요, 할 수 있다고. 친구한테 의논하면 되지 뭐."

"네 친구란 게, 그 뭐냐? 그 패거리 아니냐? 말하는 게 우리랑 똑같더구먼."

맞다. 모리타와 사사키가 "오카노지? 그럼, 체육관 뒤로 불러내서 푸시하고 쏜살같이 도망치면 돼."라고 말하는 모습이 눈에 선했다. 하지만 내 친구는 모리타나 사사키 같은 애들만 있는 건 아니다.

1학기 종업식 날 "약속했으니까 오늘 밤에 우리 집에서 자자."라고 말하자, 기타지마 군은 신이 나서 우리 집에 왔다.

아버지는 평소에는 여간해서 먹을 수 없는 칠리 새우며 게살 달걀

부침 같은 중국 요리를 듬뿍 해 주었다. 조그만 식탁에 주욱 차려 놓으니 마치 누구 생일 같다. 형이 고등학생이 되기 전까지는 이렇게 가족이 모여 생일을 축하해 주곤 했다.

"우와! 도무라, 넌 이런 걸 만날 먹어?"

기타지마 군은 방석 위에 바른 자세로 무릎을 꿇고 앉아 눈빛을 반짝였다.

"당연히 만날 못 먹지. 보통 때는 탕수육이나 야채 볶음 정도야. 그것도 가게 한쪽 구석에서 먹어."

"그래도 부럽다. 프로 요리사가 만든 걸 먹을 수 있다니 너는 호강한다."

기타지마 군은 진심으로 부러운지 그렇게 말했다.

"뭐, 잡다한 음식이지만 맛도 괜찮고 많이 먹긴 해."

"잘 먹겠습니다."

기타지마 군은 요리를 입에 넣을 때마다 맛있다고 감탄했다. 즐겁게 먹는 기타지마 군을 보자 만날 먹는 아버지의 요리가 여느 때보다 맛있게 느껴졌다.

"가게 일이 정신없어서 신경은 많이 못 쓰는구먼. 그래도 편하게 먹어."

엄마는 그렇게 말하면서도 짬짬이 들여다보며 "환타 줄까?"라든가, "사양하지 말고 더 먹어라."라든가, "무릎 꿇지 말고 편히 앉아."라며 엄청 신경을 쓰는 눈치였다.

"불안하지?"

"아냐."

"오늘 금요일이라 손님이 많아. 미안하다. 다른 때는 좀 한산한데."

문을 닫아도 가게의 떠들썩함은 그대로 들어온다. 우리 집에 오는 손님들은 하나같이 목소리가 크다.

"어때, 활기차고 좋은데 뭐."

기타지마 군은 정말로 신경 쓰이지 않는지 싱글벙글하면서 꽤 많은 양의 중국 음식을 다 먹었다.

저녁을 먹고 우리는 기분 좋게 〈대지 찬송〉을 부르면서 목욕탕에 갔다. 그리고 돌아오는 길에 아이스크림을 사 와 방에서 먹었다.

"친구가 집에 오면 옛날로 돌아가는 거 같더라."

"맞아."

"꼭 여름방학 같다."

나는 이불 위에 뒹굴 누웠다. 기타지마 군도 같이 누웠다.

"너희 형, 지금 뭐해?"

기타지마 군이 형 책상이며 옷장을 보면서 물었다.

"글쎄? 도쿄에 갔는데 뭐하는지 잘 몰라."

"잘 모르다니?"

"무책임한 사람이니까."

"무책임해? 너네 형 참 좋은 사람이던데."

"좋은 사람이라고? 기타지마 군이 그걸 어떻게 알아?"

"그 왜 작년에 교문 지도할 때 아침마다 교문 앞에 서 있었잖아."

"그래. 학생회 임원 같은 거 했지."

바보 같은 형은 집에서는 일을 하지 않았지만, 학교에서는 초등학생 때부터 적극적으로 활동했다. 선생님 눈에 들기 위해서였는지, 여자애들에게 인기를 끌기 위해서였는지 모르지만 아무튼 빠릿빠릿 움직이는 타입이었다.

"너네 형, 늘 웃는 얼굴로 인사해 줘서 참 멋지다고 생각했거든."

"약삭빨라서 그런 거 잘해."

"그런 거 아냐. 다른 학생회 임원들은 네네 안녕하세요, 그렇게 대충 고개만 숙이면서 귀찮아 하는 것 같았지만, 너네 형은 진심으로 웃으면서 안녕~, 으응, 너 밴드 부지? 오늘도 열심히 해라~, 그렇게 말 걸어 주었어. 나는 그 모습이 참 좋더라."

"걔는 붙임성 하나는 끝내주게 좋으니까. 뭐, 인기를 끌고 싶었겠지."

"인기를 끌고 싶었다니? 야, 나 남자란 말이야. 암튼 선배는 우리 학교 학생들을 거의 알고 있었어. 가끔 선배가 이름을 불러 주면 후배들은 다들 정말 기뻐했어. 역시 가게를 하니까 자연스럽게 그렇게 할 수 있나 보다."

"형은 가게에는 나오지도 않았어. 그냥 영악한 것뿐이야."

"도무라, 넌 잘난 형을 라이벌로 생각하는구나."

기타지마 군이 이해할 수 없다는 듯이 말했다.

"바보 같은 소리 마."

"그렇다면 형에게 너무 심하잖아."

"라이벌이라고 생각한 적은 없어."

"정말?"

"진짜로 정말. 걔하고는 사는 방식도 사고방식도 너무 달라."

솔직한 심정이다. 라이벌이라고 의식한 적은 한 번도 없다. 형과는 전혀 접점이 없어 다른 길을 걷고 있는 것 같다. 경쟁할 일도 간섭할 일도 없다.

"뭐, 아무튼 도무라 선배 멋졌는데."

"흐응, 네가 그렇게 생각한다면 다행이고."

"형제 있는 사람은 좋겠다."

기타지마 군은 툭하면 부러워한다. 비좁고 기름때로 찌든 방에서 먹는 저녁 식사도, 소란스런 가게를 지나야 하는 우리 집 구조도, 점잖지 못한 아저씨들을 보고도 칭찬해 주었다.

"기타지마 군도 누나 있잖아."

"하지만 남자 형제하고는 전혀 달라. 나도 형이나 남동생 있으면 좋겠어."

"남자끼리여도 하나도 좋은 거 없더라. 같이 놀지 않고 이야기도 안 하니까."

"그래도 난 부러워. 눈엣가시처럼 생각해 보기도 하고, 사이가 나빠지기도 하고, 그런 게 다 좋은 거잖아."

"기타지마 군은 생각하는 게 되게 긍정적이구나."

벌써 12시가 넘었다. 나는 불을 끄고 희미한 알전구를 켜고, 선풍기의 타이머를 맞춰 놓았다. 슬슬 자야 할 시간이다.

잠들기 전에 진지하게 오카노 이야기를 꺼내야지. 그 문제로 기타지마를 불렀으니까. 하지만 막상 말을 하려니 어떻게 말을 꺼내야 할지 고민스러웠다. 기타지마와 진지하게 이야기를 한 건 합창제 문제 정도밖에 없었다. 장난스런 느낌으로 갈까, 단도직입적으로 말할까 고민하고 있는데 기타지마가,

"아 참, 나 얼마 전에 이학년 여자애한테 고백 받았는데, 알아?"
라고 말을 꺼냈다. 그 말이 너무나 뜻밖이어서 중대 발표임에도 나는
"아, 그래?"
라고 얼빠진 대꾸밖에 할 수가 없었다.
"그래."
"누구한테?"
"하시모토. 합창제 때 피아노 반주가 멋있었다나."
"좋겠다."
"그런가? 하지만 거절했어."
"왜? 너 아직 좋아하는 여자애 없잖아?"
"하지만 어차피 헤어질 건데 뭐."
"어차피 헤어지다니, 무슨 소리냐?"
"우리 앞으로 반년 뒤에 졸업하잖아. 대학과 고등학교로 헤어지는 건 당연한 일이야. 딱히 하시모토를 좋아하는 것도 아니고. 반대로 반년 사이에 엄청 좋아지면 졸업할 때 귀찮아질 거고."

기타지마 군은 그런 잔인한 말을 스스럼없이 했다. 하시모토가 불쌍하다.

"그렇구나."

"넌?"

"어?"

"너는 그런 얘기 없어?"

"아, 아아, 나는."

나는 몰래 심호흡을 하고 나서 털어놓았다.

"사실은 너한테만 말하는 비밀인데, 나 일학년 때부터 쭉 좋아하는 애가 있어."

"오카노지?"

"응, 그래. 근데 기타지마 군이 그걸 어떻게 알아?!"

기타지마 군의 자연스러운 반응에 나는 엉겁결에 벌떡 일어나고 말았다.

"왜 몰라? 아니, 그거 전교생이 다 알고 있는 거 아냐?"

"전교생!?"

전교생이라니. 내가 몰래 품어 온 소중한 사랑을 알고 있는 애들이 그렇게 많은 거야? 사사키나 모리타 정도밖에 모를 텐데, 어느새 퍼진 것일까?

"그렇게 신경 쓰지 않아도 돼."

기타지마 군은 누운 채 태평하게 말했다.

"그런가?"

"그래그래, 그렇다니까. 어때, 잘 될 것 같아?"

"그게 영 모르겠단 말이야. 나, 합창제에서 우승하면 데이트 신청하려고 했는데 이등 하는 바람에."

"그 규칙, 너 혼자서 정한 거 아냐?"
기타지마 군이 키득키득 웃었다.
"하긴, 그렇지."
"그럼, 꼴등이든 이등이든 데이트 신청하면 되지. 전교생이 네 마음을 알고 있다는 건 오카노도 네 마음을 알고 있다는 건데."
"그럴까?"
오카노도 알고 있다면 너무 창피한 노릇이다. 하지만 그럴 가능성은 충분이 있다. 오카노가 눈치챘다고 생각하자 온몸에 촉촉이 땀이 배어 나왔다.
"이미 네 마음을 알아 버렸는데 가만히 있는 것도 이상하잖아?"
"정말."
"그럼 우물쭈물하지 말고 데이트 신청하면 되잖아?"
"기타지마 군은 의외로 대담하구나."
"여름방학을 차지하는 사람이 여자도 차지한다. 안 그래?"
기타지마 군은 입시생 같은 말을 하더니,
"그럼 결정! 여름방학 중에 오카노와 데이트하는 것이 네 숙제야."
라고 멋대로 정하고는 잠들어 버렸다.

# 7

오카노는 지역에 있는 단기대학에 간다고 했다. 그러니 이사를 하지는 않을 것이다. 졸업해도 멀리 떨어져 살지는 않는다. 단기대생과 중국 음식점. 신분에 온도차가 조금 있을지 모르지만 그 정도의 간극은 여유로 메울 수 있을 만큼 나는 오카노를 좋아한다. 얼마 전 오카노는 실연했다고 했다. 그렇다면 이제 형은 신경 쓰지 않아도 되는 거다. 노카와 고등학교 전교생이 알고 있는 마당에 우물쭈물하는 것도 촌스럽다. 고백할 수밖에 없다. 나는 그런 생각을 되뇌면서 마침내 오카노에게 전화를 걸었다.

"웬일이야? 너 나한테 전화하는 건 처음이다."

오카노는 목소리만으로도 충분히 예쁘다. 그래도 목소리만으로 이야기하는 건 보통 때보다 몇 배나 더 긴장된다. 전화는 가벼운 것 같으면서도 동시에 떨리는 아이템이다.

"그냥, 여름방학이잖아."

떨리는 목소리를 가라앉히기 위해 나는 가슴께를 두세 번 탁탁 쳤다.

"어차피 숙제 베끼자는 거 아냐?"

"아냐. 그런 거 아니라고."

"그럼, 뭐?"

"저어, 오카노, 여름방학 딱 하루만 나한테 주라."

조금만 더 시간을 끌면 심장이 터질 것 같았다. 나는 곧장 용건을 말했다.

"하루?"

"그래, 나랑 어디 가자."

"어디?"

"그냥 어디. 아무튼 멀리 가자."

"멀리라니?"

오카노는 내가 긴장하는 건 아랑곳하지 않고 평소와 다름없는 말투로 대꾸했다.

"오카노, 너 언제 시간 있어?"

"언제라니? 여름방학이잖아. 공부도 하긴 해야 하는데 보통은 시간 있어."

"그럼, 내일이다. 내일 어디 가자."

갑작스런 계획이지만 어쩔 수 없다. 쓸데없이 기다리는 시간은 나를 미치게 한다. 속전속결로 실행하지 않으면 몸이 어떻게 될 것만 같다.

"뭐? 무슨 일인데 그러냐?"

"몰라도 돼. 아무튼 내일, 으응, 내일 내가 데리러 갈게. 으응, 열 시. 아침이야."

"고스케, 왜 그렇게 허둥대고 그래?"

"허둥대는 거 아냐. 내일 괜찮지?"

"괜찮긴 하지만."

"그럼 내일이다."

나는 단숨에 말해 버리고 수화기를 내려놓았다. 피로가 왈칵 몰려왔고, 머리가 어질어질했다. 투수 마운드나 지휘대에서 느끼던 것과는 다른 상쾌함 없는 묵직한 피로감. 아무렴 어때. 아무튼 약속까지는 받아냈잖아.

이제 겨우 7시가 넘었다. 가게는 이제부터 바빠질 시간대이긴 하지만 내게는 일을 거들 체력이 남아 있지 않았다. 내일을 위해서 푹 쉬어야 한다. 나는 여덟 시쯤 이불 속에 들어가 말똥말똥한 눈과 마구 날뛰는 심장에 기합을 넣어 억누르며 애써 잠을 청했다.

데이트 당일. 나는 꼭두새벽부터 일어나 조깅 비슷한 것을 하고 아침부터 탕수육을 먹어 빈틈없이 컨디션을 조절했다. 하지만 결론부터 말하면 오카노와의 데이트는 실패로 끝났다. 세상에는 체력과 기합만으로는 극복할 수 없는 것도 있었다.

기타지마 군이 "나라 공원 괜찮아."라며 추천해 주었다. 적당히 여유를 즐길 수도 있고 심심하면 사슴과 놀면 되고. 거기 가면 아무튼 그럭저럭 잘되지 않을까, 라는 게 기타지마 군의 나라 공원 추천평이었다. 기타지마 군도 중학생 때 데이트하러 나라 공원에 갔던 모양이다. 중학생이 나라에 가다니. 내 주변 사람들은 의외로 쉽게 현을 넘나든다.

난바에서 긴테츠 전철로 갈아타고 한 시간 남짓. 이미지 훈련을 한 대로 나라까지는 순조롭게 갈 수 있었다. 공원에는 예상대로 사슴도 많이 있었다. 하지만 단지 그것뿐이었다.

오카노는 교복이 아닌 청바지와 셔츠를 입고 있었고, 나는 평소보다 갑절이나 주눅 들어 있었지만 여느 때와 다름이 없었다. 전철의 행선지가 노카와 고등학교가 아닌 나라일 뿐이었다. 학교에 갈 때나 별반 다름없는 내용의 이야기를 하고 거의 같은 리듬으로 걸었다.

"아참, 초등학교 때 나라에 소풍 온 적 있어."

오카노는 그렇게 말하고 거대한 불상을 올려다보았다.

"그랬던가?"

"그래. 하지만 전보다 대불이 작아 보여. 우리가 큰 거지."

오카노는 그 어느 순간도 예쁘지 않을 때가 없었지만 나는 속수무책이었다.

이따금 다가오는 사슴에게 환호성을 지르고, 점심에 함께 맥도날드 햄버거를 먹고, 합격을 기원하며 오카노에게 부적을 사 주기는 했다. 나라의 명물이라는 고사리떡을 함께 먹고 점괘가 좋다는 제비를 뽑기도 했다. 하지만 실패였다.

멀리라지만 나라. 나의 멀리는 고작 나라다. 고등학생인데, 벌써 열여덟 살인데 현만 넘어가도 맥을 못 춘다. 내가 거들먹거릴 수 있는 곳은 노카와 고등학교 안과 도무라 반점 안에서 뿐이다. 그곳을 벗어난 순간 나는 힘을 잃고 만다.

돌아오는 긴테츠 전철 안, 나를 두고 오카노는 완전히 폭풍잠에 빠져들었다.

"어, 미안. 안 자려고 했는데 어찌나 잠이 쏟아지던지."

잠에서 깬 오카노는 그렇게 사과했다.

열여덟 살 여름, 도무라 고스케는 오카노에게 완벽하게 차이고 말았다.

4장

# 1

"과연. 이게 로하스란 거구나."

나는 아보카도 덮밥을 먹으며 조용히 말해 보았다.

"그럼, 뭐가 로하스인지 알았어?"

아리 씨가 헤죽헤죽 웃었다.

"으응, 이 아보카도가 로하슨가? 아니면 이 쌀알이?"

"도무라 군, 대체 로하스가 무슨 뜻인지 알고 하는 소리야?"

"대충. 웨하스나 트레할로오스의 친척뻘 되는 것 같으니까 자연의 단맛, 뭐 그런 거 아닌가 싶은데?"

아리 씨가 배꼽을 쥐고 웃었다.

"그게 아니고, 로하스는 어떤 단어의 머리글자를 딴 거야. 무슨 머리글자인지는 잊었는데 재료의 맛을 살리고 친환경적으로, 몸에도 좋은, 뭐 그런 거야."

"정말이야?"

"응, 정말."

"뭐야? 한참 어려운 건 줄 알았더니 요시노야(쇠고기덮밥을 주로 파는 일본의 대형 음식 체인점 : 옮긴이) 같은 건가 보네."

나의 오사카 사투리는 도쿄 사투리에 감화를 받아 날로 이상하게 변했다. 억양은 간사이 사투리 그대로인데 간토 말이 섞여 내가 들어도 좀 웃기다.

"요시노야?"

"응. 빠르지, 맛있지, 싸지. 비슷하잖아? 그런 건 우리 시골집에서는 가게 시작할 때부터 실행해 오던 건데."

"빠르고 맛있고 싼 것 하고는 완전히 달라. 어느 쪽이냐 하면 슬로라이프라든가 슬로푸드 같은 것의 일종 아닐까 싶은데."

"그게 뭔데?"

"아득바득하지 말고 자연과 더불어 느긋하게 삽시다, 뭐 그런 거지."

"아, 머리 아파. '쁘띠 성형'이랑 '초이와루오야지'(약간 불량한 아저씨란 뜻으로, 40~50대 중년 남성 중 와일드한 패션과 젊은 시절의 생활 방식을 추구하는 세련된 사람 : 옮긴이)를 마스터한 게 바로 며칠 전인데."

모르는 사이에 아주머니들은 살짝 얼굴을 뜯어고치고, 아저씨들은 살짝 일탈을 한다. 그러면서 밥은 느긋하게 먹기 때문에 바쁜 거다. 물론 오사카도 유행은 계속 바뀌긴 한다. 하지만 도쿄는 오사카보다 세 배나 빠르다. 그러나 슬로푸드란 말을 들으면 아버지는 펄쩍 뛸 것이다. 뜨거운 것은 뜨거울 때, 차가운 것은 차가울 때 먹어, 라고 손님들에게 호통칠 게 분명하다.

"빨리 외워 두지 않으면 못 따라가. 디톡스하고 스피리추얼도 외워야 하잖아."

"정말. 아, 단어장을 사야 하나?"

"하나 장만하는 게 좋을지도 모르지. 그럼, 이제 세련되게 코멘트 좀 해봐."

아리 씨는 속 편하게 말했다.

기시카와 선생님. 이름이 기시카와 아리사이기 때문에 아리 씨라고 부른다. 아리사 씨라고 부르면 혀를 깨물 것 같아서.

"글쎄. 로하스의 풍미가 있고 맛있다. 이건 어때?"

"그러니까 로하스의 풍미가 뭐냐고요? 요리사의 아드님, 카페의 아르바이트생, 좀 더 깊이 있는 코멘트를 해 달라고요."

"그럼……. 으응, 아보카도 덮밥은 맛있습니다. 이렇게 섞어 먹는 음식은 대체로 맛있다."

"그건 그저 도무라 군의 취향이잖아? 뭐 좋아. 그럼 이 춘권은?"

아리 씨는 몸은 호리호리한데 뭐든지 덥석덥석 잘 먹는다. 나도 아리 씨를 따라 튀기지 않은 춘권을 한입 먹어 보았다. 속에는 연어와 오이와 양파와 양상추가 들어 있다. 그리고 또 아보카도가 들어 있다. 아보카도는 로하스 계의 희망의 별인가 보다.

"이건 별론데."

"별로?"

아리 씨는 춘권을 하나 더 입에 넣으면서 고개를 갸웃했다.

"춘권 피하고 소 사이가 조금 비어 있어야 돼. 튀긴 거나 튀기지 않은 거나 똑같지만 소와 피 사이의 공기가 춘권을 더 맛있게 해 주니까. 소가 이렇게 꽉 차 있으면 먹을 때 우적우적 씹게 돼서 안 돼. 피의 역할을 줄여 버리거든."

좀 진지하게 의견을 말했는데 아리 씨는,

"어휴 귀찮아. 음식에 대해 그 정도로 논리를 펴면 맛이 다 달아나 버려."

라고 넘겨 버렸다.

"말하래서 했더니."

"잡지에 코딱지만 하게 실을 건데 그렇게 장황하게 쓰면 독자들이 읽겠어? 어느 누가 춘권의 공기에 신경을 쓰겠냐고? 멋스런 실내 분위기에 몸에 좋은 재료의 맛을 살린 요리. 됐어, 이 정도면 돼. 그럼 다음으로 넘어가자."

나는 아리 씨의 이런 대범한 점이 좋다고 생각한다.

하나조노 창작학교를 그만두고 나서 일주일에 두 번 정도 아리 씨와 식사를 한다.

"난 도무라 군 같은 애가 좋더라."

창작학교를 그만둔 바로 다음날 내가 아르바이트 하는 카페에 찾아와 아리 씨는 주저 없이 그렇게 말했다.

도무라 군 같은 애. 그 말이 얼마나 무게 있는 말인지 그때는 몰랐다. 나는 즉각 "저도요."라고 대답할 정도로 아리 씨를 좋아하지는 않았지만 "곤란합니다."라고 말할 정도로 관심이 없는 것도 아니었다. 대답 같은 건 바라지도 않는 것 같았기 때문에 그냥 은근슬쩍 함께 식사를 하게 되었다.

아리 씨는 하나조노 창작학교 강사 이외에도 음식 관련 칼럼을 쓰는 기자로도 활동하고 있다. 취재도 할 겸 우리는 음식점을 돌아다니며 요리를 먹곤 했다. 나는 따라가서 먹을 뿐이고 아리 씨는 경비로 처리하는데도 음식 값은 각자 부담한다.

"연하라고 해서 신경 쓰고 싶지 않아. 대등해야 하지 않겠어? 여덟 살이나 차이 나니까 그만큼 더 분명하게 했으면 좋겠어."
라고 아리 씨는 말했다.

"어디 가고 싶은 데 있어?"

"그럼 라면 먹으러 가. 시나무라 씨가 이 근처에 맛있는 데 있다고 한 적 있거든."

시나무라 씨는 자신이 음식점을 하고 있는데도 오사카에서 온 나에게 신 나는 듯이 많은 가게를 소개해 준다. "다음에는 여기 가 봐." "그 다음에는 저기 가 보고."라고. 그리고 한참 후에 "가 봤어?", "어땠어?"라고 소감을 묻는다. 참 진지한 사람이다.

"후카테이라는 가게지?"

"맞아. 그런 이름이었어."

"싫어."

"왜?"

"주인이 꽉 막힌 사람인 것 같던데."

"맞아. 시나무라 씨도 그랬어. 주인이 좀 무섭긴 한데 그래도 맛은 최고라는 것 같던데."

"난 꽉 막힌 사람이 있는 데는 안 가."

아리 씨는 딱 잘라 말했다.

"그 까닭 모를 방침은 뭐야?"

"생각해 봐. 맛있는 거 먹으러 가서 이런저런 잔소리 듣는 거 정말 짜증나잖아? 주인한테 신경 쓰면서 먹으면 음식 맛도 떨어진다구. 쥔장은 싱글벙글 웃으며 음식이나 만드세요, 라고 쏘아붙이고 싶다니까."

"하긴."

"맛이 좀 없어도 주인이 편안한 집이 좋아."

"듣고 보니 일리 있군."

"그럼 역시 마지막은 라쿠네."

"그러네."

음식 맛이 썩 좋은 건 아니지만 시나무라 씨의 사람 좋은 것은 보증할 수 있다. 결국 마지막 집은 라쿠로 결정했다.

## 2

 카페 라쿠의 일은 그다지 복잡하지 않아, 전문학교를 그만두고 아르바이트에 전념한지 2주일도 지나지 않아 나는 주방뿐 아니라 홀까지 돌보게 되었다. 메뉴가 적기 때문에 순서를 정해 작업하면 금방 여유가 생긴다. 점심과 저녁 시간대의 혼잡할 때를 제외하고는 한가했다. 하지만 이 가게는 내부 구조가 불편하게 되어 있다. 주방에서는 손님의 모습이 전혀 보이지 않기 때문에 홀까지 돌아가야만 손님의 반응을 알 수 있다. 어떤 손님이 왔는지 궁금하고 어떻게 먹고 있는지 보고 싶었다. 그래서 나는 항상 홀로 나갔다.
 "어서 오세요."
 "아, 도무라 군이다!"
 가게 주변에는 회사가 많기 때문에 단골손님이 많다. 직장인들은 이 주변의 몇몇 가게를 돌아다니며 점심을 먹는 것 같았다.
 "오늘은 뭘 드시겠습니까?"
 "뭘 먹지?"
 "지난번에 생선을 드셨으니까 햄버그는 어떨까요? 가을도 됐고 이 달부터 햄버그에는 버섯 소스가 나오거든요."
 "우와, 그걸 기억하고 있어요? 응, 그걸로 할게요."
 가게에 한 달 정도 나가자 손님들의 얼굴이 저절로 외워졌다. 그 정도로 새로운 손님이 없는 가게이기 때문에 특별날 것도 없는데, 내가 몇 마디만 해도 손님들은 의외로 감동한다. 도쿄는 장사꾼의 도시 오사카보다 손님들과 소통을 잘 하지 않는 것일까. 편의점에서 아르바이트할 때보다 몇 배나 더 적은 관심을 보이는데도 손님들은 고마워한다.

"그럼, 햄버그 정식 2인분이죠? 감사합니다."

"도무라 군, 도무라 군?"

"아, 어서 오세요. 또 오셨군요."

이름은 모르지만 일주일에 반드시 세 번은 오는 직장 여성 그룹이 손짓하여 불렀다.

"선물 사 왔어요. 얼마 전에 사원 여행 갔었거든요. 이거 받아요."

"우와, 받아도 돼요?"

"싸구려예요. 암튼 우리 셋이서 샀어요."

그들이 건넨 선물이란 휴대전화 줄이었다.

"우와, 정말 고맙습니다."

나는 씨익 웃으며 꾸벅 고개를 숙였다.

"도무라 군이 온 뒤로 손님이 늘었네."

주방으로 돌아가자 마키 짱이 말했다.

"그래?"

"응. 특히 여자 손님이 왕창."

"하긴, 그런 것 같네."

나는 순순히 인정했다. 옛날부터 여자들에게는 인기를 끌었다. 편의점에서 아르바이트 할 때도 그랬다.

"누나 손님들은 대부분 도무라 군 보러 오는 거야."

"하지만 여자들한테만 인기 있는 게 싫어. 그것도 젊은 여자들한테만."

나는 샐러드에 넣을 양배추를 채 썰기 시작했다. 매사에 걱정이 많은 시나무라 씨는 재료를 미리미리 준비해 두고 싶어 하지만 채소는 미리 썰어 두면 쓴 맛이 나기 때문에 바빠도 그때그때 썰고 싶다.

"왜? 여자들한테 인기 있으면 그만 아냐?"

"그렇지도 않아. 역시 남녀노소가 다 좋아해야지."

"남녀노소?"

"그래. 할아버지도 할머니도 초등학생도."

잠깐 고스케를 떠올렸다. 그 녀석은 아주머니한테나 아저씨한테나 할아버지한테나 아이들한테나 모든 연령층에 인기가 있다. 가게에 오는 사람들은 모두 고스케에게 말을 건다.

"도무라 군은 스트라이크 존이 넓네."

마키 짱이 키득키득 웃었다.

"오는 이 거절하지 않고 오지 않는 이도 불러들이고 싶은 타입이니까."

"바쁘겠다."

"누가 아니래? 이거 마키 짱 가져."

직장 여성 삼총사가 보지 않는 것을 확인하고 휴대전화 줄을 마키 짱에게 건넸다.

"괜찮아?"

"난 그런 거 안 달고 다녀."

"그보다, 왜 나한테?"

마키 짱은 계산기를 두드리고 있는 요코 짱이 거슬리는지 흘끗거리며 말했다.

"요코 짱은 얼마 전에 휴대폰 줄 바꿨어."

"아, 그랬구나."

마키 짱은 "고마워." 하며 미소 짓고는 냉큼 주머니 속의 휴대전화를 꺼내 달았다.

"또 올게, 도무라 군."

계산을 마친 젊은 부인들이 주방 쪽을 들여다보고 말했다. 일주일에 한 번 핫요가를 마치고 돌아가는 길에 들르는 사람들이다. 이 주변은 요가도 끊임없이 진화한다.

"고맙습니다. 꼭 또 오세요. 오오키니~."

'오오키니'라는 말, 오사카에서도 여간해선 쓰지 않는 표현이지만 여기에서는 간사이 개그가 썩 잘 먹히기 때문에 '오오키니('고맙습니다'란 뜻의 오사카 사투리 : 옮긴이)'나 '마이도(가게에서 쓰는 말로, '번번이 감사합니다'란 뜻의 오사카 사투리 : 옮긴이)'를 적극적으로 쓰게 되었다.

"이야, 도무라 군은 중년 여성 킬러군."

시나무라 씨가 나를 놀렸다.

"중년 여성이라뇨? 저 사람들 아직 삼십 대예요. 시나무라 씨보다 훨씬 젊을 텐데요."

"정말인가? 여자들 나이란 통 알 수가 없어야지. 하지만 도무라 군이 온 뒤로 여자 손님이 많아진 건 확실해."

"다음에는 남자 손님도 늘려야겠군요."

"도무라 군은 참 성실하단 말이야."

"그런 건 아니고요."

"아냐아냐, 성실해. 도무라 군 같은 아르바이트생은 보기 힘들어."

시나무라 씨는 칭찬으로 사람을 키워 주는 타입이다. 하지만 나를 과대평가하고 있다.

"성실한 건 아니고……. 요즘 남자들한테도 흥미가 생긴 것뿐이에요."

나는 그렇게 말하고 시나무라 씨에게 윙크를 날렸다. 시나무라 씨는 "우웩!"하고 토하는 시늉을 하며 웃었다. 시나무라 씨와는 농담이 잘 통한다. 간사이 사람은 웃음에 까다롭다는 말도 하지만 아버지였다면 이런 농담이 통하지 않았을 거다. 사내자식이 웬 징그러운 짓이냐고 따끔하게 꾸짖을 것이다.

"닭고기가 항상 남네요."

아깝다고 생각하면서 나는 몇몇 접시에 남은 양념구이치킨을 쓰레기통에 버렸다.

"양이 너무 많은가?"

시나무라 씨도 쓰레기통의 닭고기를 들여다보았다.

"그것도 그렇지만 그래도 좀 많이 남기는 거 같지 않아요?"

"주문이 많은 메뉴인데 그만큼 남기기도 많이 하는군. 토종닭인데 말이야."

"확실히 고기 맛은 좋아요."

시나무라 씨가 고집하는 방식은 너무 단순하다. 토종닭이나 산지 직송 재료만 쓰면 만사 오케이가 아닌데도 말이다. 게다가 갓 뜯은 채소를 반드시 가열하거나 일부러 붉은 된장과 하얀 된장을 주문해서 섞어 된장을 만든다. 좋은 재료를 제대로 활용하지 못하고 있다.

"약하지만 닭고기 특유의 냄새가 남아 있어서 그런 게 아닐까요?"

"양념은 제대로 한다고 하는데."

"맛은 아주 좋은데, 뭐랄까 조리하기 전에 냄새를 없애면 어떨까요?"

"과연……."

"음, 가령 오렌지 주스나 사과 주스에 담가 두면 좋지 않을까 싶은데요."

도무라 반점에서는 튀김에 쓸 닭고기의 냄새를 빼기 위해서 대파와 생강과 함께 감미 음료인 히야시아메에 하룻밤 재워 놓는다. 옆집 술 가게 아주머니가 가게에서 팔고 남은 히야시아메를 갖다 주었기 때문에 넣었지만 여기는 양식당이니까 주스로 하면 된다.

"그거 좋을 것 같군. 좋아, 당장 내일 것부터 해보기로 하지."

시나무라 씨는 순순히 "고마워."라면서 고개를 숙였다. 시나무라 씨는 가정주부들도 흔히 쓰는 방법을 모를 때가 있다. 하지만 남의 의견을 순순히 받아들이는 사람이다. 지금은 아니지만 틀림없이 카페 라쿠는 진정한 의미에서 성공할 것이다.

"남자를 좋아하는 건 좀 꺼림칙하지만 도무라 군이 우리 가게에서 일해 줘서 정말 감사하고 있어."

"돈 받는데, 당연하죠."

"아니야, 과연 음식점 아들이라니까."

"그거하고는 전혀 상관없어요. 섬세하게 하는 걸 좋아하는 것뿐입니다. 여기가 가령 문구점이라도, 반대로 저희 시골집이 이발소를 한다 해도 마찬가지일걸요. 저는 제가 있는 곳이 두루두루 신경이 쓰이거든요. 게다가 시나무라 씨가 좋은 분이니까 누구라도 좋은 아르바이트 자리라고 생각할 거예요."

"아니, 그렇지 않아. 이만큼 요리를 잘하는 아르바이트생은 구하기 힘들어."

"그렇지 않아요. 하여간 칭찬 고맙습니다."

"역시 익숙해."

"그런가요……."

과연 내가 요리를 잘하는 건가? 간단한 볶음 요리나 찜 정도는 할 수 있다. 하지만 그건 누구나 할 수 있는 요리다. 라쿠의 메뉴도 어지간히 둔하지 않으면 누구라도 할 수 있는 것들이다.

초등학교 1학년 때 아버지는 나와 고스케에게 식칼을 쥐어 주었다.

"둘 다 주방으로 와라."

아버지의 그 말에 '드디어 올 것이 왔구나' 싶어 나는 소름이 쫙 끼쳤다. 아버지에게 시험 받는 날이 온 것이다. 세상 돌아가는 것에 조금씩 눈떠갈 때부터 내 손재주도 드러나기 시작했다. 그것은 엄마도 아버지도 인정했기 때문에 헤이스케는 뭘 시켜도 잘한다는 말을 들었고 손끝 야무진 건 아버지를 닮았다는 말도 들었다.

어린 마음에도 '기대에 부응하고 싶다'고 생각했다. 아버지에게 좋은 모습을 보여 주고 싶다. 적어도 고스케한테는 지면 안 된다. 고스케는 개구쟁이에 거칠고 야무지지 못한 녀석이었다. 속도는 빠르지만 실수도 많았다. 그런 녀석이 식칼을 들다니 말도 안 된다고 생각했다.

아버지는 나와 고스케에게 식칼을 건넸다. 내게 준 것은 아버지가 쓰는 칼이었다. 나는 손이 떨렸다. 칼은 상상했던 것보다 훨씬 무거웠다. 그 묵직한 감촉이 아직도 손에 생생히 남아 있다. 몇 년이 지난 지금도 무슨 일을 처음 할 때면 으레 그때 그 광경이 떠오른다.

고스케는 아무런 망설임도 없이 칼을 들고 되는 대로 감자를 썰기 시작했다. 질 수 없다. 괜찮다. 나는 휴우 숨을 내뱉었다. 손의 떨림이 좀처럼 멈추지 않는데도 허둥거리며 칼질을 한 것이 잘못이었다. 감자에 칼을 대자마자 손이 미끄러져 손가락을 베고 말았다. 감자 위로 빨간 피가 흘렀다. 상처는 깊게 패였고 피가 철철 흘렀다. 엄마가 다급히 구급상자를 가지러 갔다.

고스케는 기분 좋게 감자를 채 썰고 있었다. 감자는 보기에도 처참한 꼴을 하고 있었지만 아버지는 웃으면서

"이런 서투른 녀석을 봤나."라며 고스케의 머리를 탁 때렸다.

나는 엄마의 응급 처치를 받으며 멀거니 그 모습을 지켜보았다. 아버지는 내게는 아무 말도 하지 않았다.

기회는 한 번 더 주어졌다. 나는 몰래 연습을 했다. 아버지는 나에게 기대하고 있었다. 고스케에게가 아닌 형인 나에게다. 이번에는 절대 실수가 용납되지 않는다. 아버지는 실수에 대해 꾸짖지는 않지만 몇 번이고 똑같은 일을 되풀이하는 것은 싫어한다. 아버지 앞이 아닌 곳에서는 칼을 들어본 적이 없었기 때문에 나는 커터칼로 지우개 자르는 연습을 수도 없이 했다.

두 번째 기회, 지난번처럼 아버지는 우리에게 칼과 감자를 건넸다. 나에게는 지난번과 같이 아버지가 쓰는 칼. 역시나 묵직하다. 이번에는 조급하게 생각하지 않고 고스케의 손놀림을 물끄러미 바라보았다. 천천히만 하면 감자를 써는 것은 어렵지 않다. 고스케는 지난번과 다름없이 아무렇게나 감자를 썰었다. 처음과 별반 달라진 게 없었다. 전혀 실력이 늘지 않았다. 신 나게 껍질을 벗기고는 "아요!" 하고 뜻 모를 괴성을 지르면서 감자를 잘게 썰었다. 아버지는 "먹는 거 갖고 장난치지 말어."라며 고스케를 한 대 쥐어박았다. 하지만 얼굴에서는 웃음이 삐져나오고 있었다.

"자, 헤이스케도 썰어 봐."

나는 작게 고개를 끄덕이고 칼을 들었다. 이번에는 괜찮아. 수없이 연습했잖아. 나는 스스로 그렇게 되뇌이고 나서 칼질을 시작했다. 하지만 결과는 달라진 게 없었다. 또 실수를 한 것이다. 손이 미끄러지면서 손가락을 베었다. 칼이 감자 위에서 미끄러지는 바람에 왼쪽 손가락을 베어 버리고 말았다. 감자는 지우개처럼 네모나지 않았고 칼은 커터처럼 작지 않았다.

그래도 전보다는 나아졌는지 상처는 깊지 않았고 피도 조금밖에 나지 않았다. 하지만 눈에서는 눈물이 뚝뚝 떨어졌다.

"녀석, 참 요란도 떠네. 그렇게 싫으면 안 하면 되잖여?"

성질 급한 아버지는 그렇게 말했다. 눈물을 흘린 건 싫어서가 아니다. 아파서가 아니다. 그렇게 말하려고 했지만 나는 아무 말도 할 수 없었다.

"형, 울지 마. 당근이 웃고 있어."

고스케는 칼질이 재미있었던지 감자뿐 아니라 당근이며 양배추도 썰었다. 아버지도 엄마도 그런 고스케를 기특한 듯이 바라보았다.

그 뒤로 나는 도무라 반점의 주방에는 일절 발을 들여놓지 않았다.

## 3

10월도 어느덧 중순에 접어든 수요일, 다케시타 형이 쳐들어왔다.

양아치 특유의 막가파식으로 이른 아침부터 다짜고짜 전화가 걸려왔다.

"오늘, 날 위해서 시간 좀 내봐."

"오늘?"

"그래. 지금 도쿄 역이여."

"도쿄 역이라고?"

"그려, 도쿄 역이여. 지금 막 신칸센에서 내렸구먼."

"진짜!?"

다 와서 전화하면 어쩌자는 거야, 하루 전에라도 연락해 주면 어디 덧나나, 라고 생각했지만,

"무슨 사람이 이렇게 많다냐? 눈이 다 핑핑 도는구먼. 얼른 좀 구하러 와."

하고 형이 엄살을 부리는 통에 마중 나가기로 했다.

"할 수 없지. 그럼, 거기 꼼짝 말고 있어. 어느 출구에 있어? 역무원한테 물어보면 돼. 내가 지금 나가면 30분은 걸려. 아무튼 이리저리 움직이지 말고 그 자리에서 기다려."

나는 형의 전화를 끊고는 시나무라 씨에게 전화했다.

다음에 몇 배로 시간을 채우겠다며 급히 하루 쉬겠다고 하자, 시나무라 씨는 선뜻 허락해 주었다.

"그런 걱정은 하지 않아도 돼. 아, 도무라 군이 없으면 곤란한 건 말할 것도 없긴 하지. 그래도 가끔은 쉬도록 해. 늘 몸 바쳐 일하니까 말이야."

간단하게 옷을 갈아입고, 나는 서둘러 마중하러 도쿄 역으로 갔다. 형은 틀림없이 딱딱거리면서 넓디넓은 역 안에서 허둥거리고 있을 것이다.

"헤이스케~! 이거 어떻게 된 거여? 되게 많이 컸잖어."

형은 나를 발견하고는 큰소리로 그렇게 소리치며 손을 흔들었다.

"어휴, 바보같이. 겨우 반년밖에 안 지났는데 크긴 뭘 컸다고 그

래?"

 그보다 열여덟 살 이후에 큰다는 것 자체가 말이 안 된다.
 "컸어, 컸구먼. 과연, 도쿄여. 사람을 이렇게 훌쩍 크게 만들고 말이여. 이야 헤이스케, 눈물 나게 반갑구먼."
 형은 내 어깨를 사정없이 쳤다. 급히 걸어가던 사람들도 형의 과장된 행동에 흘끗흘끗 돌아보았다.
 "왜 그렇게 흥분하고 그래? 모두들 잘 있지?"
 "잘 있구먼. 아버지도 엄마도 팔팔하시구먼. 고스케는 지휘자도 하고 마라톤 우승도 하고, 요즘 컨디션 짱이여."
 "뭐, 그 자식답네."
 "그렇지. 형으로서 자랑스럽지? 그건 그렇고. 너 자세히 보니께 말랐잖여? 끼니나 제대로 때우는 거여? 고생하는 거 아녀?"
 아까는 컸다고 해 놓고 이제는 또 말랐다고 걱정한다. 아무튼 형은 종잡을 수가 없다.
 "괜찮아. 아르바이트하니까 생활하는 건 문제 없어."
 "도쿄에서 아르바이트를 한단 말여. 과연 헤이스케구먼. 뭐혀? 또 편의점이여?"
 "만날 똑같은 일을 하면 지겹지. 이번에는 편의점 아녀."
 "뭐여, 요즘 유행하는 IT 공업인 거여? 그거 하면 남은 IT 있거든 나한테도 좀 나눠 주고 그려."
 "IT 공업이란 게 뭔데? 혹시 IT 기업 아냐? 그리고 IT란 건 물건이 아니어서 나눠 줄 수 없다고."

"아이고. 뭐가 뭔지 모르겠다만 암튼 되게 복잡허네. 과연 도쿄구면."

"그렇지? 그건 그렇고. 근데 형 무슨 일이야? 느닷없이 나를 다 찾아오고. 무슨 일 있어?"

"무슨 일 있는 정도의 일은 없고. 아니지, 실은 너한테 부탁이 있어서."

"부탁?"

"들어줄 거여?"

"그야 뭐, 말해 봐."

여기까지 왔으니 거절하지 못하는 것뿐인데, 형은 "과연, 헤이스케여. 너를 귀찮게 하는구먼."이라며 또 내 어깨를 요란하게 탁탁 때렸다.

"그런데 부탁이란 게 뭐야?"

"그게 말이여. 도쿄에 있는 미국에서 온 유원지 있지?"

"미국에서 온 유원지?"

"되바라진 쥐하고 해군복 입은 오리가 있는 유원지 말이여."

"아, 디즈니랜드?"

"그려그려, 데즈니랜드."

"그게 왜?"

데즈니가 아니라 디즈니라는 것과 디즈니랜드가 도쿄가 아닌 지바에 있다는 말은 형에게 하지 않았다.

"아이나랑 준나가 자꾸 가자고 졸라 대잖어. 그래서 말이여 이번

주 토요일하고 일요일에 우리 식구끼리 도쿄 여행하자고 얘기가 됐는디, 내가 도쿄를 잘 모르잖어. 어떡하겄어. 너한테 미리 안내 좀 받아 두려고."

"아아, 가족 여행 사전 답사 온 거구만. 그것 때문에 일부러 직장도 안 가고 도쿄까지 오다니, 형 참 대단해."

"그렇지? 우리 마누라한테는 비밀로 혀. 아빠로서 폼 나게 안내하고 싶은게."

"형은 옛날부터 이상하게 그런 데 집착하더라."

"알고 있었던 거여, 헤이스케? 넌 역시 이 다케시타에 대해서 모르는 게 없당게."

형은 자신이 좋아하는 사람 앞에서 폼 잡기 위해 스스럼없이 망가지는 사람이다. 하지만 단순하기 때문에 폼 잡기 위해 한 말은 금세 탄로 난다. 틀림없이 "여기, 헤이스케가 알려 줬어."라고 하면서 가게에 들어가거나, 형수에게 "어머나, 미리 와 보기라도 한 거야?"라고 추궁 당하고 허둥거릴 게 뻔하다.

"좋아. 알아서 모실게."

나는 씨익 웃었다.

평일인 만큼 디즈니랜드는 한산해서 쉽게 입장할 수 있었다.

"히야, 진짜 꿈의 세계구먼."

들어가자마자 형은 사방을 두리번거리며 놀랐다.

"디즈니니까."

"보통 유원지하고는 역시 다르구먼. 너무 넓어서 눈이 다 돌아가네. 이런 데 왔다가는 우리 식구 다 조난당하고 말겄어."

"괜찮아. 몇 개 구역으로 나눠져 있으니까 그것만 알면 쉽게 움직일 수 있어."

나는 몇몇 표지가 될 만한 건물을 형에게 설명하면서 디즈니랜드 안을 한 바퀴 돌았다.

"자, 여기가 신데렐라 성. 여긴 잘 안 잊어버리겠지?"

"그래. 야야야, 헤이스케! 지금 생쥐 미키가 나한테 손 흔들었어."

그렇게 말하며 형이 내 팔을 잡아끌었다.

"좋겠수."

"우와, 생쥐 미키, 되게 귀엽네. 아이나랑 준나도 이런 거 보면 무지 좋아할 거구먼. 아, 토요일에 오면 우리 딸들한테도 손 흔들어 달라고 미키한테 부탁허야겄다."

"그러지 않아도 돼. 미키는 부탁 안 해도 다 알아서 손 흔들어 줘."

"정말로?"

"응. 미키는 언제나 누구한테나 친절하거든."

나는 그렇게 말하고 미키한테 가려는 형을 붙잡았다.

"생쥐 미키는 참 착하구먼."

"그렇긴 한데 속에는 실버 센터에서 파견된 예순세 살 먹은 할아버지가 들어 있을걸."

내가 놀리자 형은 "무슨 말여. 꿈을 짓밟지 말어."라며 진심으로 아쉬워했다.

"장난이야. 기운 내. 자, 어떤 놀이 기구 먼저 타 볼까?"
 디즈니랜드에 오고 싶었던 적은 없지만 막상 와 보니 재미있어져서 나는 여기저기 돌아다니고 싶었다.
"넌 날마다 이런 데 오는 거여?"
"그렇지도 않아. 나도 세 번 정도밖에 안 와 봤어. 그것도 한 번은 중학교 때 수학여행으로 온 거고."
"수학여행이라고? 쳇, 우리 때는 나가사키였는디."
"형 학년들 너무 거칠게 굴어서 평화 학습이 필요했던 게 아닐까?"
"그런가?"
"얌전하게 있었으면 꿈의 세계로 데려다 줬을 텐데 말이야."
 우리는 귀신 나오는 집에 들어갔다. 수학여행 왔을 때에도 여기에 들어갔다. 그때는 모둠별로 행동했기 때문에 마지못해 들어갔던 탓인지 별로 느낌이 없었다. 그런데 5년이 지나 어른이 다 된 지금은 가슴이 두근거린다.
"다들 되게 흥분하고 있네. 혹시 한 잔 한 거 아녀?"
 형은 놀이 기구에 있는 아가씨들의 활달한 말투에 눈이 휘둥그레졌다.
"어휴, 말도 안 되는 소리."
"하도 기운이 넘쳐서 말이여. 월급날인가?"
"꿈의 세계니까 월급에 관계없이 아가씨들은 기분이 좋은 거라고."
"히야. 그거 참 좋구먼."
 형은 어린애처럼 인형들의 움직임에 신기해 하기도 하고 귀신을 보고 정말로 기겁을 하기도 했다.

　남자 둘이서 디즈니랜드를 활보하는 것이 좀 한심하기도 했지만, 그래도 몇몇 다른 놀이 기구를 타 보기도 하고 들뜬 학생과 커플 사이에 끼어 걷는 것은 그럭저럭 즐거웠다. 그렇게 우리는 한나절 동안 디즈니랜드를 만끽했다.

"또 가고 싶은 곳은 없어?"
　도쿄 역으로 돌아가는 전철에 흔들거리며 내가 물었다.
"아니, 이제 됐구면."
"어디든 안내할게."
"괜찮아. 너도 바쁠 텐데 뭘."
"바쁘지 않아. 형이 모처럼 혼자서 도쿄에 왔으니까 보고 싶은 곳 있으면 싸그리 다 보고 가."
"진짜 많이 닮았구면."
　형은 가고 싶은 곳을 말하는 대신 내 얼굴을 빤히 쳐다보았다.
"뭐가?"
"너희 형제."
"고스케랑?"
"그렇게 남 일에 발 벗고 나서는 점이 어쩜 그리 똑같은 거여."
"뭐, 개야 그럴지도 모르지."
　나는 고스케를 떠올렸다. 그 녀석은 도무라 반점에 모이는 사람들과 잘 어울렸고 또 그만큼 귀염을 받았다.

"너도 그려. 우리 동네 사람은 딱 질색일 텐데, 불쑥 쳐들어와도 이렇게 안내해 주잖어."

"무슨 말이야? 난 형 하나도 싫어하지 않는데."

나는 웃어 보였다. 그곳 사람들과 그럭저럭 잘 어울리려고 애썼던 것 같은데 형은 내 속을 꿰뚫어 본 건가.

"무리 안 해도 되는구먼. 근데, 난 옛날부터 니가 좋았어."

"왜 그래? 징그럽게. 나 남자한테는 흥미 없거든."

"그거 모르겠냐. 그래도 우리 양아치였잖어?"

"하긴. 머리도 노랗게 물들이고, 하는 짓도 순 꼴통이었지."

"그렇게 추켜세우지 말어. 우리 같은 놈들은 우리랑 가까운 사람들은 끔찍이 아끼지만 밖으로는 거의 눈길을 안 돌리는구먼. 좋은 의미든 나쁜 의미든 그 동네랑 우리 사는 건 비슷혀. 그려도 넌 어릴 적부터 바깥으로 눈을 돌렸어."

"아무도 상대해 주지 않으니까 그랬던 거지."

"꼭 그런 건 아니지. 난 니 그런 점을 높이 평가했구먼."

형은 진지한 얼굴로 말하는데 나는 얼마나 무안하던지 억지로 이야기를 돌렸다.

"아 참, 그건 그렇다 치고, 형 진짜 아무 데도 안 가도 돼? 사전 답사 꼼꼼하게 안 해도 되냐고? 토요일에는 안내하고 싶어도 못하잖아."

"괜찮어. 디즈니랜드에 가고 돔구장에서 야구 보고, 다음날은 당연히 도쿄 타워를 봐야지."

"돔?"

"그려. 도쿄에 와서 도쿄돔에 안 가면 섭섭하잖어."

"하긴. 하지만 돔에 가도 올해 일본 시리즈에 한신 타이거스는 안 나오는데."

형은 막가파식이다. 당일 돔에 가서, "한신은 왜 안 나와!"라며 바락바락 악을 쓸 수도 있다.

"알어. 요미우리 자이언트하고 롯데 마린스 경기 보려고."

"뭐야, 자이언트 군단에 야유 퍼부으러 가려고?"

"이 바보야. 내가 그 정도로 성질이 더럽진 않구먼."

"그럼 롯데 응원하려고?"

한신 팬의 태반은 안티 자이언트다. 자이언트 타도를 위해 자이언트와 싸우는 팀을 응원하는 일은 흔히 있다.

"아니, 그게 아니고."

"그게 아니고?"

"헤이스케, 너를 남자라 믿고 고백헐게."

형은 갑자기 목소리를 낮추었다.

"고백하다니? 느닷없이……. 혹시 바람피우다 들키기라도 한 거야?"

"무슨 말이여 그게? 얘기의 흐름을 좀 읽지 그려. 지금 여자 얘기하는 거 아니잖여."

"하긴 그러네. 뭐, 좋아. 말해 봐. 나, 입은 무겁잖아."

"그래. 너, 가벼워 보이지만 알고 보면 신중파지."

"서론은 그만하고."

"사실은 말이여……. 놀라지 마라."

형은 여느 때와 달리 뜸을 들였다. 나는 답답해서 "빨리 말해 봐."라고 재촉했다.

"그게 말이여, 실은 나…… 자이언트 팬이구먼."

"뭐라고?"

"그러니까 난 한신 팬이 아니라 자이언트 팬이라고."

나는 내 귀를 의심했다. 바람을 피웠다는 것보다 더 놀라운 이야기다. 도무라 반점의 단골들은 모두 물불 안 가리는 열렬한 한신 팬이다. 다케시타 형도 한신이 리그 우승했던 해에는 전통적인 한신의 유니폼과 똑같은 줄무늬 옷을 입고 좋아했다.

"자이언트 팬이라……."

"미스터 자이언트, 나가시마 감독(요미우리 자이언트 선수 시절 '미스터 자이언트'로 불리며 최고의 인기를 누린 스타 출신 감독 : 옮긴이)의 광팬이여."

"정말이야?"

"응, 정말이구먼. 놀랐어?"

"그야 엄청 놀랐지."

전철 안에 동네 사람이 있을 리도 없는데 나까지 목소리가 작아졌다. 그 동네에서 한신 팬이 아닌 것, 하물며 한신 팬이 눈엣가시로 여기는 자이언트 팬이라는 사실이 이제 와서 알려지면 시끄러워질 것이다.

"야마다 할아버지 같은 사람이 이 일을 알면 매국노 취급하겠지?"

"두말하면 잔소리지. 야마다 할아버지가 들으면 졸도할 거야. 히로세 아저씨도 노발대발할 거고."

"상상만 해도 겁이 나."

과장스러운 것 같지만 의외로 사실이다. 형이 주눅 드는 것도 당연하다.

"좋아, 그럼 나도 고백할 게 있는데."

"고백할 거?"

"응. 나도 형한테 비밀 얘기 하나 할게."

"뭔데? 헤이스케, 너도 자이언트 팬인 거여? 까짓것 그럼 우리 둘이서 싸우자. 아니지, 너는 원래부터 야구 같은 거 전혀 흥미 없었잖여."

"아니, 그게 아니야. 솔직히 말하면 나 원래는 야구 좋아해."

"뭐여?"

"나, 진짜로는 어렸을 때부터 야구 되게 좋아했어."

"거짓말이지?"

"진짜야."

아버지와 고스케는 예외 없이 열렬한 한신 팬이었다. 도무라 반점에서 텔레비전으로 야간 경기를 볼 때는 단골들과 함께 한신을 응원했다. 7이닝이 되면 한신 타이거즈의 노래도 부르고 이기면 술을 마시고 져도 술을 마신다. 나는 그런 분위기가 딱 질색이었다. 감독도 아닌데 선수에 대해 다 아는 척 해설하고 자이언트 팀에 마구 욕설을 퍼부었다. 가족이라도 나오는 듯이 죽기 살기로 응원하는 것도 이해할 수 없었다. 그래서 나는 응원에는 참여하지 않고 야간 중계를 하는 동안에는 만화책을 읽었다. 하지만 야구 자체에는 흥미가 있었다. 재미있을 것 같았다. 중학교와 고등학교에 가면 야구부에 들어가겠다고 마음먹고 있었다.

초등학교 3학년 크리스마스.

고스케의 머리맡에는 글러브가 놓여 있었다. 산타클로스의 선물이었다. 고스케는 신이 나서 떠들어 댔다. 내 머리맡에 놓여 있던 것은 글러브도 배트도 아니었다. 무슨 까닭인지 축구공이었다. 그 무렵 마침 축구가 유행하기 시작해서 초등학교 친구들 중에도 축구 클럽에 들어가는 아이들도 있었다. 하지만 나는 축구를 좋아한다는 말은 한마디도 한 적이 없다. 그날 이후 아버지와 고스케는 이따금 가게 뒤에서 캐치볼을 하고 놀았다. 나는 그 모습을 곁눈질하면서 혼자서 리프팅 연습을 했다. 그 둘 사이에 끼고 싶어 한다는 오해를 받는 것도 자존심 상해서 시치미 뚝 떼고 묵묵히 리프팅 연습만 했다. 그렇게 시간이 지나다 보니 어느새 나는 야구에는 흥미가 없는 사람이 되어 있었다.

"그랬구먼."

형은 진지하게 말했다.

"그랬어."

"좋아. 그럼, 너 돌아오면 우리 동네 야구팀에 들어와라."

"고맙지만 나는 야구를 해본 적이 없어서. 흥미만 있었지 경험은 제로거든."

"경험이 없으면 어때서 그려? 우리 팀은 누구라도 오케이구먼."

형은 쾌활하게 웃었다.

돌아가는 길, 신칸센 개찰구에서 형은 나에게 억지로 "오늘의 사례다."라며 삼만 엔을 쥐어 줬다.

"이런 거 안 줘도 되는데."

"사양하지 말어. 받을 수 있는 건 받아 두는 거여. 그리고 이거 입막음용이구먼."

"응, 하긴. 고마워."

"그럼 간다."

"응. 조심해서 가. 정말 좀 더 여기저기 봤으면 좋았을걸."

"충분혀. 나 녹초가 됐구먼. 그러니까 오늘은 집에 가서 방귀라도 뽕뽕 뀌면서 푹 잘란다."

형의 말에 나는 어깨에서 힘이 빠져나갔다.

"방귀 뀌면서 잔다는 말, 되게 그립다."

"뭐야, 도쿄 사람들은 방귀도 안 뀌고 살어?"

"그야 뭐, 방귀는 뀌지. 형도 진짜로 방귀 뀌면서 자는 건 아니잖아?"

"그거야 그렇구먼. 어쩌면 뀔지도 모르겄어. 오늘은 피곤해서 다른 때보다 방귀 뀔 가능성이 더 커."

"하지만 방귀 뀌는 게 메인이 아니잖아."

"하긴 그렇지. 방귀 뀌는 게 메인이벤트라면 목조인 우리 집에 불 붙어 버릴 거구먼."

"여기 도쿄에서는 그럴 때 오늘은 피곤해서 푹 자야겠다, 그렇게 말해."

"뭣이 그렇게 까다로워. 혀 깨물 것 같구먼."

방귀 뀌면서 자는 쪽이 훨씬 까다로울 것 같다고 생각했지만 "그러게." 하고 웃으며 손을 흔들었다.

## 4

"이거 선물."

이튿날은 아르바이트가 없는 목요일이다. 변함없이 카페 라쿠에서 우리는 점심과 저녁을 겸해서 식사를 했다. 아르바이트를 하지 않을 때만큼은 다른 곳에서 먹어도 좋을 텐데 우리는 꼭 카페 라쿠를 찾는다. 카페라고는 해도 디저트도 없고, 특별히 커피에 정성을 들이지도 않기 때문에 점심시간이 지나면 놀라우리만치 손님이 없다. 이런 어중간한 시간대에 느긋하게 먹기에는 최적의 장소다.

"선물이라니? 디즈니랜드 갔다 왔어?"

아리 씨는 포장지를 말똥말똥 바라보았다.

"그래. 얼마 전에, 아니 어제 갔다 왔어."

"흐응. 누구랑?"

"오사카에서 아는 사람이 왔었거든. 그 사람이랑."

"둘이서?"

"응."

"무지 수상하네."

"아, 그런 거 아냐, 남자야."

나는 아리 씨의 반응에 놀라서 고개를 저었다. 디즈니랜드까지 갔는데 빈손으로 오기도 아쉬웠다. 하지만 딱히 사고 싶은 것도 없어서 아리 씨에게 선물이라도 하자고 생각했다. 좋아할 줄 알았다. 그래서 곰 인형을 샀다. 그뿐이다. 하지만 곰곰 생각해 보니 꼬투리 잡히는 건 당연하다. 누군가와 둘이서 디즈니랜드에 갔으니 아무리 변명을 해도 의심스러울 수밖에. 쉽게 알 수 있는 일인데도 디즈니랜드의 평화로운 분위기에서는 그런 일에까지 머리가 돌아가지 않았다.

"흐음. 남자랑 둘이서 일부러 디즈니랜드 같은 데 가는구나."

아니나 다를까 아리 씨는 몹시 불쾌한 목소리로 말했다.

"뭐, 일부러 갔다고 해야 되나? 그냥 한 바퀴 돌아본 것뿐이야."

바로 전까지 선물을 보고 좋아할 아리 씨를 상상하고 살짝 가슴 설레던 나는 완전히 의기소침해지고 말았다.

"디즈니랜드가 그냥 한 바퀴 돌기 위해 갈 만한 곳은 아니잖아?"

"그렇긴 하지."

"남자들끼리 디즈니랜드에 간다는 것도 있을 수 없는 일이고."

"있을 수 없는 일은 아닌 것 같은데. 많지는 않겠지만."

"많지 않겠다니, 참 뻔뻔하네."

"응. 미안해."

다케시타 형에 대해 설명하고 아리 씨에게 이해 받으려면 엄청난 기력과 시간이 필요할 것 같아서 나는 일부러 선선히 사과했다. 그런데 그것이 분노를 배로 부풀렸는지 아리 씨의 말꼬리가 훨씬 표독스러워졌다.

"왜 사과하는 거지?"

"왜라니? 불쾌하게 했으니까."

"별로 잘못한 것도 아니잖아?"

"그건 그렇지."

"잘못했다고 생각하지도 않으면서 그렇게 쉽게 사과하지 마."

"남자랑 간 건 사실이지만 조금만 더 생각했다면 꼬투리 잡힐 거 뻔히 알 수 있을 텐데. 선물은 왜 사 왔을까? 그렇게 반성하고 사과한 거야?"

사과하고 빨리 끝내 버릴 계산이었는데 일이 더 꼬여 버렸다. 나는 몰래 한숨을 쉬었다.

"아, 짜증나. 좀 더 적극적으로 변명하면 안 돼? 변명할 기력이 없으면 처음부터 신중하게 생각하고 행동했어야지."

"정말 미안해."

"미안하단 말로 은근슬쩍 넘기려고 하지 마."

"정말로."

"정말로, 라니, 뭐가 정말로, 라는 거야?"

'정말로'는 그냥 장단 맞추는 말로 침묵하는 것도 좋지 않기 때문에 말한 것뿐이다. 하지만 그런 말을 하면 아리 씨는 더 기세등등해진다. 나는 얌전하게 있었다. 빨리 끝나기를. 애당초 결론 따위 나지 않을 일인데 어째서 여자는 끝까지 결론을 내리려는 것일까. 사과해서 끝나지 않는 일이 있다니 참 어렵다. 사죄로 안 된다면 때를 기다릴 수밖에 없다 싶어 밖을 내다보았다.

길 가는 사람들은 저마다의 느낌으로 카페 라쿠를 보며 지나간다. 외관이 꽤 멋져서 잠깐 들어와 보고 싶은 분위기인 건 분명하다. 저녁 재료를 마련해야 하기 때문에 점심시간 후에는 손님이 오지 않는 게 좋다고 시나무라 씨는 말하지만 좀 더 고급스런 커피나 디저트 같은 부담되지 않는 정도의 메뉴는 괜찮을 거다. 그렇게 번 돈으로 저녁 메뉴를 충실하게 할 수도 있을 텐데.

나는 어느새 카페 라쿠의 경영 문제를 골똘히 생각하고 있었다. 그런 나에게 아리 씨가 한숨 섞어 말했다.

"도대체 도무라 군은 나를 어떻게 생각해?"

왠지 드라마 대사 같아서 풋 하고 웃어 버릴 뻔했지만 나는 기합을 넣어 진지한 표정을 지으며 되물었다.

"어떻게 생각하다니?"

"피곤해? 나랑 있으면?"

"그런 거 아니야."

그래. 아마 그럴 거다. 지금은 귀찮은 게 사실이지만 항상 피곤한 건 아니다.

"그럼 지금 무슨 생각해? 나를 어떻게 느끼고 있어?"

"딱히 생각하는 거 없는데."

"있잖아, 그런 식으로 얼렁뚱땅 넘기지 말고. 도무라 군, 좀 더 진심을 말해 보라고."

"진지하게 이야기하고 있는데."

이건 진심이다. 장난치는 것도 거짓말을 하는 것도 아니다.

"전혀 아니잖아. 간사이 사투리로 말하니까 진지한 것 같지만 도무라 군이 하는 말은 항상 표면적이야. 어떻게든 그 분위기에 맞추려고만 하잖아."

"그런가?"

전혀 자각하지 못했기 때문에 나는 고개를 갸웃거릴 수밖에 없었다.

"그래."

아리 씨가 단호하게 말하자 나는 엉겁결에 "그럼 미안." 하고는 고개를 숙이고 말았다.

"바로 그런 점을 말하는 거라고. 도무라 군, 오늘 세 번이나 사과했어. 별로 잘못했다는 생각도 없으면서 적당히 끝내려고만 하니까 그런 거라고. 그게 나를 가볍게 생각하고 있다는 증거야."

아리 씨는 그렇게 쏘아붙이고는 일어섰다. 지금 당장 아리 씨가 무엇을 바라고 있는지 모르겠고, 또 사과하는 건 기름을 붓는 꼴이다. 나는 잠자코 아리 씨를 올려다보았다.

"오늘은 이만 갈게."

아리 씨는 진심인 듯 지갑에서 자신의 커피 값을 꺼내 테이블 위에 놓고는 어깨에 가방을 멨다. 잡아야 하나 말아야 하나 고민이 채 끝나지도 않았는데 아리 씨는 정말로 나가 버렸다. 방금 전까지 눈앞에 있던 아리 씨는 어이 없이 창밖으로 총총히 사라져 버렸다.

너무 급한 전개에 맙소사, 하며 콜라를 단숨에 마시자 요코 짱이 주방에서 뛰어왔다.

"어휴, 태평하게 콜라나 마시고 있을 거야?"

"아니, 토론했더니 목이 말라서."

"토론은 무슨, 아리 씨가 도무라 군한테 화난 거잖아. 이러고 있지 말고 뒤쫓아 가야지."

"아, 그래."

"아, 그래, 라니 정신 좀 차려."

"응. 하지만 이미 늦었어. 괜찮아, 아직 화도 안 풀렸을 거야. 그리고 콜라를 마셨더니 옆구리도 아프고."

"그게 무슨 말이야? 안 돼. 이럴 땐 본능적으로 쫓아갈 수 있어야지."

요코 짱은 찡그린 얼굴로 쳐다보았다.

"본능이라……. 그래 본능적이어야 하는데."

지금쯤 걷기 싫어하는 아리 씨는 택시를 잡아타고 갈 것이다. 뛰어가도 어차피 쫓아갈 수 없다. 내 운동 능력으로는 차를 쫓아가는 건 무리다. 아리 씨와의 작은 다툼은 그렇게 머릿속에서 멋대로 정리되었다.

"암튼 시간도 있으니 가게 일을 거들겠습니다."

나는 우리가 사용한 유리잔을 주방에 갖다 놓고 앞치마를 손에 들었다.

"괜찮아. 쉬는 날이잖아."

시나무라 씨는 고개를 저었지만 아리 씨가 돌아가 버렸다는 건 지금부터 스케줄이 없다는 말이다. 어제 갑자기 쉬었으니 지금 일을 거드는 게 좋을 듯싶었다.

"어차피 할 일도 없고 그냥 하겠습니다."

"도무라 군, 애인이 화났는데도 참 여유 있군."

지켜보고 있던 시나무라 씨도 요코 짱도 똑같이 질렸다는 표정이었다.

"여유 있는 것도 아니에요."

나는 밑에 놓였던 골판지 상자를 열어 봤다. 오늘의 일품요리는 유채 요리다. 시나무라 씨가 좋아하는 메뉴. 또 튀김과 초간장 조림을 하겠지. 손님들이 좋아하는 요리지만 가끔은 양념을 바꿔 보자 싶어 나는 고추를 손에 들었다.

"나도 그런 실수는 안 해."

"그래요?"

"그래. 도무라 군, 그럴 때는 좀 더 조바심을 내야 하는 거라구."

시나무라 씨는 척척 저녁 준비를 시작하는 나를 걱정스레 바라봤다. 본성이 착한 사람이다. 시나무라 씨야말로 좀 더 가게 일에 조바심을 내면 좋을 텐데, 라고 생각했다.

"그러게 말입니다. 조바심을 내긴 하는데 답이 없어요."

"답이 없다니? 그걸 유채에 넣으려고?"

"마늘하고 고추로 페페론치노 풍으로 해봐요. 그런 매운 맛이란 게, 조금만 먹어도 또 먹고 싶어지잖아요?"

나는 스파게티는 페페론치노를 가장 좋아한다. 생각만 해도 배가 고파져서 칼질하는 손이 빨라졌다.

"페페론치노도 좋고 나폴리탄도 좋은데 말이야. 앞으로 아예 연락이 안 되면 어떡할 거야?"

"그럼 좀 힘들지도 모르죠."

"그렇지? 지금 그렇게 마늘 썰고 있는 동안에 아리 씨가 정말로 도무라 군을 싫어하면 어떡할 건가?"

"정말로 싫어해요?"

"그래. 도무라 군이 꼴도 보기 싫을 정도로 말이야."

"그럼 안 되죠."

"그렇다면 손을 써야지."

"그렇군요."

시나무라 씨는 유도 심문에 능하다.

"도무라 군, 아리 씨하고 사귀는 사이잖아."

"왠지 어렵군요."

"어려울 거 하나도 없어. 그렇게 가게 일을 생각하듯이 생각하면 되잖나."

시나무라 씨는 별거 아니라는 듯이 말하지만 라쿠의 매상을 생각하는 정도로 아리 씨의 기분을 생각하기란 그렇게 쉽지가 않다.
"맞아 맞아! 좋아 좋아! 너무 좋아, 그렇게 말하면 된다니까."
요코 짱도 속 편한 소리를 했다.
"선물 때문에 토라진 사람한테 좋아 좋아 너무 좋아, 그 말만 해도 될까요?"
"그렇다니까 그러네. 그리고 아리 씨가 연상이니까 도무라 군도 좀 더 어른스러워지기 위해 발돋움을 좀 해야 해."
"어른스럽게 하란 말이지……. 그건 어려워. 나, 동안이라서."
"그게 아니라니까. 노력하는 모습을 보여 주면 되는 거라고. 여자들은 자신을 위해 노력하는 걸 알면 좋아하거든."
요코 짱은 나와 나이가 같은데 세상을 다 안다는 듯이 말한다.
"유채에 대해 그렇게 생각하듯이 자신의 일도 그렇게 생각하면 돼."
시나무라 씨는 철벅철벅 거칠게 유채를 씻으면서 말했다.
아마 노력이 부족한지도 모른다. 연애를 하는데도 무엇을 하는 데도 노력이 더 필요할지 모르겠다. 가끔은 좀 진지하게 생각해야 하는지도 모르겠다.
나는 아주 조금 반성했다.

## 5

데이트는 항상 아르바이트가 없는 날이나 아르바이트 끝난 뒤에 했다. 혹은 낮 아르바이트와 저녁 아르바이트 중간에 카페 라쿠에서 했는데 이번에는 라쿠에서 일요일 하루 휴가를 얻었다. 너무 낯간지러워 닭살이 돋는 것 같았지만 "만나고 싶은데."라고 전화를 했다. 카페 라쿠도 아니고 시나무라 씨가 추천해 준 가게도 아닌 요코 짱이 알려 준 근사한 정통 카페에서 만나기로 약속했다.

어떻게 해야 노력하는 건지 정확히 알지는 못하지만 어쨌든 열심히 해볼 생각이다. 아리 씨는 아직 화가 풀리지 않은 줄 알았는데, 아니었다. "일요일은 바쁘지 않아?"라면서 데이트 신청에 선뜻 응해 주었다.

노력형인 나는 약속 시간 10분 전에 약속한 카페에 들어갔다. 일찍 도착했다고 생각했는데 아쉽게도 아리 씨가 먼저 와 있었다. 앉은 채 가볍게 나를 향해 손을 들어 신호를 보내는 아리 씨를 보면서 역시 멋지구나 생각했다. 머리칼도 찰랑찰랑하고 옷차림도 센스 있고, 좋은 여자란 이런 느낌이구나 싶었다.

"진지하게 생각해 봤어."

주문을 마치자 나는 먼저 말을 꺼냈다.

"뭘?"

"이것저것, 진지하게."

"흐응."

벌써 마음이 풀렸는지 아리 씨는 평소와 너무도 똑같았다.

"무슨 생각을 했는데?"

"우선 도쿄하고 오사카에 대해서."

내가 말해 놓고도 피식 웃었다. 아리 씨도 "내 생각은 않고?"라며 핀잔을 주었다.

"아리 씨 얘기는 나중에 나오니까 조금만 기다려."

"아, 그래?"

"오사카만 음식 문화가 발달한 줄 알았는데 도쿄에도 맛있는 게 많다는 걸 깨달았어. 온갖 것들이 모여 있고 사람이 많은 만큼 전문가도 많은 것 같더라구. 기본적으로 장어는 도쿄 쪽이 담백하고 부드러워서 좋아."

"장어에 대해 진지하게 생각한 거네."

"응. 양념꼬치구이 말고도 맛있게 먹을 수 있는 방법이 있다는 것은 도쿄에 오기 전에는 몰랐거든."

"아 그래? 그야말로, 아 그래네."

아리 씨는 정말로 재미없는 듯이 턱을 괴었다.

"아리 씨랑 있을 때 피곤을 느낀 적은 없다는 생각도 했어. 가끔 이야기하면서 결론이 뭐지? 싶기도 하고, 어떻게 대답을 해야 할지 난처한 일은 있었지만 그건 내가 직접적인 대화만 해서 그렇구나, 그런 생각을 하면서 오히려 반성했어. 간사이고 도쿄고 전혀 차이가 없다고 생각하면서도 나도 모르게 간사이의 근성이 몸에 배어 있었다는 것을 깨달았어."

"도무라 군이 하는 말이야말로 결론이 뭐지? 그런 생각이 드는데."

"이야기의 결론이랄까 진심을 말하면 아리 씨를 좋아해. 아마 내 도쿄 생활에 아리 씨는 없어서는 안 되는 존재라고 생각해."

아리 씨는 조금 생각하더니 "이해가 안 돼."라고 대꾸했다.

"응. 알아. 정말 미안해. 하지만 아직 거기까지밖에 생각하지 못했어."

시나무라 씨의 충고대로 이틀 정도 지금의 나 자신에 대해서만 생각해 봤다. 하지만 지금은 여기까지밖에 알 수가 없다. 아리 씨에 대해서도 다른 일에 대해서도, 생각이 여기까지밖에 확장되지 않는다. 아리 씨를 좋아한다. 지금 내 생활에 아리 씨가 없어지면 주체할 수 없는 시간이 많아진다. 그리고 시간이 많아지면 외로워진다. 거기까지는 알 수 있다. 하지만 거기까지밖에 알 수가 없다. 좋아 좋아 너무 좋아, 라는 말은 못 하겠다. 결국 나는 알맹이 없는 인간인지도 모른다. 나를 좋아해 주는 손님이 여자뿐인 것도 그 때문인지 모른다.

"뭐, 아무렴 어때."

워낙 대범한 아리 씨는 시원시원하게 내던졌다.

좀 더 집요하게 캐물어 주면 좋을 텐데. 그럼 내가 정말 어떤 인간인지 좀 더 알 수 있을지도 모른다. 그렇게 말하자 아리 씨는

"내가 왜 그런 걸 도와야 하냐고?"

라고 뾰로통하게 말했다.

"뭐, 됐어. 가끔은 어디라도 가자."

아리 씨는 커피를 후루룩 다 마시고는 그렇게 말했다.

"가끔은?"

"우리는 만날 가게에 죽치고 앉아서 먹기만 하잖아. 밖으로도 나가자고."

"하긴."

"도무라 군, 어디 가고 싶은 데 없어?"

가고 싶은 곳. 나는 잠시 신중하게 생각해 봤다. 디즈니랜드는 재미있었지만 지금은 안 될 말이다. 슬슬 도쿄바나나를 사서 시골집에 보내야 하지만 역 매점은 데이트 장소로는 좋지 않다. 도쿄에는 별별 곳이 많지만 가고 싶은 곳은 퍼뜩 떠오르지 않았다.

"애인을 데리고 가고 싶은 곳이나 애인이랑 함께 가 보고 싶은 곳이나 보통은 그런 데 있잖아?"

"글쎄."

보통은 있는데 나에게 없으니 큰일이다. 지난번 일이 다시 되풀이될 거다. 연애를 위해 노력하는 것은 참 어렵다. 나는 방금 전의 3배 속으로 머릿속에서 모든 장소를 휘리릭 돌려 보았다.

"생각났다!"

"생각났다는 말 자체가 이상하긴 하지만 아무튼, 어디?"

"축구 보러 가자!"

"축구라니, 월드컵?"

아리 씨가 고개를 갸웃거렸다.

"말도 안 돼. …… 후루바토가 축구하거든."

"후루바토?"

"몰라? 그 왜, 하나조노 창작학교의 학생. 아리 씨 강의를 듣잖아."
"학생 얼굴하고 이름이 연결이 안 돼."

아리 씨는 무책임하게 내뱉었다. 학생이라봐야 고작 스무 명 남짓이고, 후루바토는 눈에 잘 띄는 부류인데 아직도 모르다니 그야말로 아리 씨답다.

후루바토는 내가 중학교 때 축구부였다는 것을 알고는 늘 축구 이야기를 해 왔다. 일요일에는 항상 연습을 하니까 보러 오라고 했고, 만날 때마다 언제 올 거냐고 성화였다.

후루바토가 항상 있다는 운동장에 가 보니 시합 비슷한 것을 하고 있었다. 후루바토 팀은 제각기 다른 운동복을 입고 있지만 상대팀은 제대로 된 팀인지 똑같은 빨간 유니폼을 입고 있었다. 나와 아리 씨는 운동장을 에두른 잔디에 앉아 시합을 구경했다. 주위에는 친구인 듯한 사람, 지나가던 축구 좋아하는 아저씨들, 열심히 응원하는 애인, 드문드문 우리처럼 구경하는 사람들이 있다. 한가하다. 운동장은 너르고 하늘은 파랗다. 잔디는 폭신하고 바람도 선선하고 상쾌하다. 햇빛에 비친 은행잎이 금빛으로 보인다. 가을은 확실히 기분 좋은 계절이다.

"어디?"

아리 씨는 여기저기 뛰어다니는 선수들을 유심히 보았다.

"봐, 저기 키 큰 녀석."

"아, 본 적 있는 것 같다."

"본 적 있는 것 같다니, 고작 그 정도야?"

"그런데 저 애, 재능 있어."

"그래. 맹한 구석이 있는데 축구는 잘하네."

단순하고 엉뚱하고 얼뜬 후루바토라고 생각했는데 축구할 때는 굉장히 냉정하고 시야가 넓었다. 상대팀의 움직임도 자기 팀의 움직임도 훤히 꿰뚫고 있다. 속이 후련할 정도로 정확하고 날쌔게 공을 찬다.

"글쎄. 축구에 대해선 잘 모르지만 후루바토란 애가 쓴 글은 썩 괜찮아."

아리 씨는 축구가 따분한지 잔디밭에서 노는 아이를 보며 말했다.

"그래?"

"응. 그중에서는 그래도 나은 편이지."

"그래도 나은 편이라니, 말이 심해."

"아하하하. 그중에서 가장 잘 써."

"그래? 의외네."

"그래?"

아리 씨는 내 말이 더 의외라는 얼굴을 했지만 후루바토는 나 이상으로 하나조노 창작학교와 어울리지 않는 녀석이다. 생각하지 않는 것도 그렇거니와 아무리 뜯어봐도 도무지 소설가 이미지와 연결이 되지 않는다.

"언제부터 보고 있었던 거야?"

시합이 끝나자 후루바토는 쏜살같이 나에게 뛰어왔다.

"글쎄. 한 이십 분쯤 됐나?"

"그랬구나! 아, 고맙습니다."

후루바토는 내 옆의 아리 씨에게 꾸벅 머리를 숙였다.

"헤이스케, 그럼 내가 슛 하는 장면 봤어?"

"봤어 봤어."

그렇게 대답하자, 후루바토는 기쁜 듯이 "예이!"라고 소리치고는 내 앞에서 한 번 더 슛 광경을 재현해 보였다. 후루바토는 정말로 중학생 같다고 생각했다. 보통은 점점 깎여 나가 없어지는 천진한 부분이 후루바토에게는 또렷이 남아 있다.

"오랜만에 날린 회심의 슛이었거든. 역시 네가 보고 있어 준 덕분이야."

"뭐, 그럴 리 있겠어? 암튼 멋지더라."

"정말 최고였어! 아니, 야야! 자세히 보니까 선생님이잖아!?"

한바탕 호들갑을 떨고 난 후루바토는 그제야 아리 씨를 알아보고 화들짝 놀랐다.

"아, 뭐."

"아, 뭐라니, 둘이 사귀는 거야?!"

"뭐, 그래."

후루바토가 놀라는 모습을 보자 나도 약간은 머쓱해졌다. 후루바토는 아리 씨의 제자이고, 나는 후루바토의 선생님과 사귀고 있는 거다. 나는 학교를 그만뒀으니 상관없지만 아리 씨 처지에서 생각하면 학생들에게는 알려지지 않는 편이 좋다. 거기까지는 알고 있었는데 후루바토에게 들키면 곤란할 거라는 생각은 전혀 못했다. 그냥 아무 생각 없이 여기에 와 버렸다. 아리 씨는 딱히 난처해 하지도, 부끄러워하지도 않으며, 나와 후루바토가 주고받는 이야기를 재미있다는 듯 듣고 있었다.

"야야, 헤이스케! 좀 더 일찍 상의하지 그랬냐?"

후루바토는 내 어깨를 잡고 흔들었다.

"상의라니, 뭘?"

"뭘이라니, 이 일 말고 또 있어? 금단의 사랑에 빠질 것 같은데 어떡하면 좋지? 그렇게 말이야."

"금단의 사랑?"

"시치미 떼긴! 둘은 제자와 선생님 사이잖아?"

"아, 듣고 보니 그러네."

전문학교인데다 이제 그만뒀으니까 금단의 사랑 어쩌고 하는 엄청난 것과는 해당 사항이 없을 줄 알았다.

"고백하기 전에 왜 말하지 않았냐?"

"글쎄. 미안하다."

뭐 내가 고백한 것도 아니지만 후루바토 머릿속에서는 이미 이야기가 만들어졌을 테니 이제 와서 사실을 말해도 믿지 않을 거다.

"다른 때였다면 나한테, 히로시 군 체육관 뒤로 좀 와 봐, 그랬을 거 아냐. 그랬다면 내가 좀 더 근사하게 고백하는 방법을 가르쳐 줬을 텐데."

"그 학교에 체육관이 어디 있는지는 모르겠지만, 후루바토! 넌 그런 거 좋아하는구나."

"아니, 친구라면 당연하지. 상의도 없이 혼자 다 진도 나가고 그러냐."

후루바토는 정말로 어깨가 축 늘어졌다.

"그래도 내가 널 믿으니까 여기에 같이 온 거 아니냐? 왠지 들키면 안 된다는 마음이 눈곱만큼도 들지 않더라고."

"그래?"

"응. 너한테는 무슨 일이고 들켜도 괜찮을 것 같거든."

"그래?"

방금 전까지 어깨가 축 늘어졌던 후루바토는 금세 눈빛이 빛났다.

"그래그래."

"친구란 진짜 멋지구나."

후루바토는 혼자서 그렇게 감동하더니 "좋았어, 한 게임 더 뛰고 올게!"라며 운동장으로 뛰어갔다.

"귀엽다. 청춘이 느껴져."

아리 씨가 쿡쿡 웃었다.

"맞아. 후루바토는 일 년 내내 청춘이니까."

"청춘이란 게 딱히 계절과 관계있는 건 아니잖아?"

아리 씨에게 지적 당하고는 나도 웃었다.

"슬슬 돌아갈까? 추워지기도 했고."

가을에는 태양이 조금만 기울어도 싸늘해진다.

우리는 조금 걷다가 무심코 손을 잡았다. 아리 씨의 손은 싸늘하고 차가웠다. 그렇지, 아리 씨와 손을 잡는 건 처음이구나, 라고 생각했다. 그리고 손을 잡으니 걷는 속도가 엄청 느려진다는 것을 오랜만에 느꼈다.

"가는 길에 도쿄 역에 들렀다 가자."

"왜?"

"왜라니, 월말이잖아."

"월말에 도쿄 역에 뭐 있었던가?"

"도쿄바나나 안 사도 돼?"

월말, 월급을 받으면 언제나 도쿄바나나를 사서 집에 보낸다. 무엇을 보내든 상관없지만 아버지나 엄마나 기본적인 것을 좋아하기 때문이다. 게다가 별안간 다른 것을 보내면 무슨 일이 있는 줄 알고 걱정할 지도 모르니까. 여느 때와 같이 '도쿄'라고 이름 붙은 것을 보내야 안심할 테니까.

"잘 알고 있네."

"당연하잖아."

"근데 꼭 도쿄 역에서 사지 않아도 되는데."

"도쿄 역에서 파는 도쿄바나나가 가장 도쿄 맛이 나거든."

아리 씨는 무표정한 얼굴로 그렇게 말했다.

"그렇구나."

우리는 멀리 돌아서 도쿄 역으로 갔다.

# 6

　11월에 접어들자 부쩍 추워졌다. 잠시도 방심할 수 없는 뼛속까지 스며드는 듯한 추위가 계속되었다. 그 때문인지 감기가 유행하였고 아리 씨도 몸져눕고 말았다.
　"죽을 정도는 아닌데 감기 때문인지 열도 있고 하니까 오늘은 그만 잘게."
　아르바이트가 끝나고 전화를 걸자, 아리 씨는 코맹맹이 소리로 그렇게 말했다. 아리 씨의 나른한 목소리를 듣자 걱정이 되었다. 나는 내가 걱정하고 있다는 걸 깨닫고는 정말 아리 씨를 좋아하고 있구나 싶어 한편으로는 마음이 놓였다. 전화를 끊고 곧장 아리 씨의 집으로 향했다.
　"밤늦게 미안해. 으응, 병문안 선물로 포카리 사 왔어."
　"포카리?"
　현관에 나온 아리 씨는 나른하고 멍한 얼굴이었다.
　"감기는 원래 포카리 마시면 낫거든."
　도무라 가에서는 누가 열이 나면 엄마가 으레 포카리스웨트를 먹였다. 워낙 몸이 튼튼했기 때문인지도 모르지만 나나 고스케나 약을 먹지 않고 포카리만 마셔도 감기가 뚝 떨어졌다. 아쿠에리아스라도 상관없을 것 같지만 아버지 말에 따르면, 아쿠에리아스는 코카콜라에서 만들지만 포카리는 제약 회사에서 나오는 거라 감기에 제일 잘 듣는다고 한다.

"그렇구나."

"응. 여섯 병이 들어 있어서 무거워. 조심해."

"그렇게 많이 마시면 금방 낫겠다. 일부러 와 줘서 고마워."

아리 씨는 살짝 미소 짓고 포카리가 든 봉투를 받아 들었다.

"고맙긴."

"그쪽 건?"

"아, 이건 후루바토 주려고. 감기 걸렸다고 해서."

"그래?"

"열이 38도라면서 호들갑을 떨잖아. 후루바토는 평열이 낮아서 그 정도면 아마 보통 사람 42도 하고 맞먹는 고열일 거야."

"자세히 알고 있네."

"워낙 말이 많기도 하고, 또 자기는 평열이 낮아서 열나면 바로 죽음이라고 만날 호들갑을 떨었거든."

"그렇구나. 지금 갖다 주게?"

"응."

"그럼, 도무라 군도 조심해."

"응. 빨리 자."

"고마워."

"그럼."

오래 있으면서 아리 씨를 귀찮게 하고 싶지 않았다. 나는 묵직한 아파트 문을 소리 나지 않게 가만히 닫았다. 이제 서둘러 후루바토한테 가야지. 아마도 지금쯤 혼자서 끙끙 앓고 있을 거다.

아파트 계단을 내려와 밖으로 나오자 공기는 조금 전보다 더 차가워져 있었다. 하늘을 올려다보니 깜깜했다. 계절은 성큼성큼 겨울로 가고 있었다. 나는 다시 목도리를 단단히 둘러맸다. 그 순간 가슴이 꽉 죄어들었다. 조금 전 '고마워'라고 말하던 아리 씨의 외로움이 담긴 얼굴이 머릿속에 떠올랐다.

또 실수한 것이다. 후루바토에게는 꼭 가지 않아도 된다. 떠들 만큼 떠들면 그 기세에 눌려 열도 떨어질 거다. 편의점에서 손에 들 수 있을 만큼 산 5백 밀리 포카리 열두 병. 나는 어째서 그것을 나누려고 했을까. 열두 병으로 나눈다고 열두 명을 행복하게 할 수는 없다. "모두에게 친절한 것은 진정으로 친절한 것과는 다르다." 드라마에서 흔히 하는 이런 대사는 식상하지만 이따금 딱 들어맞을 때가 있다. 고작 포카리 열두 병. 어째서 전부 주지 못하는 것일까. 나는 다시 아리 씨의 집으로 발걸음을 재촉했다.

5장

1

　문화제, 체육제가 탈 없이 끝나고 2학기도 종반에 접어들었다. 마지막 진학 상담이 있었다. 벌써 추천으로 대학에 합격한 애들도 있었고, 거의 모두의 진로가 이미 결정되었기 때문에 이번에 호출 당한 건 나를 포함한 취직 희망자 몇 명뿐이다.
　나도 마침내 진로를 확정해야 한다. 옛날부터 도무라 반점을 이을 거라고 생각했고, 형이 집을 나간 뒤로 가게를 잇는 것은 결정된 것이나 다름없었다. 각오는 되어 있다. 실제로 가게 일을 거들다 보니 괜찮은 일이라는 생각도 들기 시작했다. 그런데 지금까지 분명하게 대답할 수가 없었다. 진로 희망 조사서에도 '취직 희망'이라고밖에 쓰지 않았고, 희망 직종은 '미결정'이라고 응답했다. 내 안에 남겨진 아주 작은 조각 하나가 기다려 달라고 했기 때문이다. 하지만 마침내 결론을 내려야 할 때가 왔다. 마지막 순간까지 버텨 봤지만 결국 내 안의 선택지는 가게를 잇는 것 말고는 없었다.

초등학생 때부터 학교 행사란 행사는 모두 엄마가 왔는데, 오늘은 아버지가 기운 없이 나타났다. 아버지가 가게를 비운다는 건 상상할 수도 없는 일이다. 평소보다 옷차림에 조금 신경 쓴 아버지와 나란히 앉아 있자니 마음이 편치 않았다.

"고스케도 이제 슬슬 본격적으로 진로를 정해야지."

담임 선생님은 나를 보고 말했다.

"예."

"구체적으로 어디에 취직할 것인지도 말해야 돼."

"예. 으음 저는……."

나는 침을 꼴깍 삼켰다. 그다지 중대한 발표를 하는 것도 아니고 선생님도 아버지도 예상하고 있는 이야기일 테지만, 새삼스레 말로 하려니 가슴이 떨렸다. 한 번 뱉어 버리면 더는 되돌릴 수 없다. 나의 평생을 결정하는 거다. 그런 생각이 들었다. 하지만 결정해야 할 때다. 입이 바짝바짝 타들어 갔지만 마른 침을 꼴깍 삼키고 나는 딱 잘라 말했다

"가게를 잇겠습니다."

그 순간이었다. 아버지가 버럭 소리쳤다.

"이 바보 같은 놈! 대체 지금 무슨 소릴 하는 거여!"

"어?"

아버지는 교실이 쩌렁쩌렁 울릴 정도로 호통을 쳤지만, 나는 아버지가 왜 화를 내는지 몰라 어리둥절했다.

"장난치는 거여 뭐여? 장난이라면 작작 혀."

"장난이라고요?"

"너, 천치 아녀!"

"장난하는 거 아니에요. 제가 가게를 잇겠다고 했어요. 아버지와 함께 도무라 반점에서 일한다구요."

나는 아버지가 잘못 알아들은 줄 알고 한 번 더 자상하게 설명해 보았다. 하지만 호랑이 같은 아버지의 얼굴은 달라지지 않았다.

"넌 정말 바보 같은 놈이여!"

"잠깐만요, 아버지가 무슨 말씀을 하시는지 모르겠어요. 제가 왜 바보예요?"

"바로 니 그 생각이!"

아버지는 앞에 선생님이 있는데도 책상을 탁 두드리며 버럭 소리쳤다. 피가 머리로 확 솟구쳤다. 이와쿠라 선생님은 눈앞에서 벌어진 부자지간의 싸움을 말릴 생각은 않고 재미난 구경이라도 난 듯이 바라보았다.

"제 생각이 뭐가 안 된다는 거예요. 가게를 잇겠다잖아요."

"누구 맘대로 가게를 잇겠다는 거여? 니 멋대로 떼쓰지 말어. 남의 집 밥을 먹어 보지 않은 사람은 크게 되지 못하는 법이여."

"남의 집 밥?"

나는 정말로 머리가 복잡해졌다. 아버지가 화내는 이유를 이해할 수 없었다. 당연히 아버지가 기뻐할 거라 생각했다. 고맙다는 말은커녕 이렇게 혼내실 거라고는 전혀 예상하지 못했다.

"너도 이제 열여덟이여. 나가."

"나가라니, 제가 나가면 가게는 어쩌고요?"

"너는 바로 그 점이 바보 같다는 거여. 우쭐대지 말어. 부모를 위한다는 둥, 가게를 위한다는 둥, 잘난 척 지껄이지 말란 말여."

"그렇지만 제가 가게를 이으면 모두 다 좋은 거 아니에요?"

"고등학교 졸업하고 제 집에 눌러앉아 일할 생각이나 하다니, 너는 너무 근성이 없어서 탈이여. 한심한 놈."

"근성이 없다고요?"

나는 꾹꾹 눌러 참았던 화가 치밀어 올랐다. 바보 같은 형이 떠난 뒤로 아버지가 나를 의지하고 있다고 생각했다. 도무라 반점을 지킬 사람은 나밖에 없다고 생각했다. 그래서 각오를 다지고 가게를 잇겠다고 한 것이다. 그런데 왜 근성 없다는 말을 들어야 하는 건가.

"그래, 나이 찬 사내놈이 집을 떠나지 않겠다니, 근성 없다는 소리를 들어도 싸지."

"떠나지 않겠다는 게 아니라고요. 가게에서 일한다고 한 것뿐이잖아요."

"너 편한 대로 우리 가게를 이용하지 말어. 너도 헤이스케처럼 스스로 어딘가로 나가란 말여."

아버지는 내뱉듯이 말했다. 헤이스케처럼? 형처럼 말이야? 될 생각도 없으면서 소설가가 되겠다고 집을 나가 도쿄에 가서 빈둥거리는 것이 잘하는 일인가. 그럼 대통령이 되겠다고 큰소리치고 미국에라도 가야 하는 거야. 나는 마음속으로 툴툴거렸다.

"고스케, 그렇다면 너 진학하는 것도 괜찮겠다."

부자지간의 한바탕 언쟁을 구경하던 담임 선생님이 마침내 입을 열었다.

"네?"

교사 생활을 오래 해서 웬만한 일에는 꿈쩍도 않는지 모르지만, 가게를 잇겠다고 결정한 나에게 진학을 권하는 건 또 뭐야. 나는 또다시 어리둥절했다.

"고스케, 가게를 이을 생각이었지?"

"예, 그런데요."

"그럼 당장 하고 싶은 일을 못 찾겠지?"

"예에……."

"그렇다면 애써 서둘러 일할 생각 말고, 대학 가서 천천히 생각하는 게 좋지 않겠냐?"

지금 딱히 하고 싶은 일은 없지만, 지금까지 취직밖에 생각하지 않았던 나에게 진학을 권하는 건 좀 잘못된 거 아닌가? 지금은 우선 아버지를 설득하는 것이 급선무 아닌가? 나는 의아한 표정으로 선생님을 보았다.

"하지만 저, 진학 같은 건 한 번도 생각해 본 적이 없는데요."

"선생님은 네가 학교하고 잘 맞는다고 생각한다."

"학교하고 잘 맞아요?"

"그래. 앞으로 4년을 학생으로 지낼 수 있는 기회가 있다면 그렇게 해야 한다고 생각해. 넌 학교에서 성장할 타입이야. 대학 가서 좀 더 공부해 보는 게 좋겠어."

"선생님 말씀이 옳다. 너는 더 공부해."

선생님의 말이 곧 절대 진리라고 굳게 믿는, 구닥다리 사고방식의 아버지는 고개를 크게 끄덕였다.

"하지만 센터 입시 접수도 끝났는데 이제 와서 어떻게 해요?"

"무슨 소리여, 그럼 꼭 센터에서 시험 보지 않고 다른 곳에서 시험 치면 되잖여."

센터 입시 시스템(우리나라의 수능과 같은 대학 입학 시험으로 이틀에 걸쳐 치러진다. : 옮긴이)을 모르는 아버지는 그렇게 말했다.

"알지도 못하면서. 그리고 대학은 공립에 가야 하잖아요?"

"그건 사립이든 어디든 상관없어."

"사립은 돈이 많이 든다구요."

"이러쿵저러쿵 핑계 대지 말어. 어떻게 되든 상관없지만, 아무튼 나는 너를 데리고 있을 생각은 없으니 얼른 갈 곳을 정해."

아버지는 또 소리를 버럭 질렀다. 정말 이유를 모르겠다. 도무라 반점에서 일하는 것이 내 운명 아니었던가. 그런데 각오를 다지자마자 나가라고 야단이다. 너무 부조리해서 나는 화도 안 나고 그저 망연자실했다.

"별안간 진로가 근본부터 바뀌어서 너도 어떡해야 할지 갈피가 안 잡힐 거다. 천천히 생각할 시간은 없다만 의논할 수 있는 사람한테 의논도 좀 하면서 차분하게 생각해 봐."
이와쿠라 선생님은 격려하듯이 내 어깨를 두드렸다.

## 2

"기타지마 군은 뭐가 될 거야?"
"뭐가 되다니?"
"장래 말이야. 벌써 정했어?"
"야, 불쑥 전화한 것도 놀라운데, 그렇게 엉뚱한 질문을 하면 또 놀라잖아."
집에 돌아오기 무섭게 나는 기타지마 군에게 전화를 걸었다.
"그런가? 미안."
"아냐, 뭐 시간도 많은데 괜찮아."
일찌감치 추천을 받아 대학 진학이 결정된 기타지마 군은 하루하루를 한가하게 보내고 있다. 방과 후에는 음악실에 틀어박혀 피아노를 치거나 학교 밴드 부에서 후배들을 가르치기도 한다.
"대학은 왜 가기로 했어?"
"왜라니? 아주 깊은 뜻은 없어."
"그래? 그럼 대학 나오면 뭐할 건데?"
"일단 사회에 나가 일을 할 생각이야."

친절한 기타지마 군은 내 질문에 꼬박꼬박 대답해 주었다.

"회사에서 뭐할 건데?"

"아직 확실한 건 아니지만 글쎄, 외국 기업을 상대하는 유통 관련 일을 하면 어떨까 생각하고 있어."

"과연 기타지마 군은 글로벌하구나."

"고스케 넌? 가게 일 할 거지?"

"그럴 생각이었는데……."

"마음이 바뀐 거야?"

"마음이 바뀐 건 아니고. 그게 말이야, 아버지가 나가라고 해서."

"그래? 잘 됐네."

기타지마 군은 경쾌하게 말했다.

"잘 된 거냐?"

"그럼. 나가라고 하니까 네가 좋아하는 거 할 수 있잖아."

"좋아하는 거?"

"그래, 자유로워졌잖아?"

그런가. 내가 자유로워진 건가. 가게 일을 하지 않아도 되고, 좋아하는 것을 할 수도 있다. 기뻐해야 할 일인지도 모른다. 하지만 좋아하는 일이란 게 과연 뭘까. 외국 기업과 유통하는 일을 하고 싶다거나 하는 그런 막연한 희망조차 나에게는 없다. 도무라 반점을 잇는 것이 꿈은 아니었지만, 막연히 그것이 나의 앞날이라고 생각하며 살아왔다.

"아, 난 바본가 봐. 아무 생각도 안 나."

193

"뭐, 진로는 모두가 고민하는 거잖아. 신경 쓰지 말고 더 고민해 봐."

기타지마 군의 위로 같기도 하고, 격려 같기도 한 말에 나는 "어어."라고 대답하고 전화를 끊었다.

"아저씨 아들, 아저씨 뒤 이어서 건축 일 하고 있죠?"
"그렇지."

나는 라면을 들고 간 김에 히로세 아저씨 옆에 앉았다. 서른이 넘은 아들은 아저씨 회사에서 함께 일하고 있다.

"왜?"
"아저씨는 아들을 어떻게 생각해요?"

나는 아버지에게 들리지 않도록 목소리를 조금 낮추었다.

"왜 그려, 느닷없이. 별걸 다 물어보네."
"그냥 대답해 주세요. 라면 불잖아요."
"뭔 일인지 모르겄다만, 뭐 어떻게 생각하는 거 없구먼. 그냥 당연하게 일하게 됐으니께."
"아저씨 뒤를 이어서 일하는 게, 고맙다, 하지 말았으면 좋겠다, 둘 중 어느 쪽이에요?"

나는 아저씨를 졸랐다. 분명한 답을 듣고 싶었다.

"아이고, 그렇게 졸라 대지 말어. 글쎄. 물론 도움을 받고 있긴 허지. 허나 이런 데 묻혀 사는 게 안 됐다 싶기도 허구먼."
"묻혀 살아요?"

"그려. 그 녀석도 한창 나이에는 할 수 있는 일이 있지 않았을까 싶은 때도 있구먼. 헌데 그 가능성을 짓밟아 버린 거 같아서 말이여. 뭐, 아무것도 할 게 없으니 그냥 가업을 잇는지도 모르긴 허지만."

"알 것 같으면서도 잘 모르겠어요. 그러니까 가업을 잇는 게 좋은 거 아니에요?"

"좋지. 허나 무책임하기도 혀."

무책임. 잘 모르겠다. 좀 더 분명한 대답이 없을까.

형이 나갔으니까 내가 이 가게를 이을 수밖에 없다고 생각했다. 하지만 스스로 그렇게 굳게 믿고 있었을 뿐이지 달리 하고 싶은 것이 없었는지도 모른다. 손쉽게 가게를 잇겠다는 안이한 생각에 이르렀는지도 모른다. 꿈도 희망도 없다. 나는 쓸모없는 사람인지도 모른다.

이와쿠라 선생님은 의논할 수 있는 사람과 의논해 보라고 했지만, 다른 사람과 아무리 이런 일을 의논해도 시원한 대답이 나올 리 없다. 기타지마 군과 나는 다르다. 히로세 아저씨와 우리 아버지도 다르다. 나와 같은 처지에 있는 사람. 답을 할 수 있는 건 지금으로서는 그 자식밖에 없다.

형은 집을 나가기 전, 둘째 아들의 특권은 형을 보고 배울 수 있는 것이라고 했다. 그렇다면 지금 형은 그 특권을 나에게 주어야 한다.

휴대전화가 있는데도 형은 집을 떠난 뒤로 한 번도 집에 전화를 한 적이 없다. 엄마가 몇 번 하기는 했지만 그 외에는 아예 불통 상태다. 막상 전화를 하려고 생각하자 전화로는 이야기하기 곤란할 것 같았다. 그보다 형이랑 전화로 이야기한 적이 한 번도 없고, 그 자식에게 전화를 건다는 것 자체가 몹시 자존심이 상한다. 그렇다면 차라리 도쿄로 찾아가는 게 낫겠다. 누가 찾아갈 사람도 없는데 냉장고에는 형의 전화번호와 주소가 붙어 있었다.

## 3

"어, 고스케냐?"

불쑥 찾아갔는데도 형은 전혀 놀라지 않고 선뜻 나를 맞아 주었다. 선 채로 쭈뼛쭈뼛 신칸센에 흔들리며 온 것. 상상을 초월하는 도쿄 역의 규모에 정말로 길을 잃을 뻔했던 일. 역무원이 가르쳐 준 대로 지하철을 탔지만 도무지 목적지가 나오지 않아 불안했던 일. 오사카와 다르지 않아! 라고 자기 암시를 걸면서 쭈뼛쭈뼛 길을 걸었던 일. 형이 돌아오는 시간을 모르기 때문에 집 앞에서 불안하게 꼼짝 않고 앉아 기다렸던 일. 주소 하나 달랑 들고 약속도 없이 여기까지 오니 무척이나 피곤했다. 하지만 아주 당연한 듯이 맞이하는 형을 보자 그런 여러 가지 일들이 오랜 옛날 일처럼 아스라이 사라져 버렸다.

"아, 오랜만이다."

조금 머쓱해진 나는 그제야 마음이 놓여 일어났다. 하지만 형 뒤에 있는 여자를 발견하고 다시 긴장했다.

"저 사람, 애인이야?"

"아, 그래그래. 동생 고스케, 그리고 이쪽은 아리 씨."

형은 나와 애인을 무지 간단하게 소개했다.

"안녕하세요. 기시카와예요."

형 뒤에 있던 여자가 한 발짝 내 앞으로 다가와서 생긋 웃으며 인사했다. 보기 좋게 갈색으로 염색한 머리칼은 윤기가 흘렀고 목덜미 부분에는 굽슬굽슬 파마 기가 있었다. 몸은 가냘프지만 키가 크고 세련된 여자. 미인에 좋은 냄새까지 난다. 딱 도쿄 여자 분위기.

"아, 안녕하세요, 형이 신세를 지고 있습니다."

영락없는 오사카 촌놈으로 보일 거라고 걱정하면서 나도 꾸벅 인사를 했다.

"미안, 동생이 왔네."

우리가 인사를 마치자 형은 여자에게 말했다.

"그래. 그럼, 또 전화할게."

"응. 미안해."

"어, 잠깐. 그럼 미안하잖아! 내가 갔다가 다시 올게."

여자가 나 때문에 돌아가는 상황에 나는 당황했다.

"다시 오다니, 지금 오사카까지 갔다가 온다고? 말이 돼?"

"아니, 그럼, 나 어디 가서 기다리든지 할게."

"뭐, 괜찮아."

형은 그렇게 말하며 웃고는 "그럼." 하고 여자에게 손을 흔들었다. 여자도 "잘 자."라며 웃었다. 나 혼자만 몇 번이고 "죄송합니다."라고 말했다.

"미안. 미리 연락이라도 했어야 하는데."

집 안에 들어가자마자 형에게 사과했다.

"왜?"

형은 진지하게 이상한 듯이 고개를 갸웃거렸다.

"왜냐니, 애인이었잖아?"

"괜찮아, 또 만날 수 있는데 뭐."

그런가. 그랬다. 형은 이런 사람이다. 어렸을 때, 친구들과 놀러갈 때도 나를 데리고 가 주었다. 어릴 때의 한 살 차이는 엄청나게 큰 차이다. 하지만 내가 가고 싶다고 하면 친구들이 귀찮아 해도 항상 나를 데리고 갔다. 나와 사이가 좋아서가 아니라 형에게는 그것이 일상이었다. 나였다면 무슨 일이 있어도 오카노를 제일 먼저 챙겼을 것이다.

"꽤 깔끔한데."

나는 형이 내 준 방석에 앉았다.

약 세 평 정도의 방에 이름뿐인 부엌과 목욕탕이 딸려 있는 낡은 다세대주택. 하지만 그런대로 잘 살고 있는 게 느껴지는 방이었다. 정리도 안 돼 있고 멋스럽지도 않지만 음식 찌꺼기가 흩어져 있거나 살풍경하지 않았고, 정확히 아침에 일어나 밤에 잔다는 것을 알 수 있는 방이었다. 동생이지만 조금은 안심이 되었다.

"그래? 청소도 잘 안 하는데."

"그래도 깨끗해."

"고맙다."

오랜만에 보는 형은 조금 멋있어져서 나는 은근히 비위가 상했다. 옛날부터 인기가 많았지만 저런 어른과 쿨하게 사귀고 있고, 옷차림은 집에 있을 때와 별로 달라진 게 없는데도 왠지 세련돼 보였다.

"왜? 그렇게 말똥말똥 쳐다보지 마."

형은 내 앞에 차를 놓았다.

"뭐, 쳐다보는 거 아닌데. 뭐야, 너 마른 거 아냐?"

"그렇지 않을 텐데. 체중계가 없어서 잘 모르지만."

"그런가. 뭐…… 응, 건강해?"

"응, 건강해."

"학교 그만뒀지?"

"그래."

"도쿄 생활에 완전히 적응했어?"

"반년 지났으니까, 어느 정도는."

"그렇구나."

함께 지낼 때는 거의 대화가 없었는데 지금은 침묵이 괴롭다. 형의 근황에 관심이 있는 것도 아닌데, 나는 부지런히 질문을 찾아서 던졌다. 솔직한 형은 몇 번째의 질문에 "이제 질렸다. 네가 내 마니아란 거 알고 있으니까 이제 그만해라."라며 익살을 떨었다.

"그보다 고스케, 배고프지 않냐? 저녁 아직 안 먹었지?"

"아, 뭐."

벌써 아홉 시가 넘었다. 여느 때 같으면 두 번째 저녁을 먹을 시간이다.

"뭐 먹을까?"

"너는 먹었어?"

"나는 아까 먹고 왔지."

"그래?"

"간단한 거라면 해 줄게. 뭐 먹고 싶어?"

"으응. 글쎄."

"빼지 말고 말해 봐. 대단한 재료는 없지만."

"그럼, …… 아, 비프 스트로가노프."

나는 머리에 떠오른 요리 이름을 그대로 말했다.

"우와. 고스케, 너 그런 거 좋아했냐? 하기야 그렇기도 하겠지. 중국 음식은 질리니까. 생크림이랑 고기는 없지만 비슷한 건 만들 수 있겠다."

"만들 수 있겠다니? 형, 비프 스트로가노프를 알아?"

"안다고 말할 정도는 아니지만 대충은 만들 수 있어."

"굉장하다."

"굉장하긴? 스트로가노프 정도는 급식으로 나온 적도 있는데 뭐."

"급식으로?"

급식을 무척이나 좋아하는 나는 남은 급식은 반드시 더 먹었다. 하지만 그런 메뉴는 전혀 기억나지 않는다.

"그래. 가끔 비프 스트로가노프 풍 스프 같은 거 나왔잖아. 뭔지 모르지만 맛을 진하게 해서 우유로 조리면 비프 스트로가노프라고 할 수 있지 않겠냐."

적당한 형은 적당히 말했다.

"하지만 고기가 안 들어가니까 비프 스트로가노프는 아니잖아. 그냥 가노프지."

"그냥 가노프란 건 없어. 비프 스트로가노프는 러시아 요리고, 비프는 쇠고기라는 뜻이야."

"도쿄에 살면 역시 만물박사가 되는구나."

"도쿄랑 관계없어. 급식 소식지에 실려 있어서 알게 된 거지. 급식 주간 때, 각국의 요리 소개란에 실린 적이 있거든. 그래서 인상에 남은 것뿐이야."

중학교 때는 1년에 한 번 급식 주간이 있었는데, 그때마다 색다른 요리가 나왔다. 하지만 급식 소식지든 학급 통신이든, 그런 소식지는 읽지 않고 가방 속에 쌓여 가는 것이 보통이다. 급식 소식지를 진지하게 읽은 것은 틀림없이 형뿐일 거다.

"학급 통신은 담임 설교 같은 말뿐이어서 안 읽고 버렸지만, 보건 소식지나 급식 소식지는 꽤 재미있었어. 뭐, 학교 급식으로 나오는 파에리아(스페인 동부 발렌시아 지역의 향토 요리 가운데 하나로 쌀과 해물과 채소를 올리브기름으로 볶는다. : 옮긴이) 풍 필래프(밥에 고기, 새우 등을 넣고 버터로 볶은 밥 : 옮긴이)나, 그라탱(조미한 소스로 무친 고기와 야채 따위에 치즈와 빵가루를 뿌린 다음 오븐에서 겉이 누릇누릇하게 구워 낸 요리 : 옮긴이) 풍 치즈 구이 같은 건 항상 흉내 내는 정도에 불과했지만."

형은 그렇게 말하면서 부산하게 냉장고에서 재료를 꺼내 작업을 시작했다.

형이 요리하는 모습은 처음 본다. 무책임한 형은 도무라 반점의 주방을 거든 적도, 엄마의 부엌일을 거든 적도 없었다. 하지만 형은 칼질도, 음식 만드는 것도 척척 잘한다. 망설임 없이 제꺽 채소를 썰어서 냄비에 넣고 볶는다. 집을 나가기 위해 가게 일을 전혀 거들지 않았을 뿐이지 원래부터 손재주가 있었던 거다.

형은 불과 10분만에 다 만들어 내 앞에 비프 스트로가노프와 양상추만으로 만든 샐러드를 내놓았다.

"자, 먹어."

"아, 잘 먹겠습니다."

나는 쑥스러웠지만 손을 모으고 그렇게 인사했다. 눈앞의 비프 스트로가노프는 베이컨과 양파와 만가닥 버섯을 케첩과 우유로 조렸을 뿐인데 구수한 냄새가 났다.

"우와, 되게 맛있다."

나는 한입 먹고는 감탄하고 말았다. 맛도 맛이지만 우리 가족이 이런 멋진 것을 만들 수 있다는 데 놀랐다.

"배고프니까 맛있는 거야."

"아냐, 진짜 맛있어. 이런 걸 휘리릭 만들 수 있다니, 형 진짜 대단하다."

"일인분이라 빨리 한 거지."

"이야, 셰프 수준인데."

"허풍은."

형은 웃으면서 홀짝홀짝 차를 마셨다.

"형은 옛날부터 솜씨가 좋았어."

"좋긴 뭐가. 요리해 본 적도 없는데."

"그래도, 왠지 초등학생 때부터 솜씨 있을 것 같은 얼굴이었어."

"솜씨란 게, 얼굴에서 나오는 거냐?"

형은 낄낄 웃었다.

그 동네에서 비프 스트로가노프를 알고 있는 건 기타지마 군밖에 없다고 생각했는데 이렇게 가까이에 있었다. 기타지마 군의 집에서 먹은 비프 스트로가노프와는 다르고, 기타지마 군 집 요리가 정통인 것 같긴 하지만, 형의 스트로가노프도 무척 맛있다. 나는 순식간에 스트로가노프를 깨끗이 비웠다.

"할 얘기가 있지?"

스트로가노프를 다 먹자, 형이 말을 꺼냈다.

"어?"

"아니, 할 얘기 있는 거 아냐?"

"아, 뭐."

"뭔데?"

정색하고 물으니 말을 꺼내기가 곤란하다. 나는 숟가락으로 빈 접시를 긁었다.

"뭐라고 해야 하나……, 형이 집 나갈 때 형을 보고 배울 수 있는 게 둘째 아들의 특권이란 말을 했잖아?"

"그랬나?"

"그랬어. 그래서 난 둘째이고 넌 맏이니까, 뭐랄까……."

"그게 무슨 말이야. 그런 서론 집어치우고 할 말이 있으면 빨랑 해."

"아, 그래, 그래야지."

형에게 뭔가를 의논한 적은 지금까지 단 한 번도 없었다. 학교에 대해, 연애에 대해, 자신에 대해. 의논은커녕 형에게는 속 있는 말을 한 적이 없다. 그래서 어떻게 이야기를 끌고 가야 할지 모르겠다. 나는 다시 공연히 숟가락을 만지작거렸다.

"야, 일부러 여기까지 와서 버벅거리고 있을래? 앞으로 30초 안에 말하지 않으면 내 차기작 〈젊은 고스케의 고민〉에서 네 인생의 오점을 전부 폭로해 버릴 거다."

"차기작은 무슨. 너, 글도 안 쓰잖아."

"자, 10초 경과. 제1장, 초등학교 오학년이나 돼서 선생님한테 혼나고 엉엉 우는 고스케. 20초 경과. 제2장, 초등학교 졸업식 때 남자 중에서 맨 먼저 울음을 터뜨린 고스케."

"아, 되게 시끄럽네! 알았다고. 있지? 그게 그러니까, 아버지한테 가게 잇는다고 했다가 바보 같은 놈이란 소리를 들었어."

이런 상태로 가면 제3장은 중학교 입학식 다음날에 고백했다가 딱지 맞은 이야기까지 나올 거다. 그 일은 떠올리고 싶지도 않다.

"과연."

"집을 나가라는 소리도 들었어."

"뭐, 그런 일이었냐? 아버지는 바보 같아서 어쩔 수 없어. 과연 아버지답다."

형은 웃었다.

"농담이 아니라니까. 진학 상담할 때 말한 거라고. 내 진로를 결정하는 자리에서 호통을 쳤단 말이야."

"너는 그렇게도 가게를 잇고 싶었어?"

"잇고 싶다기보다, 아무래도 잇지 않으면 안 된다고 생각했던 거지."

"과연 책임감 넘치는 둘째 아들이네."

"그런데 하지 말라고 하니까 무엇을 어떻게 해야 좋을지 모르겠어. 아버지하고 선생님은 진학하라는데 그건 상상도 안 되고, 그렇다고 딱히 뭐 하고 싶은 것도 없고."

"도무라 가의 둘째 아들 길거리를 방황하다의 권이군."

"놀리지 마. 형은 어떻게 하면 좋겠어, 응?"

"글쎄. 나라면 진학 상담 때 좋지 않은 모습을 보여 드렸습니다, 하면서 선생님한테 찐빵 사 가지고 가겠다."

"그게 아니고, 그 다음이야."

"뒷이야기가 또 있어? 으응, 찐빵이 입에 안 맞으면 전병(煎餅)을 사 가야지. 하지만 선생님네 식구들은 단 거 잘 먹었어. 찐빵이면 돼."

"아냐 아냐 아냐! 내 문제라니까."

나는 책상을 탕탕 두드렸다.

"글쎄 어떨까? 나라면 몰래 아버지한테 앙갚음하려나? 나는 엉큼한 놈이니까."

"좀 진지하게 대답해 봐."

"하지만 고스케. 내가 진지하게 대답해도 아무런 참고도 안 될걸."

형은 얌전한 얼굴로 그렇게 무책임한 말을 했다.

"왜? 조언해 주지 않을 거야?"

"넌 나하고 달라서 어쩔 수가 없어."

"인생에 도움이 안 되는 큰아들."

역시 형에게 의논해도 해결되지 않았다. 아버지와 엄마에게 기타지마 군의 집에서 잔다고 거짓말하고 몰래 도쿄에 온 여정을 돌아보자, 나는 왈칵 피로가 몰려왔다.

"그런 얼굴 하지 마."

형은 휴우 하고 한숨을 쉬었다.

"생각하고 싶지 않은 게 아냐. 나하고 넌 입장도 다르고, 인간적으로도 전혀 다르잖아. 그래서 그래."

"무슨 말이야?"

나는 형의 얼굴을 보았다.

"나는 무책임한 사람이니까 그런 소리를 들으면 신이 나서 나갈 테지만, 너는 그렇지 않잖아."

"그건 아닌데……."

"너는 사람의 마음을 배신하지 못하는 녀석이야. 그래서 그 가게에서 그만큼 귀염도 받았고 필요한 사람이었어. 나하고는 달라."

형의 말에 기분이 묘해졌다. 내가 칭찬 받는다는 기쁨보다 그런 말을 당연한 듯이 하는 형이 안쓰러웠다.

"그런가?"

"그래. 고스케, 너는 도무라 반점에 필요한 인물이야. 아버지도 엄마도 가게에 오는 사람들도 모두 네가 있는 걸 좋아해."

"하지만 가게에 있지 말라는데."

"그건 지금 얘기고."

"하지만 나는 지금 당장 어떻게 해야 좋을지 모르겠다고."

나는 정말로 길에서 방황하고 있다. 앞일은 어떻든 간에 아무튼 지금 당장 고등학교를 졸업하고 어떻게 해야 할지 앞이 보이지 않았다.

"내 생각에도 넌 대학에 가는 게 좋을 것 같다."

형은 의외로 쉽게 대답해 주었다.

"왜?"

"너는 좋은 의미든 나쁜 의미로든 직선적이잖아. 좀 더 많은 것을 보고 공부하는 게 좋지 않겠냐?"

"하지만 난 배우고 싶은 게 아무것도 없어. 공부도 싫고 대학이란 데서 하고 싶은 것도 없어."

"배우고 싶은 게 있는 사람이 오히려 적어. 대학생의 62퍼센트는 하고 싶은 것이 없는 모양이더라."

"뭐야. 그 신빙성이 있는 것 같으면서도 없는 것 같은 데이터는."

"엉터리지만 대개 그런 거 아니냐? 항상 골 넣을 거 생각하고 뛸 필요는 없는 거야."

"하지만 졸업한 다음의 목표가 없어."

"고스케. 넌 그렇게, 하지만, 하지만 하면서 징징대는 사내자식이 아니었어."

"그런가?"

"너는 한 번 한다면 하는 놈이잖아?"

"하지만 이건 인생의 중대사야."

"대학 가는 거 하나도 중대사 아니야. 인생에는 그보다 훨씬 중대한 일이 많아."

형은 약간 큰아들 같은 얼굴로 말했다. 한 살 터울의 형인데 나와의 차이가 확연하다.

"역시 나는 안 돼."

"안 되니까 공부하면 되지."

"하지만 지금부터 공부해도 가능할까? 돈도 없고."

"성가신 녀석일세. 너, 한 번만 더 하지만, 소리 하면 내 차기작 〈오사카의 중심에서 고스케를 외치다〉란 애정물에서 오카노에 대한 열렬한 마음을 전 세계에 폭로해 버린다. 아무튼 징징대지 말고 하면 되는 거야. 그게 바로 로하스야."

"로하스가 뭐야?"

"느리고, 싸고, 맛있는 거지."

"잘 모르겠는데."

"나도 잘 몰라. 아무튼 시험일 늦고 학비 싼 데를 찾으러 가자."

형이 일어섰다. 지금부터 대학 순례라도 할 참인가.

"가자니, 어디로?"

"동생아, 도쿄에는 인터넷이라는 훌륭한 도구가 있단다. 인터넷을 이용하면 뭐든지 즉시 알 수 있거든."

나와 형은 PC방에 나란히 앉아 부지런히 컴퓨터 자판을 두드렸다. 검색어를 넣기만 하면 여러 가지 정보가 쏟아져 나왔다. 첫해 등록금이 가장 싼 학교.

"싼 데가 육, 칠십만 엔이네."

"육십만 엔은 큰돈이야!"

형이 말한 등록금 액수에 내 목소리가 커졌다. 역시 대학은 엄청난 곳이다.

"그 정도면 갈 수 있을걸. 아버지는 백만 엔 정도면 널 내보낼 거야."

"그건 말도 안 돼."

도무라 가의 살림살이로 보아 아버지가 백만 엔을 내주는 모습은 도무지 상상이 안 됐다.

"저축한 돈이 이, 삼백 정도는 될 거야. 나도 빌려 줄게. 아참, 아버지가 집 나올 때 준 봉투가 있었지. 아직 열어 보지 않았는데 오십만 엔 정도는 들어 있지 않을까? 네가 그걸 쓰면 되겠다. 대학에 들어가면 그 다음은 아르바이트든 뭐든 하면 돼. 이러쿵저러쿵 잔소리는 하지만 아버지도 엄마도 어떻게든 보태 줄 거고."

형이 말하는 것처럼 세상일이 술술 풀릴까.

"좋아, 그럼 다음. 학부를 좁혀 나가자. 경제학부, 정치학부, 법학부, 인간학부, 문학부, 어린이과학부. 종류가 엄청나네. 고스케, 뭐가 좋겠냐?"

"그게 말이야, 난 진짜 하고 싶은 학문이 없는데."

인간 과학, 정보 처리, 복지 연구……, 그런 학부의 이름을 보면 볼수록 불안해졌다. 어느 학부도 따라갈 수 없을 것 같았고 학부 이름도 생소했다.

"그렇게 어렵게 생각하지 않아도 돼. 이런 복잡한 학부에 몰려드는 62퍼센트는 뜻도 모르는 녀석들이거든."

"그럴까?"

"당연하지. 인간 과학 같은 걸 진지하게 연구하는 사람이 몇 백 명씩이나 된다면 이 세상은 아마 엄청날 거다."

"그렇구나. 하긴. 아, 어떡해? 난 가게 일을 할 생각밖에 안 해서 진짜 아무것도 모르겠어."

"지금부터야 지금부터. 역시 상업이나 경제 쪽 학부가 좋겠다. 네 머릿속이 가게 일로 가득 차 있을 테니까. 그럼, 장소. 어떡할래? 역시 오사카?"

나는 잠깐 생각하고 나서 "상관없어."라고 대답했다. 오사카를 벗어난다는 생각은 지금까지 해본 적도 없다. 오사카가 아닌 다른 곳에 있는 내 자신이 상상이 안 된다. 하지만 역시 오사카? 라고 듣고 보니 한심한 생각이 들었다.

"간사이가 아니어도 괜찮아?"

"아. 솔직히 말하면 오사카만 벗어나도 주눅 들 거야. 우리 집 마당에서 암만 으스대 봐야 무슨 소용 있겠어. 그래, 간사이가 아닌 곳이 좋아."

"오케이~."

형은 콧노래를 흥얼거리며 자료를 입력했다.

자기 일이나 남의 일이나 똑같은 마음으로 해치워 버린다. 옛날부터 형은 일을 잘 하는 남자였다. 매년 어머니날에는 형이 카네이션 두 송이를 사 들고 와서 "저녁 먹을 때 드려."라면서 나에게도 한 송이를 건넸다. 요리는 전혀 하지 않았지만 빨래를 걷어 들이고 시간에 맞춰 목욕물을 데우는 것도 형의 몫이었다. 나는 그런 형을 줄곧 알랑거린다고 생각하고 못마땅했지만 형은 알랑거리기만 한 것이 아니었는지도 모른다.

"다 됐다. 자료가 세 개 정도 집에 배달될 거야. 그 다음은 아버지랑 엄마랑 함께 잘 생각해 봐."

"아, 고마워."

검색을 마치고 나니 새벽 세 시였다.

우리는 몹시 서둘러 집으로 돌아가서 곧장 이불속으로 파고들었다. 나는 형이 깔아 준 이불에서 잤다. 형은 이불 대신 이것저것 덮고 잤지만 그래도 쿨쿨 잘 잤다. 옛날에도 이만큼 좁은 방에서 형과 둘이서 잤다. 그런데 오늘은 가슴이 설레어 도무지 잠이 오지 않는다. 기분 좋게 잠든 형의 얼굴을 보다가 그만 깜빡 잠이 들고 말았다. 아침에 눈을 떠 보니 형은 이미 나가고 없었다.

'아르바이트 간다. 내가 내려가기 전에 네가 먼저 도쿄에 올 줄은 몰랐다. 대학생이 돼서 다시 와라.'

쪽지에는 그렇게 쓰여 있었다.

## 4

크리스마스와 설, 겨울방학은 입시 공부로 송두리째 사라졌다.

결국 나는 사이타마에 있는 A대학에 가기로 결정했다. 달리 결정할 기준이 없었기 때문에 형이 보내 준 팸플릿 중에서 가장 입학금이 싼 곳을 골랐다.

엄마는 "일부러 멀리 갈 거 없잖여."라며 마뜩잖아 했지만, 아버지는 "좋을 대로 혀."라며 버럭 소리 질렀다. 그래서 쉽게 결정하지 못하고 원서 마감에 늦는다며 발을 동동거리다가 얼떨결에 결정해 버렸다. 이런 식으로 대학 선택을 해도 되는지 모르겠지만 다음 달 말에 시험이다. 아무튼 나는 공부에 전념했다.

형은 설에도 집에 오지 않았다. 설날 아침에 연하장과 함께 도쿄바나나만 보내왔다. 늘 넷이서 먹던 간단한 설음식도 올해는 셋이서 먹었다. 형이 있어도 대화가 활기를 띠지는 않았을 것이다. 하지만 셋이서 보내는 설날은 여느 때보다 조용했다. 설인데도 가게는 3일부터 영업을 시작했고, 나는 시험을 앞두고 있기 때문에 특별히 들뜨지도 않았다.

신학기가 시작되자 주위 사람들은 진지한 나의 수업 태도에 놀라워했다. 바로 얼마 전까지만 해도 입시에만 치우친 수업에 의욕 제로였지만, 지금은 선생님의 말을 한마디도 놓치지 않을 기세로 수업에 임한다. 하지만 지금까지 아예 손을 놓고 있었기 때문에 수업 내용의 절반 이상은 이해할 수가 없었다. 그때까지 진학을 생각하지 않았던 나는 진지하게 공부를 해 오지 않았다. 동아리와 가게 일을 거드는 데 온 힘을 다 쏟아왔다. 수업 시간 절반은 잠을 잤고 절반은 오카노 생각에 빠져 있었다. 이제 와서 늦었을 수도 있다. 하지만 형에게도 피해를 줬기 때문에 하지 않으면 안 된다.

"역시, 이렇게 될 줄 알았어."

기타지마 군은 자신이 쓰던 참고서를 한 아름 안고 왔다. 눈앞에 쌓인 참고서를 보자 내 입에서 묵직한 한숨이 새어 나왔다.

"그래?"

"응. 고스케, 넌 반드시 학교에 갈 줄 알았어."

"그게 무슨 말이야?"

"넌 지휘자도 했고, 마라톤 대회 실행 위원도 했고, 암튼 학교 행사에 나서는 거 좋아하잖아. 그런 건 학교에서만 할 수 있는 거니까."

"그런가?"

나 말고 다른 사람들은 나에 대해 제법 알고 있는 것 같다. 나는 참고서를 팔랑팔랑 넘겨봤다. 보기만 해도 눈이 핑핑 돌았다.

"에잇, 뭐가 뭔지 하나도 모르겠다."

"모르는 거 있으면 언제든지 물어봐."

"그래, 고마워."

기타지마 군은 열심히 해, 하고 손가락으로 조그맣게 V자를 만들어 보였다. 전혀 힘이 들어가지 않은 아무렇지도 않은 듯한 V자. 내가 좋아하는 기타지마 군과 잘 어울리는 포즈. 기타지마 군에게 지휘를 배우던 합창제 연습 때의 설렘을 잠시 떠올렸다. 그때도 지휘고 음악이고, 그런 거 하나도 몰랐다. 하지만 해냈다. 그때처럼 한 번 해 보면 될지도 모른다.

나를 응원해 주는 사람들은 기타지마 군만이 아니었다. 이 동네는 정말이지 뭐든 비밀이 없다.

언제나 남을 잘 챙기는 가시와기 아주머니는 일부러 참고서를 들고 가게까지 와 주었다.

"고스케, 대학에 합격하려거든 꼭 이걸로 공부혀."

"이걸로 라니. 아줌마, 이거 빨간책이라는 건데요. 그 대학 기출 문제만 실려 있는 거예요. 여기 대학은 내가 가는 대학이랑 달라요."

아주머니가 준 참고서는 여자 단기대학 것이었다.

"빨간책인지 파란책인지 그건 잘 모르겠다만, 미와 얘기로는 이걸로 공부해서 합격했다는구먼."

"그야, 미와 누나는 그렇죠."

"내가 말이여. 넌 꼭 합격했으면 싶어 벽장을 다 뒤져 찾아온 거여. 사양하지 말고 써."

아줌마는 나에게 빨간책을 단단히 들려 주었다.

"네, 알았어요. 고맙습니다."

히로세 아저씨는 손수건으로 겹겹이 싼 볼펜을 갖고 왔다.

"이게 뭐예요?"

"고스케, 잘 들어라. 이건 말이여, 한신 타이거스가 우승했을 때 감독이 썼던 볼펜이여. 이것만 있으면 어떤 일도 성공하는구먼."

"완전 거짓말 같은데."

나는 볼펜을 뚫어지게 바라봤다. 어느 모로 봐도 흔해 빠진 구닥다리 볼펜이다.

"어디가 거짓말 같다는 거여. 넌 그걸 손에 들고도 그때 그 한신의 투지를 못 느낀단 말여."

"그런 게 느껴지나. 아무튼 왜 그런 마니아들이나 가지고 있는 것이 아저씨한테 있는 건데요?"

"지난번 아비코 상가 일요 시장에 나왔던 거여. 오만 엔이나 부르더라. 뭐, 내 화술로 화끈하게 깎아서 삼천 엔에 샀지만. 이것 땜시 시험을 잘 칠 수 있다면야 싼 거 아녀."

아저씨는 자랑스럽게 말했지만 3천 엔이면 그것도 옴팡 바가지 쓴 거다.

"그럼, 고마워요. 열심히 할게요."

야마다 할아버지는 "고스케의 앞날을 위해 기도하는 마음으로 지은 시 한 수"라며 무슨 뜻인지도 모르는 하이쿠(일본 특유의 짧은 시 : 옮긴이)를 지어, 멋대로 가게 벽에 붙여 놓았다. 이웃 술집 아주머니는 미성년인 나에게 백 년에 한 번밖에 만들지 못한다는 환상의 술을 권해 주었다. 조금씩 핀트가 빗나갔지만 그들은 하나같이 확실히 나를 분발하게 해 주었다.

오카노는 날마다 학교에서 돌아오는 길에 곧장 우리 집으로 와서 성가시게 나와 함께 공부를 했다. 자신은 추천으로 단기대학에 합격했기 때문에 여유 만만이다.

"입시가 끝나서 학교생활에 별로 긴장감이 없을 것 같았는데 새롭게 목표가 생겨서 다행이야."

"새로운 목표란 게 뭔데?"

"너의 입시 성공이지 뭐긴 뭐야."

"멋대로 그런 거 목표로 삼지 말아 주라. 부담된다야."

"고스케, 너는 부담 좀 느껴야 돼."

오카노가 지켜보는 데서 기타지마 군이 준 참고서를 푼다. 그것이 일과가 되었다.

자칭 미인 가정교사 오카노는 공부를 가르쳐 주는 것은 아니고, 내가 느슨해지는 눈치가 보이면 곧바로 "야, 정신 바짝 차려!"라고 꽥 소리칠 뿐이다. 오카노가 나를 위해 하는 일이라곤 그게 전부이고 나머지 시간은 졸업 문집을 맡았는지 끼적끼적 글을 썼다. 그런데도 꼭 여덟 시까지 눌러앉아서 엄마가 권하는 대로 볶음밥이며 야키소바(삶은 국수에 야채, 고기 등을 넣고 볶은 일본 요리 : 옮긴이)를 꼬박꼬박 얻어먹고 갔다.

"야, 이 문제 진짜 모르겠는데, 나 고문(古文)은 젬병이거든. 좀 가르쳐 주라."

"어디 어디?"

오카노는 문제집을 1분 남짓 들여다보고는 "몰라."라고 했다.

"모르다니 성의 있게 가르쳐 줘."

"모르는 걸 어떡하라고. 나도 그런 국어 문제는 잘 못한단 말이야."

"그게 무슨 말이야? 그럼, 넌 여기 왜 오냐?"

"왜 오긴? 대학 입시는 전투야. 옆에 응원하는 사람이 있으면 승률이 3할은 올라간다고."

"아, 그러셔."

엉터리 논리를 멋대로 주워섬기는 말주변. 형이랑 아주 똑같다. 내 주변 사람들은 왜 이럴까.

"그런 문제 때문에 일일이 멈추지 말고 그냥 쑥쑥 진도 나가! 모르는 부분은 내버려 두면 돼. 똑같은 문제가 시험에 나올 가능성은 거의 제로에 가까우니까."

엉터리 오카노는 그렇게 말하고 넘겼지만 모르는 것을 그냥 넘어가면 공부 하나 마나다. 게다가 문제집 표지에는 〈꼭 나오는 기출 문제집〉이라고 쓰여 있다. 나는 더는 오카노에게 매달리지 않고 정말로 믿을 수 있는 기타지마 군에게 전화로 물어보기로 했다.

"고문도 영문도 마찬가지로 전부 해석하려고 들면 어려워져."

역시 기타지마 군은 성의껏 가르쳐 주었다.

"응. 무슨 말인지 알겠어. 고마워. 도움이 됐어."

"아니 뭘. 하지만 벌써 그 부분 하는 거 보니까 공부가 잘되는 모양인데."

"그런가?"

"하긴 오카노가 옆에 있으니까."

기타지마 군의 목소리는 놀릴 때도 전혀 말투가 변하지 않아서 나는 더더욱 쑥스러웠다.

"전혀 안 그래. 아무것도 안 가르쳐 주면서 왜 오는지 모르겠다."

"그래도 마음 든든하잖아."

"글쎄."

"좋으면서. 그런데 합격하면 또 헤어지겠네."

"그러게."

오카노가 들어갈 단기대학은 전철로 한 시간이면 다닐 수 있다. 내가 가려는 사이타마의 대학은 여기서는 통학이 불가능하다. 때문에 오카노와는 지금처럼 만날 수 없게 된다. 그런 당연한 일을 이제야 생각한 기분이었다.

"그러게, 라니 남 얘기하듯 한다."

"나, 진짜로 한 가지 일밖에 생각 못하는 사람이라 잘 모르겠어."

내 안에 오카노는 엄청 큰 자리를 차지하고 있다. 그런데 대학을 선택할 때 오카노와 헤어지지 않을 조건 따위는 전혀 생각하지 않았다. 나는 정말 바보인가, 아니면 나 스스로도 깨닫지 못하는 중에 오카노를 포기하려는 것일까.

"오카노는 원래 나를 좋아하지 않으니까."

"하지만 날마다 같이 공부해 주잖아."

"그야 그렇지. 하지만 오카노는 나랑 헤어져도 좋다고 생각하니까 내 대학 입시를 응원하는 거겠지."

"너 바보구나."

"바보?"

"그래. 겨울을 차지하는 자가 여자도 차지하는 법. 힘내라."

기타지마 군은 그렇게 말하고 전화를 끊었다.

대학 입학시험까지 앞으로 일주일 남았다. 공부를 하면 할수록 더 초조했다. 불안해서 미칠 지경이었다. 불안함 속에서 오로지 공부만 했다. 제일 다니기 쉬운 학교를 골라 시험을 치렀던 중학교 3학년. 중간, 기말고사는 으레 벼락치기. 그렇게 살아온 내가 공부란 아무리 해도 끝이 없다는 것을 비로소 알게 된 것이다.
"너같이 심성 고운 애가 떨어질 리 없어."
야마다 할아버지는 그렇게 말했지만 심성이 고운 것과 입시는 아무런 상관이 없다.
"입시 앞두고 당황하지 마라. 지금 중요한 건 컨디션 관리야."
담임인 이와쿠라 선생님도 그렇게 조언을 해 주었지만 365일 내내 건강체인 내 몸 상태는 특별히 관리할 필요가 없었기 때문에 역시 공부밖에는 할 것이 없었다.
엄마는 밤마다 야식으로 주먹밥이며 우동을 해 주었다.
"일부러 할 필요 없어. 남은 거 먹어도 돼."
"그래도 중국 음식은 기름져서 위에 부담이 되잖여."
엄마는 형의 책상 위에 우동과 차를 내려놓았다.
"내 위는 튼튼해서 뭘 먹어도 끄떡없어."
형 책상으로 옮겨 앉아 나는 달걀을 풀어 끓인 우동 국물을 한 모금 마셨다. 가게에서 내는 라면과는 전혀 다른 부드러운 맛이 난다.
"입시가 코앞이니 만큼 네 몸을 소중히 여기는 게 최고야."

"귀찮게 해서 미안하네."
"그런 말도 안 되는 소리 할 시간 있으면 열심히 공부해서 합격혀."
엄마는 내 책상 위를 행주로 닦으면서 말했다.
"예예."
"예는 한 번이면 족혀."
"예—."
"늘여 빼지 좀 말어. 바보 같잖여. 이래 가지고 어디 대학이나 가겄냐?"
"갈 수 있어, 갈 수 있어. 대답은 어눌하게 해도 머리는 똑똑하걸랑."
"똑똑허긴 뭐가 똑똑혀. 너 똑똑허단 소리는 내가 들어본 적이 없구먼."
엄마가 내 머리를 탁 때렸다.

내가 마지막 전력 질주하는데 맞춰 오카노는 공부를 함께하는 건 물론이고 날마다 직접 과자를 구워 날랐다. 좋아하는 사람이 만든 것은 뭐든 다 맛있다는데 오카노 표 과자는 특별했다.
나는 밀가루인지 쿠키인지 분간할 수 없는 쿠키를 먹고 번번이 사레가 들릴 뻔했다. 그래도 오로지 공부에만 매진했다. 졸업 문집 작업이 끝난 오카노는 더는 할 일이 없는지 점프를 읽거나 형 책상 속을 관찰하며 자유롭게 시간을 보냈다. 시간이 그렇게 남아돌면서 왜 좀 더 맛있는 쿠키를 구울 생각은 하지 않는 것일까. 내 눈에 비친 오카노의 얼렁뚱땅은 가히 천재적이다. 그래도 천진하게 뒹굴뒹굴하며 만화를 읽는 오카노를 보면 불끈불끈 욕구가 치솟는다.

"좀, 징그러운 눈으로 보지 마."

유독 이상한 일에만 예리한 오카노는 내 집요한 시선을 느끼고 일어나서 문제집을 보러 왔다.

"두 페이지밖에 못 나갔잖아. 정말 머릿속이 번뇌로 가득 찼구나."

"골똘히 생각하고 있는 거뿐이라고. 네 맘대로 번뇌네 뭐네 몰아붙이지 마."

오카노에게 마음을 들키자 나는 발끈했다.

"그거든 저거든 상관없지만 지금 너한테 중요한 건 뭐지?"

"당근 공부지."

"그렇지? 그럼, 다른 생각할 여유 없겠네. 모든 걸 공부에 쏟아부어야지."

"되게 스파르타식이네."

"할 수 없잖아. 앞으로 나흘밖에 안 남았는데. 자, 집중 집중! 합격하면 뭐든 다 해 줄게."

오카노는 내가 그런 걸 못한다는 것을 알고 큰소리치는 것이다. 가볍게 넘기는 이 센스. 장난스럽게 받아치는 센스. 정말 형과 많이 닮았다. 아니, 닮아도 너무 닮았다.

그렇다. 그만 깜박 잊을 뻔했지만 오카노는 형을 죽도록 좋아했다. 내 가정교사는 허울 좋은 핑계일 뿐 사실은 형이 있던 방에 있고 싶은 것인지도 모른다. 형에게 거절당했다는데 그 말은 믿을 수 없다.

형에게는 애인이 있지만 그 자식은 이 여자 저 여자에게 살랑댈 수 있다. 어쩌면 둘이 잘 되어 가고 있는지도 모른다. 그래서 자연스럽게 말투가 닮아가는 거다. 평소에 이야기를 하지 않고는 이렇게 닮을 리가 없다.

그런 생각하면 안 돼. 너 정말 못났구나, 라고 내 안의 작은 천사가 소리쳤지만 그 말은 아무런 제어장치도 되지 못했다. 나는 오카노가 화장실에 가기 무섭게 즉시 휴대전화를 들었다. 예상대로였다. 수신 메시지에도 발신 메시지에도 '도무라 선배'의 문자가 있었다.

## 5

"신칸센 표랑, 그리고 호텔 전화번호하고 주소. 이건 바로 꺼낼 수 있게 바깥 주머니에 넣어 둬."

"응, 고마워."

"그리고 이건 역에서 호텔까지 가는 지도. 또 이건 호텔에서 학교까지 가는 지도고. 이건 가방 안주머니에 넣어."

"응."

"잘 챙겨 넣고. 고스케, 직접 잘 보고 확인해야 혀."

"예예."

시험 보러 출발하기 전날 밤, 가게 일이 끝나자마자 엄마는 바지런히 준비해 주었다. 호텔 예약도 교통 예약도 전부 엄마가 해 주었다. 엄마가 말해 준 대로 찾아가면 입학 시험장에 갈 수 있다. 내 멋대로 간토의 대학을 지원했는데도 그런 나를 위해 지극 정성이다.

"자명종 시계도 넣어 뒀긴 한데, 혹시라도 늦잠 자면 택시 타고 가. 이쪽 봉투에 택시비 넣어 뒀구먼. 그리고 교복은 호텔에 도착하거든 바로 옷걸이에 걸어 두고. 구겨진 옷 입으면 사람이 모자라 보여."

"알았어."

"대답은 척척 잘하는구먼. 이리 잔소리해도 그냥 가방에 넣어 둘 거지? 말해 뭐허겄냐."

"걱정 붙들어 매셔요. 도착하자마자 즉각 걸어 놓을게."

초등학교 수학여행 갈 때처럼 세심하게 주의를 준다. 엄마는 평소에는 가게 일 때문에 좀처럼 학교와 우리 형제에게 신경 쓸 여유가 없다. 학교 행사도 학부모 활동도 거의 참여한 적이 없다. 하지만 할 수 있을 때에는 그 몇 배로 세심하게 마음을 써 주었다. 소풍이며 체육 대회 때 엄마 아버지는 오지 않았지만 내 도시락은 설날 못잖게 호화로웠다.

"여기에 소화제하고 해열 진통제랑 멀미약 넣어 뒀구먼."

엄마는 조그만 약통을 나에게 확인시켰다. 평소에는 열이 38도가 넘어야만 아픈 걸 인정해 주는데, 약을 세 종류나 챙겨 주는 것은 엄마 딴에는 엄청 신경 쓰는 것이다.

"배 타고 바다 멀리 나가는 것도 아닌데 멀미약은 필요 없어."

"유비무환이란 말도 몰러. 너 신칸센 같은 거 많이 안 타 봤잖여.

도쿄는 사람이 많으니까 사람 멀미를 할지도 모르고, 어쨌든 수도 도쿄가 아녀. 만만히 보면 못쓰는구먼."

"도쿄도 우메다나 난바와 크게 다르지 않아."

말은 그렇게 했지만 사실 완전 다르다. 지난번 형을 찾아갔을 때 도쿄가 얼마나 큰지 나는 절실히 깨달았다. 오카노는 그렇게 북적대는 곳에 이따금 가는 것일까. 아니면 전화로만 이야기하는 것일까. 오카노와 형에 대해 생각할 문제는 많다. 하지만 생각하면 끝이 없다. 그런 생각을 하면 머리가 이상해질 뿐이다. 시험도 못 볼 거다. 게다가 오카노와 나는 사귀고 있는 것도 아니고 이제 곧 헤어져야 한다. 내가 이러쿵저러쿵 참견할 일도 아니다.

"시험 전날 밤은 돼지고기덮밥이라도 먹으라고 하고 싶다만, 기름진 음식은 위에 부담이 되니 일식으로 먹어. 조금이라도 채소를 먹어야 헌다."

"예예."

엄마는 '저녁밥 값'이라고 쓴 봉투를 가방 안에 찔러 넣었다. 그러고는 수건과 비닐 봉투를 챙겨 넣기 시작했다. 비닐 봉투는 어디에나 쓸 수 있고, 몇 장이 있든 거추장스럽지 않다는 것이 엄마의 지론이었다. 대량의 비닐 봉투를 넣어 주긴 했는데, 감자를 캐러 가는 것도 아니고, 아마 거기에 넣을 건 거의 없을 거다.

"꼭 첫 심부름하는 거 같네."

"처음으로 혼자서 자는 거니까 매한가지 아녀."

"하긴 뭐."

"자, 이제 됐구먼. 오늘은 그만 일찍 자 둬."

"응, 고마워. 그리고 미안해, 이렇게까지 해 줘서."

"이렇게까지?"

"내 멋대로 집 떠나 대학 가겠다는 건데."

내가 잘못 선택한 건 아닌지 의구심마저 들었다. 아무 목적도 없으면서 간사이를 떠나 간토에 있는 대학에 가는 거다. 쉽게 진로를 정하고는, 태어나 자란 곳을 떠나는 것이 자립하는 것인 양 우쭐대며 엄마를 성가시게 하고 있다.

"말이나 못하면. 네 말은 죄다 허풍이여."

"하긴."

"이 정도 여행 준비는 발밑에도 못 따라갈 정도로 지금까지 얼마나 많이 해 줬는디 그려."

엄마는 그렇게 말하고 웃었다.

"그랬나?"

나도 웃어 보였다. 웃으면서 대학에 다니게 되면 별 의미 없는 이런 이야기도 할 수 없겠구나 싶어 가슴이 아팠다. 형은 기분 좋게 휘리릭 이곳을 떠났는데 나는 왜 그렇게 떠나지 못하는가. 역시 나는 응석받이인지도 모른다. 이제야 이곳을 떠나는 것이 무서워진 건가, 멋대로 군 게 미안해진 건가, 마음이 혼란스러웠다.

출발하는 날 아침, 내 앞으로 택배가 도착했다.

일시까지 지정해서 보냈으면서 보내는 이의 이름도 쓰여 있지 않았다. 갈색 종이로 대충대충 포장한 일그러진 형태의 물건이어서 나는 "뭐야, 기분 나쁘게."라고 투덜거리면서 포장지를 찌익찌익 찢었다.

포장지 안에는 거대한 하얀 천 덩어리가 들어 있었다. 인형, 아무래도 테루테루보즈인 모양이다. 머리 부분에 더는 들어가지 못할 정도로 꽉꽉 신문지를 채워 넣어 묵직했다. 매직펜으로 얼굴까지 그려져 있다.

대체 뭐야, 이 불길한 물체는. 누가 무슨 생각으로 보낸 거지. 그렇게 투덜거리며 테루테루보즈를 들어 올린 순간, 어린 시절의 기억이 쏴아 쏟아져 나왔다. 그렇다, 이건 테루코다.

나와 형은 어렸을 때 수시로 테루테루보즈를 만들었다. 우리는 테루테루보즈가 날씨를 좌우한다는 것도 모르고, 행복을 가져다주는 부적 같은 아이템이라고 생각했다. 그래서 운동회나 소풍 전날은 물론 용돈을 올려 주기를 바랄 때와 시험 전날에도 테루테루보즈를 만들면서 기도했다.

"아, 내일 수업 참관일이야, 엄마들 보러 오지 못하도록 테루코를 만들어서 방어하자."

그렇게 말하면서 티슈를 뭉쳐서 고무줄로 고정시키고, 매직펜으로 얼굴을 그려 넣어 천장에 매달아 두었다. 그것이 도무라 형제의 부적이었다. 우리는 테루테루보즈를 '테루코'라고 이름 붙이고 기도했다. 그 효과에 대해서는 알 수 없지만 좁은 방 안에는 늘 테루테루보즈가 매달려 있었다. 물론 초등학교를 졸업할 쯤에는 자연스레 그런 습관이 없어졌지만.

형이 보낸 물건은 달랑 테루테루보즈 하나뿐 다른 것은 아무것도 들어 있지 않았다. 하지만 테루코는 최고로 활짝 웃는 얼굴을 하고 있었다.

"형은 역시, 바보야. 조그맣게 만들어 보내도 될 텐데."

나는 이미 꽉 찬 가방 속에 테루코를 억지로 쑤셔 넣었다.

오카노는 역까지 배웅해 주었다.

"이게 가는 전철 안에서 먹을 거고, 이건 호텔에 도착해서 먹을 거, 나머지는 시험 날 아침하고 시험 끝난 뒤에 먹을 거야."

오카노는 조금씩 쿠키를 나눠 넣은 작은 종이 가방을 건네주었다. 속으로는 그렇게 많은 밀가루 덩어리를 먹으면 시험도 보기 전에 배탈 나겠다고 투덜거렸지만, 입으로는 고맙다고 말했다.

전철이 올 때까지 잠깐 동안, 나와 오카노는 나란히 서서 기다렸다. 등하교 때도 같은 역을 이용하기 때문에 수없이 반복되는 일상이다. 하지만 오늘은 사복을 입은 탓인지, 아니면 추위로 살짝 붉어진 뺨 때문인지 평소보다 더 오카노가 귀여워 보여서 엉겁결에 나는 중얼거리고 말았다.

"합격하면 헤어지는 거네."

"헤어지다니?"

"난 앞으로 사이타마에 살 거잖아."

"그게 어쨌다고?"

"어쨌다는 건 아니고."

"그건 내가 알 바 아니고, 암튼 떨어지면 나를 핑계거리로 이용하지 마라 응."

오카노는 찡그린 얼굴을 했다.

"그렇게 이용 안 해. 아니, 떨어지긴 왜 떨어져."

"그래. 꼭 붙을 거야."

"응, 열심히 할게."

나는 손가락으로 작게 V자를 만들어 보였다.

"고스케, 넌 꼭 합격할 거야. 다 늦게 시작하긴 했지만 뭐 공부도 많이 했잖아."

"그래. 진짜 고맙다."

"내가 한 것도 없는데 뭘."

"무슨 말이야? 날마다 공부도 봐 줬고, 뭐 맛은 없지만 과자도 많이 만들어 줬잖아."

"맛없었다는 말은 안 해도 되잖아. 하지만 고스케, 너 대학 보내기 위해서 정말 많은 사람들이 마음을 쏟았어."

"응, 알고 있어."

오카노의 말이 온전히 마음을 파고들었다. 그렇다, 그 말이 맞다. 여기에서는 많은 사람들이 응원해 준다. 그것은 아마 도무라 반점의 아들이기 때문일 거다. 정말 고마운 일이지만 언제까지 도무라 반점 아들이라는 이름에 의지하고 살 수는 없는 노릇이다.

플랫폼으로 전철이 들어왔다. 여느 때와 다름없는 빛바랜 녹색 전철. 하지만 오늘은 여느 때와는 다른 장소로 나를 데려간다.

"그럼, 갔다 올게."

내 말투는 부자연스러울 만큼 자연스러웠다.

"응. 고스케, 힘내."

오카노는 평소와 달리 진지한 눈빛으로 나에게 손을 흔들어 주었다.

전철 문이 닫히고 천천히 속도를 올린다. 오카노는 계속 손을 흔들어 주었다. 왜 이렇게 슬픈 선택을 해 버린 거야. 나는 그렇게 올라오는 생각을 뿌리치듯이 더 열심히 손을 흔들었다.

오카노가 준 종이봉투 안에는 과자뿐만이 아니라 편지도 들어 있었다.

> 이번에는 유령 작가에게 맡기지 않고 직접 썼어.
> 하지만 시험공부를 돌봐 준 것은 도무라 선배의 아이디어야.
> 날마다 너의 공부 상황을 물어 왔거든.
> 고스케, 넌 사랑 받고 있어. 그리고 나도 네가 좋아.

봉투에 들어 있지도 않았고, 노트를 한 장 찢어 검은 볼펜으로 쓴 단 네 줄짜리 편지였다. 하지만 나에게 용기를 북돋워 주기에는 충분했다.

제길. 오카노, 완전 귀여워.

제길. 형은 역시 나보다 몇 배나 더 똑똑해.

나는 진지하게 공부해야 한다. 대학에서 뭐든지 다 머릿속에 집어넣고 내가 할 수 있는 걸 찾아 공부해서 완전 똑똑해져야 한다.

나는 거의 대부분 쓰지 않을 물건으로 가득 찬 가방을 다시 꼭 쥐었다.

6장

I

"야! 헤이스케! 나 아르바이트비 받았다!"

네 시를 넘긴 시각, 쥐 죽은 듯이 조용한 가게에 요란한 목소리가 울렸다. 후루바토다.

"어, 어서 와."

"햄버그 정식이랑 생선구이 정식. 그리고 콜라하고 다이어트 콜라도."

후루바토는 커다란 목소리로 주방을 향해 주문했다.

"내가 이만큼 주문했으니까 헤이스케, 너도 든든하지?"

후루바토는 아르바이트비가 들어오면 늘 가게에 와서 왕창 주문해 주었다. 가게의 판매가 늘든 줄든 딱히 내 시급에 변동이 있는 것도 아닌데.

"좋아, 헤이스케를 위해 왕창 먹으마."

"고마워."

나는 커다란 접시에 햄버그와 생선구이를 담고, 밥을 가득 담아 후루바토에게 가져갔다. 하지만 후루바토는 음식을 보자마자 어깨를 툭 떨어뜨리고 말했다.

"못 먹겠어. 식욕이 없어."

"무슨 일이야?"

"잘 모르겠는데, 식욕을 잃었어."

"별일이네. 후루바토는 일 년 내내 대식가인데."

나는 후루바토의 앞자리에 앉았다. 손님도 빠졌고 자주 있는 일도 아니니 이야기 상대가 돼 줘. 친구잖아? 시나무라 씨가 그렇게 말해서다.

"어떻게 된 거지? 내가 인생에 지친 건가?"

"그거 큰일이네. 학교에서 무슨 일 있었던 거야?"

"아니, 특별히 무슨 일이 있었던 건 아니야."

후루바토는 오늘 하루를 떠올리듯이 눈을 가늘게 떴다.

"과제를 제대로 못한 건 아니고? 누구랑 싸움이라도 한 거야? 애인이랑 싸웠어?"

"아니, 어느 것도 아니야. 그런 단순한 문제가 아니야. 먹고 싶은 의욕이 안 생겨. 생리적 욕구에 거부 반응을 일으킨다는 건 인생 그 자체에 절망하기 시작했다는 거라구."

한껏 멋 부린 말인데 후루바토가 내뱉자 멋은커녕 코미디 같았다. 나는 하마터면 웃음을 터뜨릴 뻔했지만 가까스로 참고 차분한 얼굴로 말했다.

"그거 큰일이네."

"마침내 내 장래가 꽉 막혀 버렸는지도 몰라."

"장래라……. 전부터 물어보고 싶었는데, 후루바토 넌 왜 소설가가 되려는 건데?"

절망하고 있는 후루바토 곁에서 나는 곁들여 나온 감자튀김을 집어먹으면서 물었다. 바삭바삭 맛있게 튀겨진 감자가 식어서 퍼석퍼석해져 버리면 아까우니까.

"다짜고짜 핵심을 찔러 버리네."

"그래? 후루바토는 명랑하고 활발한 점이 장점이잖아. 그래서 형태가 없는 것을 표현하거나 연구하는 작업에는 썩 어울릴 것 같지 않거든. 무거운 것을 나르거나 커다란 것을 만드는 것이 어울릴 것 같은데, 소설가를 지망하는 게 내내 이해가 안 되더라구."

"과연 헤이스케는 내 친구야. 예리한데. 내가 소설가가 되겠다고 생각한 건 중학교 3학년 때였어."

"의외로 일찍부터 생각했네."

내가 무례한 말을 했는데도 후루바토는 기분 좋게 속내를 털어놓기 시작했다.

"그런가? 중학교 3학년 때 교과서에 〈고향〉이라는 이야기가 실렸던 거 기억나냐?"

"그런 글이 있었던 것 같기도 하고, 없었던 것 같기도 하고."

"전족(纏足)을 한 약아빠진 아주머니가 쏜살같이 뛰어서 장갑을 빼앗아 도망친다는 내용이었는데, 황폐한 사회의 어둠을 그린 이야기였지."

전족을 한 아주머니가 장갑을 빼앗아 도망치는 이야기의 어디가 사회의 어둠을 그리고 있는지 이해할 수 없었지만 나는 과연, 하고 고개를 끄덕였다.

"그 〈고향〉의 작가는 루쉰이라는 사람인데, 처음에는 의사가 되는 게 꿈이었대. 그런데 중간에 문학의 길로 전향한 거지."

"그거랑 후루바토랑 무슨 상관이 있다고?"

"루쉰은 아무리 병을 치료해도 정신을 고치지 않으면 소용없다는 걸 깨닫고 소설가가 되었지. 루쉰은 진정으로 사람들을 구원하는 건 문학이라고 했어. 물론 루쉰한테 직접 들은 건 아냐. 국어 참고서에서 읽은 거지."

"뭐, 그렇겠지. 교과서에 실린 사람은 아마 벌써 죽었을 테니까."

"그래? 기본적으로는 나도 루쉰하고 생각이 같아. 나, 소설가를 지망하기 전에는 영웅이 되고 싶었어."

"영웅?"

"그 왜, 울트라맨이나 가면 라이더 같은 거 있잖아."

"그건 좀 심하다."

웃음을 터뜨린 나에게 후루바토는 "중1 때까지의 이야기야."라며 화를 냈지만 중학생이 그런 것을 동경하는 것도 곤란하다.

"중학교에 들어가서 나의 가능성을 알게 되면서 가면 라이더가 되기를 포기할 수밖에 없었지만, 뭐랄까, 인생은 혹독하잖아? 어떤 사람이든 대개 사흘에 한 번은 고민해. 유복하게 사는 사람들은 별거 아닌 일로 툭하면 징징대고, 깡이 있는 사람은 이런 저런 일에 부딪치다 보면 결국 강해지는 거지. 세상은 돈으로 해결할 수 없는 것 투성이고, 사랑만으로는 해결할 수 없는 것도 많고, 용기와 건강이 있다고 인생이 즐거워지는 것도 아니거든. 사는 게 힘들잖아. 그러니 모두들 걸핏하면 죽고 싶어 하지. 마음속 깊은 곳에서 진심으로 인생이 즐겁다고 생각하는 사람은, 아마 열 명에 한 명 정도나 될까 몰라?"

"무슨 말인지 하나도 모르겠지만, 인생을 즐기는 사람이 열 명에 한 명이나 된다면 일본은 점점 평화로워져서 사람들이 맹해져 버릴걸."

"그래? 아무튼 울트라맨만큼 힘은 없지만, 뭔가 조금이라도 이 사회에 빛을 주는 일을 하고 싶었어. 그래서 생각한 것이, 지금은 소설을 쓰는 거야. 지금은 당장 생각난 것을 한다. 또 생각이 바뀌면, 그때는 거기에 목숨 걸고 하면 된다. 뭐 그렇게 생각해."

"흐응."

"헤이스케, 넌 왜?"

"어?"

"넌 왜 소설가가 되려고 했는데?"

"그야, 나는…… 그러니까. 맞아, 집을 나오고 싶었어."

"뭐? 집을 나오고 싶어서 소설가가 되다니, 너야말로 말이 안 된다."

"하긴, 그렇긴 해."

나는 소설가가 되고 싶은 생각은 눈곱만큼도 없었다는 것, 도무라 반점에 대해서, 아버지에 대해서, 오사카에 대해서, 고스케에 대해서, 그 밖의 여러 가지에 대해서 쉴 새 없이 주저리주저리 이야기했다. 후루바토는 내가 한 가지 한 가지 이야기할 때마다 눈을 반짝이며 연신 감탄했다.

"그러니까 초등학생 때부터 집이 불편해서 오로지 집을 나올 생각뿐이었어. 정말 나는 딱 그 정도밖에 안 되는 인간이야."

"그렇구나. 너는 남에게 인정받고 싶은 마음이 강해."

후루바토가 나에 대한 느낌을 말했다.

"그래?"

"그러냐니, 그러니까 전혀 마음에도 없는 소설을 썼던 거잖아?"

지금까지 남에게 인정받고 싶다는 생각을 한 적은 없었다. 하지만 작문을 써서 선생님에게 칭찬 받았다. 친구들에게 대단하다는 소리도 들었다. 그런 칭찬이 좋아서 자랑스럽게 수도 없이 글을 썼다. 상도 여러 번 받았고, 우쭐해서 친구 것까지 대신 써 주기도 했다. 그걸 생각하면 확실히 인정받는 것을 좋아했을 수도 있다. 집에서 도망치고 싶다, 여기에 있고 싶지 않다, 그런 생각을 품고 있었다. 아마 그곳에서 누구에게도 인정받지 못했기 때문인지도 모른다.

"그 말을 듣고 보니 나는 역겨운 놈이네."

"왜? 남자라면 누구나 그런 마음을 갖잖아. 하지만 부모하고 자신 사이에서 고민하다니, 완전 청춘이네. 과연 헤이스케야. 드라마틱

해."

"뭐가? 가면 라이더가 되고 싶었던 게 더 스팩터클하지…… 어, 어?"

"왜 그래?"

"나, 이런 얘기, 후루바토 너한테 처음 해."

"그래?"

"그 도시가 싫었던 거며, 사실은 소설가가 되고 싶은 생각이 없었던 것, 꿈이라곤 집을 나오는 것밖에 없었다는 얘기를 남한테 말한 게 처음이라고."

아주 강렬하게 생각하고 있었는데, 내내 머릿속에 박혀 있었는데 어릴 때부터 아무에게도 말하지 않았다. 친구에게는 털어놓을 수도 있었을 텐데 지금까지 내 마음 밖으로 드러낸 적이 없다.

"어쩔 수 없었던 거지. 도쿄에 온 지 아직 일 년도 안 지났으니까. 친구가 나뿐이잖아?"

후루바토는 헛다리를 짚으며 그렇게 격려해 주었다.

"뭐, 오사카에서도 말한 적 없어."

"설마 그랬겠냐. 아, 생각났다!"

"뭐?"

"나, 오늘 아침 11시 정도까지 자고 두 시간쯤 전에 아침으로 치킨 라면하고 컵라면하고 바나나 먹었다."

"그래서?"

"그래서 식욕이 없었던 거야."

"인생에 지친 게 아니고?"

"으응, 괜찮아졌어. 이제 먹을 수 있을 것 같다."

후루바토는 재빨리 햄버그에 젓가락을 가져갔다. 행복한 녀석.

"다행이다."

"응. 니체도 괴테도 기운만 있으면 뭐든 할 수 있다고 했잖아. 철학자들이 하는 말은 가끔 적중할 때가 있어."

아마 그 말은 괴테나 니체가 아니라 안토니오 이노키(전 일본 프로레슬링 선수 : 옮긴이)가 했을 거다. 그렇게 생각하면서도 10분 전에 인생에 지쳤던 후루바토가 나의 시급을 위해 정식을 잇따라 비우는 것을 흐뭇하게 지켜보았다.

## 2

"정식 직원이 되지 않겠나?"

3월말, 시나무라 씨가 그렇게 제안했다. 가게 문을 닫기 전, 날씨도 따뜻해져 계절 메뉴라도 만들어 볼까 싶어 시험 삼아 햇감자와 햇양파를 이용한 요리를 만들어 보던 참이었다. 이런 중대한 일을 옆에 있는 소금 좀 집어 달라는 식으로 불쑥 제안해 와서, 나는 어떻게 반응해야 좋을지 몰라 시나무라 씨의 얼굴을 빤히 쳐다보았다.

"네?"

"하는 일이 바뀌는 건 없지만 정식으로 이 가게에서 일해 보지 않겠냐 이 말이야."

시나무라 씨는 젖은 손을 수건으로 닦고 조금은 정색하고 물었다.

1년 가까이 거의 매일 아르바이트를 해 왔기 때문에 이런 이야기가 나온다 해도 전혀 이상할 건 없다. 그런데 실감이 나지 않았다. 물론 이 가게를 그만두겠다고 생각한 적은 한 번도 없다. 하지만 한 가게에 언제까지나 붙어 있을 생각도 없다.

"바뀌는 게 있다면 급료가 시급이 아닌 월급으로 바뀌는 정도뿐이야."

내가 당황한 것을 눈치챘는지 시나무라 씨는 별일 아니라는 듯이 말했다. 시나무라 씨 말대로 하는 일이 특별히 달라지지는 않을 것이다. 하지만 그것과는 다른 큰 변화가 있다. 나는 어떻게 대답해야 좋을지 알 수 없었다.

"네에……."

"도무라 군이 아르바이트를 해 줘서 나로서는 얼마나 좋은지 몰라. 도무라 군이 온 뒤로 이 가게도 변했고 말이야."

"그 얘기는 몇 번이나 들었습니다. 시나무라 씨는 항상 저를 과대평가하신다니까요."

"그렇지 않아. 이렇게 진지하게 가게 일을 생각하는 사람도, 열심히 일하는 사람도 그리 많지 않아."

시나무라 씨의 과대평가에 무안해진 나는 다시 칼을 들고 감자를 썰기 시작했다. 채친 감자를 재빨리 참기름과 단식초에 담가 둔다.

아삭아삭 맛있을 거다.

"시나무라 씨는 저 말고 다른 아르바이트생을 잘 몰라서 그러는 거라구요. 요즘 젊은 사람들은 알고 보면 아주 성실하고 열심히 일합니다."

"그럴까?"

"그래요. 아저씨들을 자존심 상하게 하지 않기 위해 젊은 사람들이 일부러 자신들의 성실함을 숨기고 능치는 거라구요."

"하하하. 그 말은 금시초문인데. 성실한 아르바이트생이 있을지는 모르지. 하지만 도무라 군은 단순히 그것만이 아니야. 센스가 있어."

"센스?"

"도무라 군 덕분에 우리 라쿠의 요리가 아주 좋아졌어. 기본 메뉴는 완전히 맛이 자리를 잡았고 오늘의 메뉴도 손님의 입맛을 사로잡았어."

"그건 제 덕분이 아니에요. 뭘 해도 한 일 년쯤 지나면 저절로 좋아지잖아요."

"그렇게 생각하는 게 도무라 군의 미덕이지."

자신보다 어린 사람을 있는 그대로 칭찬할 수 있는 것이야말로 시나무라 씨의 미덕이다. 이 사람에게는 아무리 말해도 소용없다. 나는 항복한다는 듯이 어깨를 으쓱했다.

"어떻게 대답해야 할지 모르겠군요."

"난처하게 할 생각은 없었는데."

시나무라 씨는 미안한 듯이 말했다.

"난처하지는 않습니다. 다만 정직원이란 게 와 닿지 않을 뿐이죠. 아니, 아직은 그럴 단계가 아닌 것 같아서요."

"그래. 하지만 말이야. 정직원 이야기는 접어 둔다 쳐도, 도무라 군, 앞으로 어쩔 셈이야?"

"어쩔 셈이라뇨?"

"취직할 거 아닌가?"

"아, 뭐."

"뭐, 생각하고 있는 거라도 있나?"

아르바이트하면서 평생 셋집에 살 건가? 라는 뜻이다. 계속 이대로 목적도 없이 갈팡질팡할 거야? 그런 말을 하고 있는 거다.

"뭐, 딱히."

한심하다는 생각이 들었지만 나는 솔직히 대답했다.

"그래, 그렇군. 뭐, 이제 겨우 열아홉 살인데, 그럼 됐어. 자리 잡고 눌러앉기에는 아직 이르지."

친절한 시나무라 씨는 이제 슬슬 준비해야지, 라며 이야기를 끝맺었다.

정직원 제의를 받았다는 말을 털어놓자, 아리 씨는 오히려 놀라워했다.

"왜 나한테 의논해?"

"왜라니?"

"정직원 따위, 되고 싶지 않잖아? 빤한 걸 의논하니까 이상하지."

아리 씨는 자신의 몫으로 나눠 놓은 피자에 꼼꼼히 타바스코(고추로 만든 매운 소스. 고추의 빨간 껍질에 과실초 등을 첨가하여 만든다. : 옮긴이)를 뿌려 입에 넣었다.

"되지 않겠다고 딱 정한 것도 아니고, 뭐 아리 씨 의견도 들어볼까 했던 거지."

"도무라 군은 고집이 세서 자신이 결정한 거 이외에는 안 하는 사람이잖아?"

"그래?"

항상 아리 씨 의견을 먼저 따른다고 생각했는데 그런 말을 들으니 좀 의외였다.

"그래. 평생 라쿠에 있을 생각은 없잖아? 그렇다면 망설일 여지가 어디 있어?"

"하긴."

망설였다면 시나무라 씨 때문일 것이다. 라쿠는 어느 정도 번창하고 있는데 일하는 사람은 모두 아르바이트생뿐이다. 정직원이 필요하단 건 나도 안다. 반드시 나일 필요는 없지만 그 가게에는 함께 듬직하게 자리 잡고 일할 사람이 필요하다.

"그건 그렇고, 봄방학 여행에 대해서 생각해 봤어?"

"어?"

"얼마 전에 말했지? 봄방학에 2박 정도로 여행 가자고."

"그랬나? 그랬었지."

하나조노 창작학교도 3월말부터 4월초까지 봄방학이다. 그때 함께 어디 가자고, 지난번에 만났을 때 아리 씨가 말했다.

"여행지 후보는 봐 뒀어?"

"아, 뭐."

여행 가자는 말을 처음 들었을 때는, 단순히 이틀 밤이나 함께 있을 수 있으니 즐거울지도 모르겠다고 생각했다. 하지만 이틀씩이나 함께 여행할 정도로 우리 사이가 가까운지 의문스럽기도 했다. 음흉한 생각이지만 함께 자고도 싶었다. 하지만 꼬박 이틀 동안 붙어 있으면 답답할 것 같은 불안도 있었다.

"아, 뭐가라니?"

"별로 생각 못해 봤어."

"그게 무슨 말이야? 다음 만날 때까지 생각해 보라고 했잖아?"

아리 씨는 숙제를 해 오지 않은 나를 보고 한숨을 쉬었다.

"그랬지. 미안해."

"그럼, 어디 가고 싶은 데 없어?"

"가고 싶은 데……."

가고 싶은 곳이 그렇게 퍼뜩 떠오르는 것도 아닌데. 규슈도 오키나와도 홋카이도도 가 보지 못했지만 특별히 가고 싶지도 않다. 가족 여행도 한 적이 없어서 한 번 더 가고 싶은 곳도 없다. 다케시타 형과 갔던 디즈니랜드는 즐거웠지만 여기서 2박으로 갈 정도는 아니다.

"그렇게 골똘히 생각하지 않아도 한두 군데는 쉽게 떠오르지 않아?"

"으음, 그래, 어디든 좋아."

나는 우호적으로 말했는데,

"어디든 좋은 게 아니라 아무래도 상관없는 거잖아?"

라며 또 한숨을 쉬고는 아리 씨는 피자 접시를 옆으로 치우고 팸플릿을 테이블 위에 턱 올려놓았다.

"뭐야 이게?"

"저번에 헤어져서 집에 가는 길에 여행사에 들러서 팸플릿 몇 장 가져왔어."

"우와, 대단하다."

나는 팸플릿을 손에 들었다. 홋카이도에 시코쿠에 한국. 팸플릿에 소개된 여행지에는 아무런 공통점도 없었다.

"솔직히 아리 씨도 어디에 갈지 잘 모르겠지?"

"아냐. 나는 아무래도 좋은 게 아니라 정말로 어디든 좋아."

"어디든이나, 아무래도나 그게 그건데 뭐."

"그런가?"

살짝 허를 찔린 아리 씨는 기분이 좀 나아진 것 같았다.

"우리 집은 가게를 해서, 어렸을 때는 아무 데도 못 가는 걸 되게 불평했어. 가게는 여름방학이나 설 연휴에도 쉬지 않으니까 남들 다 놀러갈 때, 우리는 집에 있어야 했거든. 동생이랑 만날 바다 가고 싶다고, 유원지 가고 싶다고 졸랐는데 커서 어디든 갈 수 있게 되니까 가고 싶은 곳이 잘 떠오르질 않아."

"그렇다면 오사카에 가고 싶어. 도무라 군이 태어난 곳이랑 자란 곳 보고 싶은데."

"오사카라……."

"싫어?"

"싫다기보다……."

"안내해. 오사카에는 몇 번 가 봤는데, 도무라 군 동네처럼 끈끈한 오사카를 차분히 본 적은 없거든."

"아, 아무래도 안 되겠어."

"왜?"

"안 돼. 왠지 좀 거기 가는 건 거북해."

오사카 여행은 지금의 나에게는 편치 않다. 누가 나를 비난하는 것은 두렵지 않지만 거기에 '가는' 것도 '돌아가는' 것도 마음이 무겁다. 그곳에 발을 딛는 것은 여행이나 귀성을 하는 들뜬 기분으로는 아무래도 힘들다. 기합을 단단히 넣지 않고는 그곳에 들어갈 수 없을 것 같다. 그래서 오봉 때도 설에도 가지 못했던 것이다.

"그렇구나."

아리 씨는 조금 실망한 듯했다.

"미안. 나중에 꼭 안내할게."

"알았어. 그럼 이번에는 도쿄 여행하자."

"도쿄?"

"응. 도무라 군, 도쿄 잘 모르니까 지겨울 정도로 도쿄를 안내할게."

"그것도 좋겠는데. 응, 그게 좋겠어."

"도쿄라면 어디가 좋을까? 이참에 근사한 호텔 예약해 둘까?"

"아, 응. 그래."

이야기가 정리돼 가자 나는 내내 신경 쓰이던 피자를 손에 들었다.

"치즈가 그러는데, 맛있을 때 먹으래."

나는 아리 씨의 시선에 이렇게 둘러댔다.

"도무라 군은 영적인 힘도 있나 보네."

아리 씨는 그렇게 말하고 웃었다. 그러고는 아참 이 집 믹스 주스도 맛있어, 라며 팸플릿을 정리하고는 점원을 불렀다.

## 3

목요일 오후. 거의 12시까지 푹 자고 겨우 방 정리를 끝냈을 때, 탕탕 문 두드리는 소리가 났다. 아리 씨의 노크와는 다르다. 약한 소리. "네네."라고 대답하는데도 계속 두드린다. 으레 집에 있을 때를 노리고 찾아오는 여느 때의 신문사 판촉 사원일 거다.

"무슨 일이에요?"

일부러 불쾌한 척하며 문을 열자 눈앞에는 신문 판촉 아저씨가 아닌 고스케가 서 있었다.

"이야!"

"이야가 뭐냐?"

"나, 붙었어."

고스케는 손가락으로 V자를 만들어 보였다.

"붙었다고?"

"당연하지. 무사히 대학 합격!"

"그런 거, 일일이 보고하지 않아도 되는데."

"아니 아니, 보통은 보고하잖아?"

터놓고 이야기하는 형제 사이도 아닌데, 고스케는 당연한 듯이 말했다.

"그래도 일부러 여기까지 올 거 없이 전화로 해도 되는데."

"전화 쪽이 더 일일이 보고하는 거지. 우리 형제, 워낙 전화로 얘기한 적이 없잖아."

지극히 고스케다운 발상이다. 고스케는 여기에 한 번 와 보고는 나의 아르바이트 쉬는 날도, 찾아오는 길도 외워 버린 모양이다.

"아무렴 어때. 잘 왔다."

"으응, 진짜 고마워. 형한테 고맙다고 말하는 게 창피해서 죽을 지경이지만 역시 고맙다는 말밖에 할 게 없어서 말하는 거야."

고스케는 아주 솔직하게 말하고 고개를 숙였다. 창피해서 죽을 지경인 건 제 사정이지만, 바로 앞에서 깍듯한 절을 받는 내 쪽이 더 민망해 죽을 지경이었다.

"나한테 고마워 할 게 뭐 있어?"

"그래도 형이 공부 봐 주었잖아."

"공부? 무슨 말이야?"

"형이 공부 봐 줘서 합격한 것 같거든."

"내가 공부를 봐 줬다니, 무슨 말이냐고?"

시치미를 떼는 나를 무시하고 고스케는 진지하게 말했다

"그보다 오카노는 우리 형제의 다리 역할만 하네."

"다리?"

"편지 쓰고 가정교사도 하고."

"그러고 보니 안 됐다."

나도 고스케도 동시에 웃었다.

"서서 얘기하는 것도 그러니까 들어와."

"정말. 형이 빨리 집에 안 들여 주니까 복도에서 이렇게 고개 숙여 버렸잖아."

"네가 멋대로 찾아와서, 혼자서 호들갑을 떨면서 고개 숙이다가 집에 들어갈 기회를 놓친 거 아냐."

고스케는 "실례함다~"라고 밝게 말하고는 안으로 들어오더니, 나에게 줄 것인지 종이봉투에 든 물건들을 책상 위에 한가득 늘어놓았다.

"되게 많네."

"그래. 모두들 이것저것 챙겨 줬어. 으음, 이건 형이 좋아하는 아카마쓰 씨네 경단. 맛이 하나도 안 변했어. 아줌마가 오늘은 콩고물만 담아 줬어. 그리고 이건 도무라 반점의 특별 만두 and 찐만두 and 볶음밥. 가끔 그 진한 맛이 그립잖아? 또 이 통에 온갖 엄마 표 반찬이 다 들어 있어. 아, 바로 냉장고에 넣으래. 나머지는 뭐 사과에, 세제에, 빨래집게에……. 나도 이런 거 필요 없을 거라고는 했는데."

"너 설마 이거 들고 신칸센 타고 온 거냐?"

나는 만두 팩을 손에 들었다. 특제 만두는 차가웠지만 냄새는 그대로였다. 아마도 주위 승객들에게 따가운 눈총을 받았을 것이다.

"그래도, 형 먹고 싶지?"

"그래. 응 고맙다."

고스케가 가져온 것들을 늘어놓자 비좁은 방은 한층 더 어수선해졌다. 언제 다 쓸지 모를 빨래집게며 랩을 넣어 두고, 눈물 나게 그리운 엄마가 손수 만든 반찬들을 시킨 대로 냉장고에 넣었다. 그리고 경단을 먹기 위해 나는 진한 듯하게 차를 우려냈다.

아카마쓰 씨네 경단은 어렸을 때부터 참 많이 먹었다. 팥고물, 콩고물, 파래고물 세 가지를 넣고 세트로 팔았는데, 나와 고스케는 서로 콩고물을 묻힌 경단을 먹으려고 다투곤 했다. 오늘은 세 개 모두 콩고물. 그때도 이렇게 주문하면 좋았을 걸. 별걸 다 감탄한다.

"참 이상해."

고스케는 "차가 떫어."라며 얼굴을 찡그리고 마셨다.

"뭐가?"

나는 재빨리 경단을 입에 넣었다. 여전히 속이 말랑말랑하고 단맛이 은은해서 맛있었다.

"옛날부터 형은 나보다 더 똑똑하고 성적도 좋고 착했어. 그런데 형은 대학에 안 가고 내가 간다는 게, 왠지 뒤바뀐 것 같다고 해야 하나……. 형이 대학에 가지 않았다고 바보라는 말은 아니고."

"성적은 너보다 좋았을지 몰라도, 착하다는 소리는 못 들었어."

"무슨 말이야? 모두들, 헤이스케는 너하고 달리 똑똑해, 라고 말했는데."

도무라 반점에 모이는 사람들이 그렇게 말한 것은 나를 칭찬한 것도, 고스케를 비하한 것도 아니다. 단순하고 밝은 고스케에게 '이 바보!'라며 애착을 갖고 있었던 거다.

"나는 요령만 좋을 뿐이야. 사실은 네가 더 똑똑해. 너 같은 사람이 진짜 더 똑똑한 거야."

나는 아마도, 하고 마음속으로 덧붙였다.

"어디가 그렇다는 거야. 나 되게 바보잖아. 하긴, 바보니까 대학에 가는 거지만."

"대학생이라……. 대학생 고스케는 상상이 안 되는데."

"그치? 아르바이트하고, 공부하고, 혼자 살고. 나도 조금은 어른이 되려나."

남의 일처럼 태평하게 말하면서 고스케는 두 개째의 경단을 입에 넣었다. 어떤 대학이든 '대학'이란 역시 조금 멋스럽고 우아하고……, 아무튼 고스케와는 전혀 상반되는 분위기다. 경단도 볶음밥 먹듯이 우적우적 먹는 고스케를 보고 있자 이 녀석이 앞으로 어떤 식으로 변해 갈지 약간은 기대가 됐다.

"아참! 다음에 언제 만날지도 모르고, 또 언제 필요할지 모르니까 지금 줘야겠다."

"뭘?"

"아버지가 준 봉투 말이야."

나는 집 계약서며 저금통장 같은 중요한 서류가 들어 있는 서랍에서 누런 봉투를 꺼냈다.

"주다니? 무슨 말이야?"

"지난번에 말했잖아. 너 앞으로 돈 쓸 데도 많을 거고, 대학 다니면서 혼자 살려면 돈 엄청 많이 들어. 이거 보태 써."

"그거, 형이 받은 거잖아. 난 받을 수 없어."

"사양하지 말라니까. 나 아르바이트도 하고 있고, 학교도 안 다니니까 돈 필요 없어. 반드시 대학생이 될 네가 써야 돼."

목요일을 제외하고는 날마다 라쿠에서 아르바이트를 하기 때문에 생활이 쪼들리지 않을 정도의 수입은 보장된다. 특별히 사고 싶은 것도 하고 싶은 것도 없기 때문에 당장 돈의 필요성도 그다지 느끼지 못했다.

"그래도 이렇게 큰돈은 못 받아."

"받아 둬. 꼭 필요할 때가 있을 거야. 그리고 나는 진짜로 필요 없어. 아무튼 네가 가지고 있어."

좀처럼 받지 않으려는 고스케에게 나는 억지로 봉투를 떠맡겼다.

"진짜 괜찮아?"

"응. 두툼한 걸 보면 사, 오십만 엔은 될 거다."

"왠지 미안하네. 이거 뜯지도 않았잖아. 형, 아예 손도 안 댄 거야?"

고스케는 봉투를 들고 쓱 훑어보았다.

"아직 한 번도 필요한 적이 없었거든. 그리고 이런 건 왠지 열어 보면 그걸로 끝일 것 같잖아."

"그러고 보니까, 형 옛날부터 감자칩 같은 거 뜯으면 그 자리에서 한 봉지 다 먹어 버리곤 했는데. 이거 뜯었는데 전부 천 엔짜리만 들어 있으면 되게 웃길 거야."

고스케는 봉투를 흔들면서 웃었다.

"아니, 돈이 아닌 도무라 가의 가훈이라면 울어 버리겠지."

나도 웃었다.

"아버지라면 그러고도 남지. 그럼 뜯어볼까?"

"지금?"

"일단 형 거니까 형도 내용물을 확인해야지."

"하긴."

내 멋대로 사, 오십만 엔 들어 있을 거라고 굳게 믿고 있었지만 봉투 속에 무엇이 들어 있는지는 모른다. 아버지가 나에게 얼마를 맡겼는지, 무엇을 맡겼는지 그것은 궁금했다.

고스케는 봉투의 풀칠한 부분을 조심스럽게 뜯었다. 우리는 가슴을 두근거리면서 봉투에 든 것을 꺼냈다.

"우와, 역시 돈이야."

"우리 아버지, 의외로 통이 크네."

안에 든 것은 분명히 만 엔짜리 지폐였다. 빳빳한 신권으로 50장이 들어 있었다. 돈뿐 아니라 새하얀 종이에 쓴 편지도 들어 있었다. 붓펜으로 큼직하게 휘갈겨 쓴 편지. 아버지가 쓴 것이다.

'네가 이 봉투를 열 때는 모든 게 끝났을 때겠지. 오십만 엔 갖고는 어림도 없을 거다. 돌아와.'

그 말뿐이었다. 나에 대해서 일방적으로 단정 짓고 쓴 편지.

하지만 그 말이 옳다. 나는 처음부터 봉투를 열어 볼 생각은 없었다. 돈이 바닥나도 아버지가 준 돈에 손을 대느니 차라리 대부업체에서 빌리는 편이 낫다고 생각했다. 자존심이 아니다. 고집을 부리는 것도 아니다. 설명할 수는 없지만 아버지가 생각한 대로 이 봉투를 열 때는 오지 않았을 것이다.

"끝났을 때가 아닌데."

고스케가 중얼거렸다.

"그러게."

아무것도 끝나지 않았다. 아무 일도 일어나지 않았다. 돈이 필요한 때도 아니다. 아르바이트도 순조롭고, 연상의 연인도 있고, 속을 터놓고 이야기할 수 있는 친구도 있다. 나는 여기서 그럭저럭 잘 살고 있다. 하지만 봉투를 열어 볼 때가 됐는지도 모른다. 고스케에게 뭔가를 건네줘야 할 때가 왔는지도 모른다.

"자고 가면 좋을 텐데."

그렇게 붙잡았지만 고스케는 여섯 시 대의 신칸센을 타겠다며 서둘러 돌아갈 채비를 하기 시작했다.

"내가 좀 마음이 여리잖아. 이제 앞으로 집에 있을 날이 별로 없다고 생각하니까 하루도 낭비하고 싶지 않아."

"그럴 거야."

"아버지랑 가게 일 할 수 있는 날, 엄마랑 보낼 수 있는 날, 그리고 오카노랑 함께 보낼 수 있는 날. 그런 날들이 사 년 동안이나 없어진다고 생각하니까 못 견디겠어."

"너답다."

"하지만 형이랑 함께 있는 시간도 소중하다고 생각하고 있어."

현관 앞에서 고스케가 변명하듯이 덧붙인 말에 나는 웃음을 터뜨리고 말았다.

"됐으니까 신경 쓰지 말고 얼른 가. 그리고 신경 쓰지 말고 언제든 또 와라."

"고마워. 형은 항상 열려 있으니까."

"그건 또 뭔 말이야?"

"나, 옛날에는 아버지가 형한테 배우라고 말할 때마다 무지 열 받았어. 형의 어디를 보고 배우란 거야, 아버지는 진짜 아무것도 몰라, 그렇게 속으로 씩씩거렸어. 그런데 막연하지만 이제 아버지의 말뜻을 알 것 같거든."

고스케의 말에 나는 놀랐다. 고스케가 화를 냈던 건 당연하다. 아버지는 정말 뭘 보았던 것일까. 언제나 도무라 반점에서 도망쳤던 나의 어떤 부분을 고스케에게 배우라고 했던 것일까. 대체 나의 무엇을 인정했던 것일까.

"그럼, 진짜 이만 갈게. 잘 있어, 형."

"그래, 또 보자."

나는 의문이 풀리지 않은 채 있었다. 그런 나에게 고스케는 크게 손을 흔들었다.

의기양양하게 오사카로 돌아가는 고스케는 며칠 뒤엔 의기양양하게 오사카를 떠날 것이다. 고스케는 갈 곳이 있다. 그리고 돌아갈 곳도 있다.

## 4

"이거 봐, 여기서 보면 밑이 훤히 다 보여."
"진짜?"
유리 바닥 위에 서자 소름이 돋았다. 고소공포증이라고 자각한 적은 없지만 오싹했다. 역시 도쿄 타워는 크다.
"평일인데도 붐비네."
"봄방학이잖아."
도쿄 타워 전망대는 학생으로 보이는 사람들과 가족 동반으로 온 사람들로 넘쳐났다. 여기저기 어린아이들이 돌아다니는 통에 움직이기도 힘들었다.
"아, 저거. 모처럼 왔으니까 한 번 보자."
"그거 조금 크게 보이는 것밖에 없어."
"그게 어때서? 이런 거 볼 기회가 언제 또 있다고."
아리 씨는 내 손을 잡아끌고 쌍안경이 있는 곳으로 갔다. 아리 씨는 평소와 다르게 약간 흥분해 있었다. 그 모습이 뿌듯하기도 하고,

안쓰럽기도 해서 마음이 착잡했다.

"이 부근이 하나조노 창작학교가 있는 덴가?"

"진짜. 내가 사는 집은…… 있다. 여기네."

"설마. 그건 도청이야."

우리는 번갈아 가며 쌍안경을 보았다. 도쿄 타워에서 내려다보는 경치. 어디고 봄의 감미로운 공기에 감싸여 부옇게 흐려 있었다. 옛날에 수학여행 왔을 때와는 전혀 다르게 보였다. 그때는 단순하게 도쿄는 굉장하다고 생각하며 즐겼다.

"역시, 쓰텐카쿠(오사카 시에 있는 전망대로 오사카의 상징물 : 옮긴이)하고는 다르네."

도쿄 타워를 나와 역으로 향했다. 이렇게 사람이 많이 몰려드는데 타워 주변은 의외로 한산했다.

"그래?"

"쓰텐카쿠는 주변이 훨씬 어수선하거든."

"어수선해?"

"뭐라고 해야 하나? 품위도 없고 전혀 여자랑 둘이서 걷고 싶은 분위기는 아니거든. 가 보면 좀 놀랄걸."

"가 보면 놀랄 거라니? 데리고 가 주지 않을 거야?"

"뭐, 기회가 되면."

"그럴 때는 그럴 마음이 없어도 적당히 다음에 함께 가자고 하는 게 철칙이라구."

"그런가? 그렇구나, 조심할게."

"자, 다음. 오늘은 꼭 가야 할 데가 많으니까."

4월 첫 주 목요일의 도쿄 투어. 복잡하게 얽힌 지하철 노선도를 올려다보며 붐비는 전철에 흔들린다. 사람들에게 떠밀리다시피 개찰구를 나와 하늘을 보자 그제야 숨통이 트인다. 어디를 가도 역시 확실한 도쿄. 바깥바람이 미지근해서 전혀 신선하지 않다. 그래도 10대의 끄트머리에 있는 나는 역시 1월보다는 4월이 더 출발하는 기분이 든다.

"토사물 같아."

우리는 점심에 메밀국수를 먹었는데, 이번에는 몬자야키(도쿄의 명물로 밀가루에 양배추 등의 채소와 고기, 해물 등을 넣고 걸쭉하게 반죽하여 부친 우리나라의 부침개와 비슷한 음식 : 옮긴이)에 도전했다. 아리 씨는, 과연 도쿄! 라는 느낌이 드는 것은 다 먹어 보자고 아이디어를 냈지만, 몬자야키는 도저히 먹을 수가 없었다. 아무리 후하게 점수를 줘도 오코노미야키(오사카의 명물로 밀가루에 고기와 새우, 채소 등을 넣고 지진 우리나라의 부침개와 비슷한 음식 : 옮긴이)와는 비교가 안 된다. 도쿄에 아무리 오래 살아도 이 음식은 쉽게 먹을 수 없을 것이다.

"처음 먹는 사람은 꼭 그 말을 해."

"도쿄 사람들은 모양을 중시할 것 같은데, 왜 이런 토사물 부침개를 먹는지 모르겠네."

"토사물이라고 생각하니까 그렇게 보일 뿐이야. 걸쭉한 오코노미야키라고 생각하면 되잖아?"

아리 씨는 작은 주걱으로 능숙하게 몬자야키를 입으로 가져갔다.

"걸쭉한 오코노미야키하고는 전혀 달라. 이게 천이백 엔이라니 말도 안 돼. 본고장의 오코노미야키 맛을 보여 주고 싶다 정말. 우리 집 근처 가게는 한 장에 300엔인데 무지 맛있거든. 참마를 넣어 부드럽고 양배추도 듬뿍 넣어서 위에 부담 없이 얼마든지 먹을 수 있는데."

"흐응. 그거 정말 괜찮겠네."

"그래. 우리 집 주변에는 싸고 괜찮은 가게가 많다니까."

멋진 가게는 하나도 없지만 적당히 들어가도 어느 정도의 맛은 보장된다. 요란하지 않은 가게에 들어가면 우선 바가지 쓸 일은 없다. 거기는 그런 도시이다. 도쿄에는 멋진 가게도, 맛있는 가게도 많다. 하지만 무심코 들어갔다가 터무니없이 진한 우동 국물을 먹을 수도 있다. 꼼꼼하게 메뉴를 확인하지 않으면 터무니없이 비싼 가격에 발광할 정도로, 일상에서 바가지 아닌 바가지를 뒤집어쓰는 일은 허다하다. 나는 좀 더 마음 편히 평범하게 맛있는 것을 먹고 싶다.

"맛이 없어도, 이런 것도 재미있잖아?"

"하긴. 애인이나 친구하고 오면 몬자야키도 먹을 수는 있겠네."

나는 걸쭉한 부침개를 조금이라도 굳히려고 철판에 꾹꾹 눌러 댔다.

"애인이나 친구?"

"응. 그러니까 오늘은 먹을 수 있겠다고."

아참! 앞에 있는 사람에게 좀 더 다정하게 해야지. 나는 워낙 다정한 성격이고 아리 씨를 좋아하는데도 요즘은 그런 중요한 것을 실수한다. 나는 씨익 웃고 몬자야키를 맛있는 듯이 입에 넣었다.

국회의사당과 황거(일본 왕이 거주하는 궁 : 옮긴이)를 휘익 둘러본 우리는 떡꼬치를 먹으면서 우에노 공원을 거닐었다. 활짝 핀 벚꽃이 이제 곧 저녁을 맞는 공원에 활기를 불어넣었다.

"오늘은 계속 걷고 먹고 걷고 먹고 하네. 이제 아무리 걸어도 배가 안 고파."

"할 수 없어. 걸으면서 먹어. 그게 바로 관광이니까."

"관광은 정말 혹독한 거구나."

"그래도 단시간에 도쿄를 알았잖아?"

"그래. 아리 씨 덕분에 도쿄라는 곳을 제대로 만끽할 수 있었어."

"요즘은 수학여행을 와도 오다이바나 롯폰기 힐즈 같은 더 멋진 곳에 가는데 말이야."

아리 씨가 후후후 웃었다.

"진짜 재미있었어. 특별한 일이 없으면 국회 같은 데는 갈 엄두를 못 낼 텐데."

"그럼 다행이고."

포근한 바람에 앞으로 더 짙어질 이파리. 서서히 기우는 태양빛을 받아 길가에 조용히 그늘이 지기 시작한다. 벚꽃뿐 아니라 여기저기에 봄기운이 서려 있다. 딱딱한 아스팔트 투성이라고 생각했던 도쿄가 제대로 계절을 드러내고 있다. 오사카는 봄 여름 가을 겨울 한결같이 떠들썩했다. 어슬렁어슬렁 걷기에는 오사카보다 도쿄가 훨씬 기분 좋다.

"도쿄는 의외로 초록이 많아. 처음 왔을 때도 그걸 느꼈는데."

"맞아."

"그거 하나는 감탄스럽다니까."

"잘난 척하긴."

아리 씨는 쿡쿡 웃었다.

손은 떡꼬치 소스가 묻어 끈적끈적했다. 어떻게 해야 하나 싶어 하늘에 손을 들어 올렸다가, 결국은 둘 다 끈적끈적한데 뭐 어때, 하며 손을 잡고 역까지 걸었다. 뿌연 봄날의 저녁 해가 떨어지기 시작하면서 하루의 끝을 알리고 있었다.

이제 아무리 걸어도 배가 꺼지지 않는다고 판단한 우리는, "도무라 군한테는 The Tokyo잖아?"라는 아리 씨의 제안으로 도쿄바나나를 사서 우리 집으로 돌아왔다. 둘 다 너무 지친 나머지 샤워를 할 기력도 없어서 이불 위에서 뒹굴면서 도쿄바나나를 먹었다.

"그러고 보니까 도쿄바나나는 처음 먹어 봐."

"고향에 늘 보냈는데?"

"근데 나는 먹은 적이 없어. 완전 맛있어. 도쿄 명물이 바나나란 건 몰랐네."

"바나나는 명물이 아냐. 바나나는 필리핀에서 나오는 거 아닌가?

아리 씨가 발치에 있던 꾸깃꾸깃한 얇은 이불을 끌어올렸다. 밤은 아직 쌀쌀하다.

"어~, 도쿄바나난데?"

"그게 놀랄 일이야?"

"그럼, 왜 도쿄야?"

"이런 생각을 하는 게 도쿄라는 데야. 틀림없어."
"과연. 바나나는 자라지 않아도 도쿄에는 정말 뭐든 다 있구나."
도쿄바나나 두 개를 먹고는 나도 이불속으로 파고들어 갔다.
"도쿄 도쿄 하지만, 오사카도 충분히 도회지잖아."
"그런가?"
"신칸센으로 두 시간 반 거리인데, 그렇게 다를 리 없어."
"하긴."
나도 도쿄에 오기 전에는 그렇게 생각했다.
도쿄가 어쩌고 오사카가 어쩌고 하는 놈들은 다 뭘 모르는 놈들이다. 비슷비슷한데, 라고 생각했다. 하지만 과연 그럴까? 물론 오사카에도 달콤한 과자는 있다. 카페도 잡화점도 있다. 하지만 다르다. 쓰텐카쿠와 도쿄 타워가 다르듯이, 오사카 성과 황거가 다르듯이, 오코노미야키와 몬자야키가 다르듯이, 뭔가가 근본적으로 다르다.
"샤워하고 양치해야지."
아리 씨는 움직이지 않고 말했다. 겨우 10시가 지났지만 우리는 잠잘 태세가 되어 버렸다.
"그래. 근데 샤워는 안 해도 되는데 충치 생기는 건 싫어."
"하지만 지금 씻으러 가는 것도 너무 귀찮아."
"우리 많이 걸었잖아."
"옷도 갈아입고 샤워도 해야 하는데."
"아, 누가 대신 양치해 주고 몸도 씻어 주면 좋겠는데."
"그게 말이 돼?"

어차피 이대로 자도 아침에 잠이 깰 테니까 그때 샤워하고 이도 닦자는 쪽으로 결론을 내고 우리는 움직이지 않기로 했다. 느긋하고 여유로운 밤이었다. 이렇게 지저분하게 하루를 끝내도 좋다. 오래오래 사랑을 나누고 멍하니 일어나 약간은 나른한 몸으로 아르바이트에 간다. 그것도 싫지는 않을 것 같다.

바나나의 단내가 풍기는 아리 씨의 입술에 키스하려던 나는 그대로 멈춰 버렸다. 아까부터 라디오에서 흘러나오는 곡이 마음을 잡아끌었다.

처음 듣는 곡. 그런데 어디선가 들은 듯했다. 그리움이 밀물처럼 몰려들었다. 지금 유행하는 곡과는 조금 다른 조잡한 멜로디에 단순 명쾌한 가사. 리듬도 단순하고, 맑은 구석이라곤 찾아볼 수 없는 굵고 거침없는 노랫소리. 무엇을 호소하고 있는지 모르겠다. 하지만 내 마음에 들어오는 노래. 마음이 저릿해지는 노래. 공연히 흐트러지는 듯한 노래.

DJ가 울풀즈(오사카 지방 출신의 록 밴드 : 옮긴이)의 신곡이라고 소개했다. 울풀즈의 노래는 지금까지 제대로 들어본 적도 없는데, 그럼 그렇지, 라고 생각했다. 가사가 간사이 사투리도 아니다. 하지만 이 감쪽같은 노래. 직선적이고 전혀 손을 대지 않은 듯한 깊고 뜨거운 노래. 마음속에 솔직하게 들어오는 노래. 이것은 간사이 사람이 만든 노래다. 간사이 사람이 부르는 노래다. 그렇게 생각했다. 그리고 그것을 알고 나니 괴로움이 밀려들었다.

우연히 들려온 곡인데 기분이 왜 이럴까. 문득 흘러나온 노랫소리에 내가 왜 이런가. 19살에 난생처음으로 품은 감정. 당장 라디오를 꺼 버리고 싶은데 감정이 점점 복받쳐 올라와 억누를 수가 없었다. 한심한 기분이 들었다. 밤이라 그런 거다, 틀림없다. 오늘 하루 도쿄라는 곳을 너무 많이 본 탓이다. 좀 피곤한 것뿐이다. 그래, 괜찮다. 조금 전까지 느긋한 밤을 보내려고 하지 않았던가. 애써 그렇게 무시하려 해도 소용없었다.

인정하고 싶지 않지만 어쩔 수가 없었다. 한심하고 촌스럽지만 어쩔 수 없었다. 도쿄 타워로는 안 된다. 몬자야키도 도쿄바나나도 먹고 싶지 않다. 제길, 집에 돌아가고 싶다. 아무리 나와 맞지 않아도 그곳으로 돌아가고 싶다. 창피하지만 외로워서 죽을 지경이다.

주체할 수 없는 감정에 그만 아리 씨를 꽉 끌어안아 버렸다. 그렇게라도 하지 않으면 점점 이상한 감정에 묻혀 버릴 것 같았다. 아리 씨와 맞닿은 부분만이 따뜻해져서 조금이나마 안심이 됐다. 누군가의 몸에 닿으면 외로움과 불안과 한심함이 줄어든다. 그런 간단한 것을 이제야 깨닫다니, 내가 지금까지 사람을 좋아한 적이 없었단 말인가, 하고 의문을 갖기도 했다. 더더욱 외로워지는 마음을 외면하기 위해 그저 아리 씨를 꽉 끌어안을 수밖에 없었다.

"왜 그래?"

아리 씨는 내 가슴에 푹 파묻혀 내 얼굴을 올려다보았다. 내가 대답을 못하고 있자 아리 씨는 답답한 듯이 내 가슴 속에서 오른손을 빼내어 내 머리칼을 어루만졌다.

"봄방학 마지막 날은 너무 싫다."

아리 씨는 내 앞머리를 쓰다듬으며 말했다. 앞머리였지만 아리 씨의 손길이 닿은 부분은 어김없이 따뜻해졌다.

"응."

"일이 그렇게 부담스러운 것도 아니고 즐거운데도 방학이 끝날 때면 우울해."

"맞아."

"내일이 오지 않으면 곤란한데 또 내일이 오나 싶어 마음이 무겁고."

"정말."

"계속 함께 있고 싶은데."

"어?"

"계속 함께 있을 수 있으면 좋을 텐데."

아리 씨와는 봄방학이 아니어도 언제든지 만날 수 있다. 봄방학은 우리에게는 큰 의미가 없다. 아리 씨가 여기에서 자는 것도 드문 일이 아니다. "그런데 왜 그런 말을 해?"라고 말해도 되는데, 그렇게 말해야 하는데 나는 "미안해."라고 말하고 있었다.

나보다 훨씬 어른인 아리 씨는

"사과할 거 없는데."

라며 웃었다.

## 5

"아무튼 죄송합니다."

나는 연신 고개를 숙였다.

"그게 사과할 일인가?"

시나무라 씨는 전혀 마음 상하지 않은 듯이 웃으며 고개를 갸우뚱했다.

"하지만 너무 갑작스럽고, 저한테 잘해 주셨는데."

"올 때는 훨씬 더 갑작스러웠어. 더구나 이력서도 엉터리였고."

"그랬던가요?"

생각해 보니 그랬다. 일부러 생각하려고 하지 않으면 생각나지 않을 정도로 여기에서 보내는 날들이 일상이 되어 있었다.

"이번 주말까지는 나올 수 있지?"

"아, 뭐 금요일까지는요."

이번 주 토요일에 오사카로 돌아간다. '돌아간다'고 상상하지 못했던 곳을 향해 놀랄 정도로 사소한 계기로 내 마음이 움직여 버렸다. 나 스스로 깨닫지 못했을 뿐이지 어디선가 그렇게 되도록 움직였는지, 울폴즈의 음악에 상상 이상의 위력이 있었는지 그것은 알 수 없다. 하지만 마음이 움직이기 시작하자 결심은 아주 쉽게 굳어졌다. 결정된 후에는 사무적으로 움직일 뿐이었다. 수도, 가스, 전기 정지, 집 계약 해지, 짐 정리. 형식적인 절차를 척척 밟아 나갔다.

"좋아, 그럼 그 안에 새로운 메뉴를 하나 만들어야겠군."

시나무라 씨는 아주 적극적으로 말했다.

"그러게요. 그것도 좋지만 먼저 아르바이트생을 구해야겠어요."

나는 간밤에 부지런히 만든 아르바이트생 구인 광고지를 보여 주었다. 매직펜으로 그림까지 그려 넣은 역작이다.

"그렇게 서두르지 않아도 되잖아. 천천히 구해도 돼."

태평한 시나무라 씨가 말했다.

"서두르지 않으면 안 됩니다. 마키 짱하고 요코 짱은 홀을 보니까 주방을 볼 사람을 구해야죠. 두 사람이 한 사람으로 준다구요. 무엇보다 손님을 잘 다루는 게 중요해요."

"괜찮아. 도무라 군을 보고 카페에 오던 손님들이 줄어들 테니까 혼자서도 충분히 감당할 수 있어."

"손님이 줄어들 것을 예측하면 어떡해요!"

시나무라 씨의 마음은 충분히 짐작할 수 있다. 내가 있는 동안에 다음 아르바이트생을 구하지 못할 사람이다. 그게 바로 내가 적극적으로 나서야 하는 이유였다.

"지금은 봄방학이니까 아르바이트생을 구하기 가장 쉬울 때예요. 좋은 인재가 올 겁니다. 하지만 타이밍을 놓치면 여간해선 찾기 힘들어요."

"조급하게 굴긴."

"가만히 계세요. 저도 제 뒤를 이을 사람을 두고 싶다구요."

"제대로 마무리할 생각이군. 도무라 군."

"떠나가는 새는 머물러 있던 곳을 더럽히지 않습니다."

내 광고 전단지 덕분인지 아르바이트생은 이틀 만에 구했다. 새로 온 아르바이트생은 머리를 짧게 깎은 발랄한 대학생으로 이름은 혼다였다. 지금까지 양식당과 우동집에서 아르바이트를 한 모양이었다.

인계를 잘 해 줘야겠다고 의욕이 넘쳤는데 혼다 군은 여러 모로 나보다 한 수 위였다. 첫날부터 빠릿빠릿하게 움직였고 싫은 내색 한 번 하지 않고 허드렛일도 척척 처리했다. 시나무라 씨가 원하는 바도 손님을 대하는 방법도 금세 파악했다. 눈썰미가 너무도 좋아서 질투가 날 정도였다. 하지만,

"이 가게 일은 도무라 군이 더 잘 알고 있으니까 많이 가르쳐 줘."
라고 혼다 군은 자신보다 어린 나에게 순순히 고개를 숙였다.

인간적으로도 큰 사람이다. 그러니까 나보다 대단한 사람은 지천으로 깔려 있다는 말이다.

마지막 아르바이트하는 날. 이른 아침부터 라쿠에 가서 유리창이며 테이블이며 바닥……, 아무튼 가게 구석구석을 닦았다. 하나하나 깨끗하게 닦아갈 때마다 마지막이라는 것이 확실해져 갔다.

여기 라쿠에서 하는 아르바이트는 부담 제로였다. 어떤 일에도 부담은 따르는 법이지만, 여기에서는 마음이 무거워지는 일이 하나도 없었다. 물론 너무 바빠서 눈이 핑핑 돌았던 적도 있고 까다롭게 구는 손님도 있었다. 하지만 여기에서 일하는 것 자체는 전혀 스트레스가 없었다. 아침에 일어나면 자연스럽게 '좋아, 라쿠에 가야지'라고 생각했다. 그것은 내가 시나무라 씨를 믿었고, 마찬가지로 나도 시나

무라 씨에게 신뢰 받고 있다는 것을 느낄 수 있었기 때문이다. 무엇보다 바로 그 점이 편안하게 해 주었다. 함께 있는 사람에게, 함께 일하는 사람에게 인정받고 있다고 느끼는 것은 매우 귀한 일이다.

폐점 두 시간 전에 시나무라 씨가 나에게 왔다.

"가슴이 마구 뛰는군."

"가슴이 뛰다니요?"

"도무라 군이 이런 일을 하고 있으니까."

시나무라 씨가 팔을 걷어붙이더니 내 옆에서 함께 가스레인지를 닦기 시작했다.

"시나무라 씨는 저에 대해서 잘 알고 있군요."

"알지. 아니까 억지 부리지 못하는 거 아닌가?"

"억지?"

"억지랄까……. 도무라 군도 나에 대해 잘 알면서."

"글쎄요. 알죠. 아는데 제가 하고 싶은 말만 해 버렸어요."

말투를 흉내 내자 시나무라 씨는 힘없이 웃었다. 내가 시나무라 씨를 난처하게 해 버린 건가. 그건 아니다. 새로 온 혼다 군은 금세 나를 뛰어넘을 것이다. 그리고 또 나처럼, 아니 그 이상으로 가게를 꾸려갈 수 있을 것이다.

"눌어붙은 걸 떼는 게 의외로 힘드네. 매일 밤 좀 더 깨끗이 청소해야겠군."

"혼다 군에게 인계할 사항에 분명히 메모해 두겠습니다. 가게 안을 날마다 밤새워 가며 닦으라고요."

"도무라 군은 안 했으면서? 이거 너무하는 거 아냐."

시나무라 씨는 또 희미하게 웃었다.

"예에, 떠나는 새는 떠넘기니까요."

"결국 새로운 메뉴는 생각하지 못했군. 도무라 군이 있는 동안에 만들까 싶었는데."

"혼다 군하고 같이 생각하면 되잖아요. 그 사람, 양식당도 우동집도 경험했으니까 좋은 아이디어 팍팍 내줄 거예요."

"그럴까?"

"그럼요. 혼다 군은 할 수 있을 거예요."

"엉뚱한 데에 자신만만하군, 도무라 군은."

"예. 저는 남의 일일수록 더 자신이 있습니다."

나는 무책임한 말을 떠들어 대며 눌어붙은 것을 박박 문질렀다.

"이별이란 아무리 애써도 힘들어."

쉰을 바라보는 시나무라 씨는 그렇게 나직이 중얼거렸다.

도쿄에서 마지막 날. 아르바이트를 일찍 끝내고, 처음으로 데이트했던 가게에서 아리 씨와 봄 채소가 잔뜩 들어 있는 현미 필라프를 먹었다. 처음 왔을 때도 이와 비슷한 것을 둘이서 먹었다. 맛도 똑같았다. 하지만 메뉴의 콘셉트는 로하스에서 매크로바이오틱(동양의 자연 사상과 음양 원리에 뿌리를 두고 있는 식생활법. 신토불이, 곡식이나 채소의 어느 부분도 버리지 않고 먹는 것을 원칙으로 하며, 유기농 곡류와 채식을 중심으로 식사할 것을 권한다. : 옮긴이)으로 바뀌어 있었다. 그토록 외우려고 애썼던 로하스 시대는 어느새 끝나 있었다. 멋스런 음식의 세계에는 자꾸자꾸 새로운 물결이 밀려온다. 1년은 엄청나게 크다.

1년 남짓. 그곳은 변했을까. 기름을 조금 줄이고, 채소의 생산지를 고집하고, 무균 돼지를 쓰고 있을까. 아니, 그런 데 신경이나 쓰고 있는 걸까. 아니, 절대 그런 일은 없을 거다. 무엇 하나 변하지 않았을 거다. 변하지 않는 것은 좋은 것이다. 하지만 그곳에도 살며시 바람을 불어넣고 싶다. 물론, 그러기 위해서는 좀 더 배워야 하겠지만.

"도쿄에 오길 잘한 것 같아?"

"아, 뭐, 응."

아리 씨는 우연인지, 첫 데이트 때 입었던 옷을 입고 있었다. 그걸 말해야 하나 말아야 하나 몰라서 나는 엷은 물빛 카디건만 바라보고 있었다.

"도무라 군, 왜 일부러 도쿄를 선택한 거야?"

"일부러라니?"

"딱히 도쿄가 아니라도 됐을 텐데. 나고야도 있고. 그쪽이 가깝잖아?"

그때는 집을 나오는 데만 급급해서 아무것도 보이지 않았다. 하지만 도쿄에 와서, 후루바토며 아리 씨며 시나무라 씨를 만났기 때문에 지금 어렴풋이 앞날이 보이는 거다. 그렇게 말하려다 왠지 거짓말 같아서 그만뒀다.

"나, 우이로우(쌀가루에 흑설탕 등을 넣어 찐 나고야의 명물 과자 : 옮긴이)를 싫어해서 나고야는 안 돼. 또 성곽 용마루 끝에 붙은, 몸이 홱

구부러진 금빛 물고기 장식물 있잖아. 맞다, 샤치호코! 난 몸이 뻣뻣해서 그거 하고도 잘 안 맞을 것 같거든."

"우이로우 같은 거 안 먹으면 되지."

아리 씨가 겨우 조금 웃어 주었다.

"역시, 도무라 군, 일 년 동안 큰 것 같아."

"요즘 키를 안 재 봐서 잘 몰라. 하지만 전문학교 학생이 어느새 니트족(학생도 아니고 직장인도 아니면서 직업 훈련을 받지도, 구직 활동도 하지 않는 청년 : 옮긴이)이 돼 버렸어."

"니트족은 아니지. 어쨌거나 아르바이트하고 있으니까 프리터족(특정한 직업 없이 아르바이트로 생활하는 사람 : 옮긴이) 아냐?"

"그런가? 아슬아슬하게 세이프네."

나도 살짝 웃어 보았다. 그런 나에게 '할 수 없지 뭐'라고 말하는 듯이 아리 씨가 또 웃는다. 우리는 수없이 많은 시간을 이렇게 보내 왔다.

"난 일 년 동안이나 너무 헛되게 보냈어."

"평생을 살아가다 보면 누구에게나 그런 일 년은 꼭 있는 법이야. 나도 스물다섯 살 때 그 전에 하던 일 그만두고 반년 정도 계속 여행만 다녔어."

"그 얘기, 처음 들어."

"응. 처음 얘기한 거야."

"일 년이나 사귀었는데?"

"일 년 반 되면 말할 생각이었어."

"그랬구나. 앞으로 조금만 더 있었으면 들을 수 있었는데. 하지만 나는 아무것도 시작하지도 않은 상태에서 일 년을 허비해 버렸어."

"앞으로 실컷 일하게 될 테니까 괜찮지 않아? 그리고 헛된 건 아니잖아?"

"그래, 아마."

헛된 시간이었는지 아니었는지, 그건 잘 모르겠다. 게다가 여기에서의 일 년뿐 아니라, 나는 훨씬 더 오랫동안 아무 생각도, 아무 결정도 하지 않고 무책임하게 살아왔다. 헛되이 보낸 날을 되찾기 위해서라도, 그런 날도 헛되지 않았다는 것을 보여 주기 위해서라도, 앞으로 악착같이 몸을 써서 일해야 한다.

"안녕이라고 해야 하는 거네."

아리 씨가 확인했다.

"미안해."

나는 정말이지 어떻게 말을 해야 할지 몰라서 어린아이처럼 사과밖에 할 수가 없었다.

"언젠가 돌아갈 거라는 예상은 했지만."

"그래?"

"도무라 군, 근본 바탕이 성실하니까 근본에 따른다면 나 같은 연상의 여자하고 사귀지 않을 거 아냐?"

"그렇지 않아."

"아마 어디선가 경험을 쌓았겠지. 일이 년쯤. 계속 여기에 있을 리 없으니까 깊이 빠져들지 않을 정도의 연애를 하자고 생각했겠지."

결코 그런 일은 없다. 일 년 전의 나는, 내가 어느 곳으로 돌아간다는 건 꿈도 꾸지 않았다. 아리 씨에 대해서 적당히 생각한 적은 한 번도 없다. 하지만 농락당하는 건 아닌가 싶으면서도 조바심을 내지 않았던 것도, 더더욱 내 사람으로 만들겠다는 생각을 하지 않았던 것도 사실이다.

"다음에 도무라 반점을 취재하게 해 줘."

아리 씨는 빙그레 웃었다.

"어쩌지? 그 가게는 더 알리지 않아도 되는데."

"그래?"

"응. 그 도시에 사는 사람 받기도 버거워."

"그렇구나."

"그리고 꽉 막힌 아버지가 있거든."

"그건 나도 싫어. 그럼, 그만두지 뭐."

아리 씨는 그렇게 말하고 이야기를 끝냈다. 아리 씨의 이런 시원시원한 부분을 나는 사랑했다.

난생처음으로 앞이 아주 조금 보였다. 가까스로 아주 조금 나아갈 방향을 알게 된 거다. 그런데 왜 이리 슬픈 건가. 어째서 기분이 상쾌하지 않은 건가. 단 일 년간의 생활을 마무리하려는 것뿐이다. 그런데 오사카를 떠나올 때와 같은 해방감도, 새로운 기분도 지금의 나에게는 없다.

# 6

역시 '출발'과 '돌아오는' 것은 다르다. 떠날 것을 머릿속에 담아 두고 살았던 집. 한 시라도 빨리 벗어나고 싶었던 동네. 나 혼자서 결정하고 주저 없이 탈출했던 곳. 그곳으로 돌아가는 것이다.

아버지와 엄마는 어떻게 생각할까. 어떤 얼굴을 하고 그 마을로 들어가야 하나. 생각하면 할수록 마음이 무겁다. 우리 집에 돌아가는 것뿐이다. 아무렇지도 않은 듯 하면 된다. 잠시 일 년 동안 떠나 있었을 뿐이다. 깊이 생각하지 않아도 된다. 스스로에게 암시하며 그렇게 들려주어도 묘한 긴장감은 풀어지지 않았다. 완연한 4월의 도쿄 역은 모든 것이 봄기운으로 들떠 있어 불안정한 내 마음을 한층 더 뒤숭숭하게 했다.

후루바토는 몇 번이고 문자로 출발 시간을 확인하더니 역까지 나와 주었다. 나보다 일찍 역에 도착하여 개찰구에서 안절부절못하며 기다리고 있었다.

"여기까지 나오게 해서 미안하다."

"무슨 말이야? 하나도 미안할 거 없어."

후루바토는 내 짐을 들고 앞장서 걸었다.

"자, 13호 차니까 여기다."

"응."

"어떻게 말해야 할지 모르겠는데 아무튼 지금까지 좋았고…… 고마웠어."

후루바토는 엄마처럼 나를 줄에 세우고, 짐을 단단히 들려 주고는 그렇게 말하고 나에게 고개를 숙였다.

"아니, 그건 내가 할 말이지. 후루바토 너한테는 정말 고맙게 생각하고 있어."

"그만해. 쑥스럽잖아."

"진심으로 그렇게 생각하니까 그렇지. 후루바토 네가 도쿄에 있어서 정말 좋았어."

"고맙다. 돌아가도 힘내서 살아야 돼, 헤이스케."

"아, 알았어."

"헤이스케, 넌 사람을 기쁘게 하는 재주가 있으니까 어떤 가게에 가도 잘할 거야."

"고마워."

"헤이스케, 도쿄에서 때 좀 벗었으니까 오사카에 가면 인기 좀 끌 거다."

후루바토는 연신 나를 격려했다.

"그럼, 좋고."

"그리고 헤이스케, 너 늠름해졌으니까 반드시 아버지한테도 인정받을 거야."

"아버지한테?"

"그래. 아, 헤이스케, 신칸센 왔다! 어쩌냐. 너 진짜로 가 버리는 거네."

"그래. 후루바토, 여러 가지로 고맙다."

나는 후루바토의 손을 잡고 힘주어 악수를 했다.

"아, 고마워. 진짜 잘 지내야 돼."

"후루바토 너도, 잘 지내."

"아, 나……. 어떡하지? 안 돼."

놀랍게도 후루바토는 정말로 으엉 하고 울음을 터뜨렸다. 단숨에 눈물과 콧물까지 흘리면서 "섭섭해서 어쩌냐."라며 훌쩍였다. 나도 "바보같이."라고 말하면서 눈물을 찔끔 흘렸다.

도쿄에 올 때 내 친구들은 아무도 울지 않았다. "다시 돌아오면 놀자."라든가 "건강하게 열심히 해."라며 많은 말은 해 주었다. 엄마도 눈시울을 붉혔지만 눈물을 흘리며 울지는 않았다. 제 식구 챙기는 끈끈한 근성. 그런 것이 싫었다. 간사이의 '친구니까 소중히 여긴다'라는 발상은 딱 질색이었다. 하지만 지금 후루바토는 틀림없는 나의 친구다.

"후루바토, 친구 많잖아? 괜찮아."

"친구가 몇 명 있어도 네가 없다는 사실은 변하지 않잖아."

"그야 그렇지만. 전화든 문자든 편지든 뭐든 할게."

"아, 정말? 잊지 말고 꼭 해."

"고마워. 너도 꼭 해."

"그래."

우리는 마지막으로 다시 한 번 아플 정도로 손을 꼭 쥐었다.

어째서 나는 이렇게 슬픈 결단을 한 것일까. 연인, 친구, 믿을 수 있는 선배. 그 모든 사람들과 단번에 이별을 고했다.

신칸센이 움직이기 시작하자 후루바토는 마구 쫓아왔다. 내 이름을 부르며 얼굴을 일그러뜨리고 전속력으로 플랫폼을 달려왔다. 사람들을 헤치고 플랫폼 끝까지 신칸센에 따라붙었다. 엄청 빠르다. 플랫폼에 서 있는 사람들도, 신칸센 안에 있는 사람들도 후루바토에게 시선이 집중되었다. 이런 광경은 드라마에서밖에 본 적이 없다. 아니, 드라마에서도 이렇게 빨리 달리지는 않을 것이다.

나도 언젠가, 이렇게 달리자. 역 플랫폼에서 달리는 건 좀 난처하지만 콜라를 마셨든, 옆구리가 결리든 아랑곳하지 않고 전속력으로 달릴 수 있는 남자가 되고 싶다.

\*

가게 앞에 섰다. 주책없이 다리가 후들거린다. 심호흡을 한 번 해본다. 그래도 떨림은 멈추지 않는다. 눈을 감자 현기증이 인다.

나도 모르게 토요일 점심시간을 선택한 것은 그때가 아군이 많을 거라고 생각했기 때문일까. 내가 버거워했던 사람들. 하지만 그 사람들이 있는 이곳은 적지가 아니다. 나의 집이다.

"아자!" 하고 작게 소리치고 드르륵 문을 열었다. 라면과 볶음밥에서 나오는 후끈한 공기가 코끝을 스쳤다. 기름과 스프의 끈적한 냄새. 전혀 세련되지 못한 식사 냄새. 있다 있어. 히로세 아저씨도, 다케시타 형도, 야마다 할아버지도. 모두들 내 얼굴을 보고 굳어졌다. 아버지의 손도 멈췄다.

숨을 더 크게 들이마셨다. 마침내 어렸을 때 연습했던 그 말을 할 때가 온 거다. 그때는 웃기지 못했지만 오늘은 웃길 거다. 개그는 타이밍이 중요하다. 써야 할 때 쓰지 않기 때문에 웃기지 못하는 거다. 악센트는 맨 첫 부분에, 바른 자세로 마지막까지 똑바로 말한다. 머리로 한 번 더 복습하고 나는 입을 열었다.

"실례합니다. 누구십니까? 도무라 반점의 맏아들, 도무라 헤이스케입니다. 오랫동안 걱정을 끼쳤습니다. 정말 죄송합니다. 어서 오세요. 고맙습니다."

침묵이 흘렀다. 처음 이 개그를 했을 때와 똑같은 반응. 하지만 실패한 건 아니다. 한참 뒤에 다케시타 형이 "뭐라는 거여, 지금!"이라며 과장되게 반응해 주었다. 그러자 히로세 아저씨가 "아이고, 웃겨라. 뭐가, 실례합니다여. 바보 같은 소리 집어치우고, 싸게 들어와."하고 내 팔을 잡아끌었다.

요시모토 신희극이 훌륭한 건 몇 년이 지나도 웃을 수 있어서다. 도무라 반점에 모이는 사람들이 훌륭한 점은 아무리 내 멋대로 떠나 있었더라도 변함없이 옛날처럼 맞아 주는 거다.

"도쿄 가서 공부도 안 허고, 흉내만 배우다 온 거여?"

아버지는 마뜩찮은 얼굴로 말했다.

"아니에요."

"헌데, 너 소설 하나라도 쓴 거여? 책방에서 네 이름을 통 못 봤구먼."

"아니, 소설은 하나도 안 썼어요. 하지만 저."

"뭐여."

"그 대신 요리할 수 있어요."

아버지는 잠자코 내 얼굴을 물끄러미 바라봤다. 그리고 소리쳤다.

"그럼, 멍청히 서 있지만 말고 짐 정리하고 싸게 싸게 거들어. 보면 몰라, 지금 정신없이 바쁜 거?"

"예."

나는 짐을 내려놓고 팔을 걷어붙였다.